Mau comportamento

F✦SF✦R✦

MARY GAITSKILL

Mau comportamento

tradução
BRUNA BEBER

11 O paquera de Daisy
39 Um fim de semana romântico
67 Uma aventura gostosa
92 Um revival
105 Vínculo
130 Tentativa
162 Secretária
183 Outros quinhentos
215 Paraíso

Para minhas irmãs, Jane e Martha

[...]
Conspiram as convenções
Para que esse forte assuma
Os mais domésticos tons;
E não se veja onde estamos,
Perdidos numa floresta.
Crianças com medo da noite,
Longe do bem e da festa.
[...]*

W. H. Auden
poema "1º de setembro de 1939"

---

* Tradução de José Paulo Paes e João Moura Jr., em *Poemas*, de W. H. Auden. São Paulo: Companhia das Letras, 2013.

O paquera de Daisy

JOEY SACOU QUE O ROMANCE COM DAISY poderia arruinar sua vida, mas isso não o impediu de nada. Ele até gostava da ideia. Fazia muito tempo desde a última vez em que sentira que sua vida corria o risco de se afundar em ruína, e era divertido pensar que restava essa possibilidade.

Trabalhava com Daisy no administrativo de um sebo decrépito no Lower East Side de Manhattan. O departamento era um cubículo ladrilhado e torreado de livros em estantes de metal cinza macabro, que tinha como paisagem de fundo uma parede imunda com canos brancos pendurados. Caixas de papelão com livros para todo lado, papéis espalhados, cinzeiros, copinhos descartáveis, cadeiras quebradas, um rato sorrateiro de estimação. Clientes perambulavam por ali ao procurar a porta de saída. Daisy, que se sentava perto do corredor, sempre se levantava da mesa para atender algum velho perplexo de rosto ensebado e óculos tortos.

A mesa de Joey ficava a meio metro oblíquo da de Daisy, de onde caminhava até o bebedouro olhando para ela, sacudindo o crachá de epilético que carregava no pescoço, aos suspiros. Aí voltava para a sua mesa e ficava atirando elásticos na direção dela. Nem sempre ela percebia esse gesto, até que ele lotava o entorno da sua máquina de escrever com as tiras de borracha vermelha. Ela olhava para cima e sorria sempre do mesmo jeito, chapada e amável, e voltava a remexer os papéis com movimentos longos e lentos.

Ele tinha passado quase um ano espreitando Daisy antes de se aproximar dela. Vivia com Diane havia oito anos e relutava em mexer numa relação tão estável. Além do mais, amava Diane. Oito bons anos juntos, mas que agora se tornavam quase uma sistematização.

Conhecera Diane na faculdade, na Bennington College. Tinha ficado impressionado com o prestígio dela no departamento de artes plásticas, com a qualidade do LSD que vendia e com a sua insolência. Era uma mulher alta e bonita de trinta e três anos e de ombros firmes e compactos, tensíssima pela contração abaloada e recorrente dos músculos. Em consequência, era muito musculosa, embora não fizesse nada além de ficar largada em seu loft se drogando. Ele sustentava Diane com o trabalho de contador no sebo e vendendo drogas. Ela contribuía com a grana que o governo lhe dava por ser, comprovadamente, uma pessoa com distúrbios mentais.

Eles se chapavam de Dexedrine uns três ou quatro dias por semana. E levaram a sério esse ritual durante todo o tempo em que viveram juntos. Começavam na quinta de manhã, o primeiro dia útil para Joey. Ele trabalhava o dia inteiro no sebo, voltava pra casa e tocava seus projetos pessoais. Desmontava o computador e espalhava as pecinhas cinzentas pelo chão. Agachado, brincava com aqueles montinhos durante horas e depois remontava do zero. Fazia outras coisas também. Uma vez tirou uma série de fotografias azul e branco da caveira de boi que tinham na sala de estar. Gravava fitas cassetes com barulhos que julgava soarem bem quando misturados. Programava o computador. Ou então só desenterrava seus bonecos de corda do cesto de brinquedos e os soltava pelo chão enquanto ouvia uns vinis. No passado, Diane trabalhava nos borrões de seus quadros gigantes. Aos domingos, o chão do loft acordava coberto de papel de cera com nódoas de tinta acrílica e de água borrifada, que confluíam em riachos de um roxo opaco. Ela costumava trabalhar numa pintura meses a fio para depois destruí-la. Mas havia parado de pintar. Agora passava o tempo assistindo TV, levando os cachorros para passear e fazendo cálculos de biorritmo no computador.

Aos domingos, Joey voltava do trabalho cheio de olheiras, tenso e baqueado. Diane o aguardava com tigelas de salada vermelhas e gêmeas que havia ganhado de presente da sua avó. Sempre tinha rabanete umedecido e bem cortadinho no topo da salada. Comiam e dormiam até segunda-feira à noite. Aí Diane pedia sushi do japonês da esquina e, quando chegava, ela arrumava cada peça sobre uma tábua de madeira comprida. Espirravam limão e sal e comiam com a mão. Às vezes alguém aparecia pra comprar drogas e eles ficavam ali fazendo um social, curtindo um som. Depois iam dormir. Na quinta de manhã já estavam revigorados e a postos para ficarem acordados até o domingo seguinte.

Transavam uma vez por mês. Durava pouco tempo porque ambos concordavam que ficava monótono e porque Diane ficava enojada com as situações que as pessoas armavam para esticar a transa. Entretanto, quando Joey começou a ficar de olho em Daisy, parou com as investidas em Diane e ela ficou ressentida.

Ficou ressentida também com outras coisas. Incomodava-se com os bonecos de corda. Se ele deixasse algum dando bobeira no chão, ela chutava. Não gostava mais dos enroladinhos de noz-pecã que ele comia às quartas-feiras de manhã. Reclamava do aspecto nojento daqueles pãezinhos, em seguida comia a metade.

Daisy também vivia com outra pessoa, mas saçaricava pelo sebo balbuciando sua infidelidade como se fosse o único assunto que tivesse a tratar. Ele gostava de assisti-la peregrinar de mesa em mesa vestindo um tênis branco e um jeans que raspava de leve entre as coxas socadas a cada mínimo passo. Ela queria saber o que Evelyn ou Ariel e qualquer um que estivesse por perto achavam do fulano de tal que tinha ficado de telefonar pra ela, mas nem tchum. Também queria saber o que achavam de ela telefonar para o talzinho e falar um monte de merda. Algo desse naipe. O supervisor, Tommy, só aturava esse comportamento porque era aquele tipo de gay que gostava de ouvir os quiproquós românticos das moças. Ele não aprovava as voltas que ela dava no namorado na surdina, mas não perdia uma oportunidade de moralizar a cada vez que um cara novo aparecia e jogava seu nome na lama, nas palavras dela. Daisy sempre dizia a mesma coisa:

— Tommy, eu tô tentando mandar ele passear. Mas tá difícil. Não posso fazer nada.

Uma vez Joey ouviu Tommy confessar para outro supervisor que Daisy era uma péssima funcionária.

— Mas é uma figuraça — disse Tommy. — Nunca que vou botar na rua. O que a coitada faria da vida?

Joey sentiu uma pontada incrédula de afeto. Será que ela conseguia ser mais incompetente do que os parasitas da datilografia? Todos eram péssimos funcionários, à exceção de Evelyn. Evelyn, aliás, era a única outra mulher do sebo. Enérgica, maxilar quadrado, datilografava oitenta palavras por minuto. Usava jeans apertados no corpo, camisa de caubói e sempre tinha um acúmulo de delineador preto embolado no canto do olho. As mechas loiras do cabelo caíam sobre o rosto e lhe davam uma aparência mascarada e bestial. Tinha uma coleção de livros de grandes assassinos da humanidade em cima da mesa e sabia narrar a biografia deles de cabo a rabo.

Os outros três datilógrafos eram bichas gordas e carrancudas que ficavam em suas mesas comendo pacotes de biscoito e reclamando. Trabalhavam no sebo havia anos e diziam num uníssono desesperado que iam "cair fora". Ariel era o funcionário mais antigo da casa. Tinha um metro e noventa de altura e ombros engolfados, recatados, um quadril largo e seios carnudos bem marcados que eram o seu maior constrangimento. Uma cabeça pequena, um nariz grande e esburacado e olhões castanhos que variavam entre a candura e o desamparo, mas fora isso tinha uma figura confusa e perturbadora. Desfrutara de certa notoriedade nos círculos do punk rock por sua música composta em piano elétrico. Falava do sucesso de priscas eras com uma voz tímida e melancólica, e mostrava fotografias antigas nas quais aparecia todo vestido de preto com óculos de sol modelo gatinho. Era um cara muito sensível, e Tommy se aproveitava disso para tirar um sarro da cara dele:

— Ariel é a encarnação da datilografia — dizia Tommy, enquanto ele corria de balconista em balconista com uma pilha de papel no braço. — Sempre que estiverem sem inspiração, observem o Ariel.

— Para com isso, Tom, estou a uma piscada do choro — respondia Ariel, num tom fúnebre.

— Mas é disso que se trata! — gritava Tom.

Na primeira vez em que reparou em Daisy, Joey se perguntou por que uma gatinha daquelas tinha escolhido trabalhar num sebo imundo e à beira da falência junto com bichas desgostosas. Com o passar do tempo, a situação lhe pareceu ainda mais despropositada. Daisy se sentia bem na datilografia. Gostava de ouvir os rapazes contando suas aventuras nos *leather bars*, onde os homens curtiam boquetes em cabines de madeira ou mijavam uns sobre os outros. Ela contava piadas que misturavam sexo e Helen Keller. Falava sobre seus namorados e quadros. Sempre estava agachada do lado da mesa da Evelyn, cochichando ou rindo de qualquer coisa, ou folheando as edições antigas da revista *True Detective* sobre a mesa. Ela usava camisetas com personagens de desenho animado e calças coloridas. Seu cabelo castanho tinha um corte reto que encurvava as laterais sobre as bochechas salientes. Ao caminhar, os ombros e o pescoção ficavam tesos e bamboleavam pra frente como se fosse um pato, mas gingava os quadris e a cintura com suavidade.

Os héteros sempre saracoteavam pela mesa dela, falando dos poemas que escreviam ou de suas posições políticas; ela só olhava e assentia. Até os gays ensaiavam bravatas para ela. Tommy seguia assegurando que ela encontraria o príncipe encantado na próxima esquina.

— Eu sinto que sim, Daisy — dizia, exultante. — Você está na rota de colisão com O Cara da Sua Vida.

— Você acha, Tom?

— É óbvio! Não está animada?

Então Ariel se levantava da mesa, se arrastava até a dela, curvava o corpo e passava seus braços rotundos sobre os ombros de Daisy. Joey conseguia enxergar a mãozinha de Daisy se esgueirando em meio ao flanco obeso de Ariel enquanto ela, tolerante, o acariciava.

E, como se não bastasse ser a arrasa-corações da gentalha, ela ainda era gentil com pessoas indefesas e repulsivas. Tinha uma velha grotesca que virava e mexia dava as caras no sebo em busca da gentileza de Daisy. A mulher tinha no mínimo sessenta anos, e besuntava o rosto inteiro de maquiagem terracota. Comprava best-sellers sofríveis e livros de autoajuda com capas em vermelho cheguei. Encostava na mesa de Daisy e ficava quase uma hora contando de sua depressão. Daisy desligava a máquina de escrever e se voltava para a mulher segurando o queixo com a mão. Ouvia com muita atenção, às vezes concordava, e aceitava de bom grado os saquinhos de bala e os beijinhos que a mulher dava em sua bochecha. Todos faziam comentários maliciosos sobre Daisy e "a velha maluca sapatão". Mas Daisy seguia reafirmando a cortesia e a atenção que dirigia àquela criatura penosa, embora às vezes caçoasse dela depois que ela ia embora.

Joey não pensava em transar com Daisy, pelo menos não em minúcias. Era mais a ideia de estar perto dela, de protegê-la. É claro que ela era muito confusa. Buscava respostas por toda parte, queria que lhe dissessem o que pensar. "Quero saber sua opinião", costumava dizer.

Tinha um freguês que apelidara de "horóscopo", porque ele se dizia capaz de prever o futuro por meio da "escrita automática". Era um coroa bonitão que usava ternos elegantes e caros e parecia ter pelo menos uma plástica na cara. Frequentava o sebo havia anos. Toda vez que aparecia, Daisy o arrastava para um canto e lhe fazia perguntas. Ele rabiscava as respostas com uma caneta vermelha de ponta fina e as entregava com um olhar particularmente arrogante. Ela ficava ou perplexa ou alegre. Depois corria de mesa em mesa contando o que havia lhe dito, tendo em alta conta os memorandos rabiscados em tinta vermelha: "Diz ele que meus quadros vão começar a fazer sucesso daqui a um ano meio", "Ele disse que não há um homem que presta à minha volta e que assim será por meses", "Segundo ele, David enfim sai de casa no mês que vem".

— Por acaso você leva essas coisas a sério? — perguntou Joey.
— No fundo, não — disse ela. — Mas acho interessante.

Voltou para sua mesa, guardou os papéis dentro de uma gaveta e começou a datilografar; seu rosto ainda estava iluminado, a cabeça erguida, porque alguém que provavelmente não batia bem da cabeça havia lhe dito que enfim ela faria sucesso.

Joey passou a pensar em Daisy quando estava em casa. Imaginava o corpo dela recostado no dele, imaginava tê-la em seus braços. Imaginou Daisy vestida com um quimono branco, espiando por trás de um leque, a maquiagem dos olhos enrugando-se a cada sorriso. Diane ficou desconfiada.

— Você tá em outro planeta — disse na hora da salada de domingo. — O que tá rolando?

— Tô preocupado — o tom de voz deixava claro que aquela queixa era em vão, e ela ficou assustada e raivosa. Não disse mais nada, e era tudo o que Joey queria.

Não dormiu com ela naquela noite, embora estivesse exausto. Ficou andando de um lado para o outro no apartamento, açoitando os móveis com o chicote de montaria de Diane, infernizando os gatos, fazendo-os se arrastar pelo chão, os olhos irados, os rabos eriçados. Os olhos de Joey esturricaram dentro das órbitas. Suas costas doíam e ganharam nós pelos três dias que passou acordado.

Começou a fazer coisas para chamar a atenção de Daisy. Contava piadas. Salpicava o rosto com água-de-colônia. Usava calças vermelhas e um facão pendurado no cinto. Fazia agachamento e plantava bananeira. Falava da importância que teve na cena teatral de Bennington e das aulas que fizera com André Gregory. Contou da única aula de caratê a que assistiu e do rombo que fez numa caixa de livros. Até que ela disse:

— Joey já fez de tudo! — e havia uma nota de glória em sua voz.

Por um longo tempo, bastava-lhe olhar para ela. Só isso já o deixava feliz, temia qualquer investida mais ousada. Achou que talvez fosse melhor conter a imagem de sua sombra alada num lugar seguro da memória do que tocar aquela criatura vivente e perdê-la.

Decidiu presenteá-la com um cartão de Dia dos Namorados. Passou dias e dias procurando um cartãozinho interessante. Encontrou o que desejava num livro infantil ilustrado e velho. Era uma aquarela desbotada de um campo com três papoulas vermelhas, trevos cor-de-rosa e algumas ervas daninhas irrepreensíveis. Uma abelha cor de mel sonhava de olhos fechados, escalando um talo de planta. Um gafanhoto verde-água sobrevoava um céu azul que era turvo e decadente, também de olhos fechados, mas jubilosos, suas patas dianteiras pendiam ao léu e as traseiras, exultantes, chutavam o ar. Era uma ilustraçãozinha delirante e deformada. As cores não faziam sentido. Ele associou tudo isso ao paraíso.

Arrancou a página do livro, cobriu com um pedaço de papel manteiga, e a cena ilustrativa, velada pela névoa amarelada, tornou-se longínqua e misteriosa. Desenhou cinco corações tortos, de tamanhos diferentes e numa escala sem sentido, na parte inferior. Pintou os corações de vermelho. Escreveu "*Voici le temps des assassins*" como legenda.

Levou o cartão para o trabalho vários dias antes e vários dias depois do Dia dos Namorados. Decidiu entregá-lo algumas vezes, mas mudou de ideia em todas elas. Examinava o objeto diariamente, ponderava sua qualidade. Quando concluiu que era um objeto perfeito, achou que talvez fosse melhor deixá-lo na gaveta, preservando sua existência como um segredo. Enfim disse:

— Fiz um cartão de Dia dos Namorados pra você.
Ela batucou na mesa, ávida de curiosidade e disse sorrindo:
— Cadê?
— Tá na minha gaveta. Mas acho que ainda não é a hora.
— Como não? O Dia dos Namorados foi na semana passada. Por que não agora? — disse ela, pousando os dedos, feito garras macias, nos ombros dele. — Me dá agora.
Quando ele entregou o cartão, ela o abraçou e apertou seu corpo contra o dele. Ele riu e retribuiu. E se livrou da sombra alada e cativa dela.

Naquela noite não conseguiu comer a salada de espinafre. O rabanete com suas flores sapecas entre o vermelho e o branco não o convenceram em nada. Diane se sentou na frente dele, e parecia que mastigava pedra. Estava com as costas eretas e o pescoço tão esticado que não parecia fácil engolir qualquer coisa. Ele pegou a tigela de salada e remexeu as verduras lavadas de um lado para o outro. Olhava através de Diane, suspirando, os olhos ressecados, injetados nas órbitas.
— Você está parecendo um idiota — disse ela.
— Eu sou.
No dia seguinte levou Daisy para almoçar, embora não conseguisse comer. Pediu uma salada, que chegou numa tigela bege de plástico. Atulhada de cenoura pálida ralada e rodelas de rabanete que o incriminaram. Ignorou. Ficou olhando para ela, que comia fios de macarrão gelados, meio verdes, meio brancos. Enrodilhados e brilhando de óleo, a tigela salpicada de tiras oleosas de carne e vegetais. Daisy garfou com serenidade, três rodilhas por vez.
— Você não imagina a maravilha que é estar aqui — disse ele. — Estou de olho em você há tanto tempo.

Ela sorriu, ele pensou, mas não tinha certeza.
— Você é tão delicada e gentil. Tem a delicadeza de uma rosa branca.
— Não sou não.
— Imagino que não. Mas parece, isso me basta.
— E a Diane?
— Vou me separar.

Ela largou o garfo e ficou olhando para ele. O movimento de suas mandíbulas era doce e sincero. Ele sorriu para ela, que engoliu em seco, resoluta, e disse:
— Não faça isso.
— Por que não? Eu te amo.
— Ah, não — disse ela. — Já está passando dos limites. Por que não come a salada?
— Não consigo. Tô bolado.
— Tá o quê?

Ele se forçou a comer as folhas desbotadas e os fiapos de cenoura.

Saíram do restaurante e deram uma volta pelo quarteirão. Daisy levou uma pancada forte de vento na cabeça; seu casaco cinza flutuava atrás do corpo como uma vela. Ele segurou sua mão, dentro da meia-luva: "Eu te amo", disse. "Nada mais tem importância. Quero cobri-la com meu manto de proteção."
— Vamos sentar um pouco aqui — disse ela.

Sentou-se numa mureta de tijolos amarelados em frente a um prédio residencial que era um arremedo de tijolos amarelados com vidros de um cinza tenebroso escudando a sombra deprimente de um porteiro. Ele se sentou bem próximo a ela e segurou sua mão.
— Primeiro você precisa saber algumas coisas sobre mim — disse ela. — Eu não lido bem com galanteios.
— Não me importo. Continuo encantado.

— Mas você não vai ficar mal se não for correspondido?

— Acho que ficaria desapontado. Mas ainda satisfeito com o que sinto por você. Não preciso ser correspondido.

Ele quis segurar a cabeça dela e espremer.

Ela devolveu um olhar atento e falou:

— Eu disse exatamente isso a outra pessoa há pouco tempo. Você acha que está na moda dizer isso?

O vento soprou a franja dela, revelando a testa branca. Ele beijou sua testa exposta. Ela recostou a cabeça no ombro dele.

Uma velha de casaco rosa com uma flor de pétalas espalhafatosas de lantejoulas na lapela olhou para eles e sorriu. Seu rosto branco era muito enrugado, usava uma maquiagem cor-de-rosa carregada, e o sorriso se esgueirava sob as tintas. Ela estava sentada numa mureta de tijolos a poucos passos deles.

— Acho que não estou sendo clara — disse Daisy, e levantou a cabeça, com os olhos arregalados e atônitos. — Se for legal comigo, provavelmente vou te fazer sofrer. Outras pessoas já passaram por isso.

— Não tem como você me fazer sofrer.

— Eu só consigo ser legal com pessoas que me tratam mal. Uma vez me disseram pra ficar longe de um fulano porque ele batia em mulher. Disseram que ele tinha quebrado o queixo da namorada.

Ela fez uma pausa, para ser mais enfática, ele supôs. A velha parecia que estava ficando deprimida.

— Aí eu comecei a paquerá-lo ainda mais. Não é louco?

— E o que aconteceu? — perguntou Joey, interessado.

— Nada. Ele foi internado no Bellevue antes. Mas não é medonho isso? No fundo eu queria que aquele doido me batesse — disse, fazendo mais uma pausa. — Você não está com nojo de mim?

— Sei lá.

A velha se levantou devagar, de cabeça baixa, e saiu pisando firme, revoltada. O casaco dela se abriu com o vento; as pernas com varizes azuladas tinham uma beleza peculiar.

Daisy se virou para observá-la e disse:

— Viu só? Ela sim ficou enojada. Acabamos com o dia dela.

Todos os dias, depois do expediente, ele acompanhava Daisy até uma esquina a dois quarteirões de seu apartamento para não cruzar com o namorado dela, David. Na esquina tinha uma farmácia cuja vitrine expunha vidros coloridos de perfume aninhados em papel crepom. O farmacêutico, um coroa barrigudo de feição desiludida, ficava em pé na porta assistindo à despedida deles. Era uma esquina movimentada; tráfego intenso na rua, e as pessoas transitavam impacientes, olhando em direções opostas, segurando embrulhos, pastas e aparelhos de rádio gigantes e barulhentos, rostos muito concentrados, mas vazios. Daisy ficava silenciosa e combalida feito um caniço, a meia-luva preta e peluda nas mãos de Joey, cujos olhos rastreavam a mínima sombra de David na rua. Ela já tinha se despedido várias vezes, mas ele sempre a puxava pela lapela do casaco quando ela se virava para atravessar a rua. Depois do segundo puxão, ela bufou, olhou pra baixo e começou a vasculhar os bolsos atrás de pedacinhos perdidos de papel, do qual picotou flocos de neve, e despejou na lixeira de metal abarrotada sob o poste de luz, como se, estando presa em uma esquina, tivesse tempo para fazer coisa mais útil, como limpar os bolsos.

Naquele dia, quando enfim deixou que ela partisse, ficou em pé por ali um tempo e a observou caminhando pela rua e sumindo naquela multidão de pessoas apressadas. Andou até a metade do quarteirão e entrou numa loja de doces cujo letreiro era de neon laranja, comprou vários sacos de jujuba. Em seguida pegou um táxi e voltou para casa como um sultão. Ignorou o olhar amargurado de Diane enquanto cruzava a sala para se trancar no quarto com suas jujubas.

Fantasiou que salvava a vida de Daisy. Ela atravessando a rua com o semblante aéreo e alheio de sempre. Um carro rugindo numa esquina atulhada de lixo, ela morrendo de frio no trajeto, seu rosto pálido e desprotegido como um coelho agachado. Ele surgiria do nada, num pulo, puxando-a pelo braço e os dois cairiam na calçada, mas, por segurança, a cabeça dela seria amortecida pelo braço dele. Ou ela sendo abordada por um adolescente que a puxaria pelo casaco e a jogaria na parede. Ele apareceria de repente para defendê-la. As pernas do punk sobrevoariam o ar enquanto Joey o arremessava numa parede de tijolos caindo aos pedaços. "Se você encostar um dedo nela, eu juro que..."

Respirou fundo, tomou mais um comprimido e engoliu uma mãozada de jujubas.

— Minha mãe nunca conseguiu me entender nem fazer nada para me ajudar — disse ele. — E ela achava que estava fazendo a coisa certa.

— Que vaca — disse Daisy.

— Nem tanto. Ela fez tudo o que podia, dadas as circunstâncias. E pelo menos conseguiu reconhecer que eu era mais inteligente que ela.

— Então por que deixou o namorado dela bater em você?

— Ele não me batia. Era só um gordo preguiçoso que adorava dar chave de braço num moleque de doze anos e ficar perguntando "e agora, malandrinho?".

— Ele bateu em você.

Estavam num bar apertado e escuro. O piso e as mesas eram de madeira velha rangente, e tinha um vitrô meia-lua de vidro grosso numa das paredes. As mesas tinham muitos arranhões de faca, as batatas fritas eram compridas e moles. As garçonetes se arrastavam feito dinossauros com suas mãozinhas desengonçadas e varizes arroxeadas nas pernas, embora fossem jovens. Mas eram simpáticas, e olhavam no olho.

 Daisy e Joey foram almoçar e se sentaram numa mesa de banco alto nas profundezas do bar. Joey não comeu nada, mas agora Daisy já sabia o motivo. Ele ficou bebendo e observando-a comer um hambúrguer às mordidinhas.

— Ainda não consigo entender por que ela se casou com aquele porco asqueroso. Eu pergunto e ela diz "porque ele me traz estabilidade e segurança".

— Estabilidade pra mim é outra coisa.

— Em comparação ao meu pai, ele era uma pessoa estável. Porque meu pai sempre estava mamado, mal conseguia descer as escadas sem cair, quanto mais arrumar um trabalho. Estamos falando de um cara que morreu numa enfermaria minúscula cantando *"Joey, Foey, Bo-Poey, Bananarama Oh-Boey"*. Diante disso, qualquer zé-mané é mais estável. Mas logo o Tom? Meu pai pelo menos tinha estilo. Preferia morrer a usar aqueles trapos de tergal que o Tom usa.

Daisy recostou a cabeça no banco alto e olhou para ele com solenidade.

— Quando ela me contou pelo telefone que ia se casar com o tio Tom, fiquei feliz. Pelo menos poderia passar o Natal em casa, e não com meus parentes da ciência cristã que me faziam usar aquelas calças xadrez de retardado pra ir pra escola.

— Mas ele nunca poderia ter te expulsado de casa daquele jeito — disse Daisy.

Ela ajeitou a postura, puxou o drinque em direção à boca e agarrou o canudo com um solavanco de lábios.

— Ela achou que era a coisa certa a se fazer depois que meu pai morreu. Mas nunca soube que meus parentes me odiavam.

— Eu não sei como ela poderia achar que a coisa certa era botar você pra fora de casa aos dezesseis anos.

— Ela não me botou pra fora. Mas eu sabia que aquela brigalhada que rolava em casa especulando se eu era bicha ou não magoava minha mãe. Saquei que eu era mais adulto do que eles dois e que o controle da situação estava comigo.

Daisy se recostou no banco segurando o copo com as duas mãos e chupou o canudo, suas bochechas pulsavam com delicadeza. Um ruído frugal e gorgolejante ascendeu do fundo do copo quando ela deu a chupada final no drinque. Ele sorriu e pegou na mão dela. Ela apertou os dedos dele. Ele deu um gole no drinque, sua pulsação disparou, descontrolada. Na verdade, não tinha sido expulso de casa aos dezesseis. Tinha dezoito anos quando Tom perdeu a cabeça ao avistar o pôster anti-Vietnã na parede do quarto e quebrou seu nariz.

Daisy colocou o copo à mesa com um movimento mal articulado. Recostou-se em Joey. Ele aninhou sua cabeça e pediu mais drinques.

— Eles ficaram incrédulos quando consegui aquela bolsa para estudar em Bennington. Eu nem tinha comentado sobre a inscrição. Eles já se sentiam inferiores a mim.

— E você largou a faculdade pra voltar pra casa da sua mãe? — disse Daisy, e mal dava pra ouvir sua voz, a boca abafada pelo ombro dele.

— Eu larguei porque não suportava aquelas pessoas. Não suportava a ideia que faziam da arte. A arte só presta no momento em que é feita. Depois disso deixa de existir. Vira um aterro de merda. E os artistas são pessoas catando suas próprias merdas.

Ela se afastou dele, pegou o novo drinque sobre a mesa.

— Eu sou artista. Diane é artista. Por que gosta da gente, então?

Ele beijou a veia azulada que ela tinha no pescoço e ficou curtindo as batidas tolas de seu coração.

— Você tá mais pra uma miragem, uma bela miragem.

Os olhos dela dardejaram preocupação.

— Você gosta de mim porque eu sou igual a você.

Demonstrando tolerância, sorriu para ela e acariciou seu pescoço.

— Você não é igual a mim. Ninguém é igual a mim. Eu sou um fenômeno.

Ela parecia cansada e se afastou dele para dar mais um gole no drinque.

— Você é um porra-louca. Eu também. Não servimos pra nada.

— Óooo!

Ele enfiou a mão por baixo da camiseta dela e tocou seus peitinhos. Ela encostou a testa no pescoço dele e pôs a mão entre suas pernas. A voz dela fazia a pele dele tremular.

— O David vai fazer um show em outra cidade semana que vem. Vamos passar o fim de semana juntos?

— Quem sabe.

Às vezes, no entanto, achava Daisy uma boçal. Pensava nisso quando olhava para Diane e notava a severidade e a distinção do formato de sua boca, a autoridade de seu nariz, a flexão dos músculos do braço quando ela futucava as unhas. Diane não fazia perguntas imbecis sobre drogas. Nunca havia pensado sobre o fato de ser uma porra-louca ou se enquadrar na sociedade. Abominava a sociedade. Sentava-se imóvel como uma pedra, as pálpebras sobrecarregando os olhos semicerrados, o jeito de inclinar a cabeça em belíssima harmonia com seus braços esbeltos e austeros, um cigarro entre os dedos tão sagazes.

Tarde demais. Diane não queria mais falar com ele, exceto para achincalhá-lo. Havia alterado o cronograma de bolação para que não coincidisse mais com o dele. Às vezes nem tomava nada. Dizia que as bolas a deixavam chorosa.

Joey a encontrou chorando um dia quando chegou do trabalho. Era tão raro ver Diane chorar que demorou um tempo até que se desse conta de que o rosto dela estava cheio de lágrimas. Ela estava sentada na antiga poltrona roxa perto da janela, uma perna dobrada e envergada para que o joelho escondesse seu rosto. Os ombros curvados, comprimidos, ela apertava o pé descalço com as mãos. Viu quando ele cruzou a sala. Esperou que pusesse a mão na maçaneta da porta para dizer:

— Você tá saindo com alguém.

Ele parou e olhou para ela, agradecido, aliviado por ela ter tomado a iniciativa de puxar esse assunto.

— Eu queria te contar — disse ele —, mas não sabia como.

— Seu covarde filho da puta.

— Não é nada sério — disse ele. — É só uma obsessão.

— É a Daisy, não é?

Ela pronunciou o nome como se falasse de uma doença.

— Como você descobriu?

— Pelo jeito como falava o nome dela. Era nojento.

— Eu não queria que isso acontecesse.

— Você é um lixo.

Foi nessa hora que ele percebeu o rastro brilhoso sobre as bochechas e o queixo dela. As lágrimas desoladoras e pungentes no rosto imóvel. Largou o saco de jujubas e foi até ela. Sentou-se no braço volumoso da poltrona, abraçou seu corpo rígido e trêmulo e disse:

— Sinto muito.

— Da outra vez também foi assim — disse ela. — Com a tal da Rita. Que nojo.

— Se você conseguir ficar comigo até isso passar, vai passar...

— Quero você fora daqui até o fim do mês.

As lágrimas crepitavam dentro de sua voz, estremeciam como um raio de sol na poça. Ele queria transar com ela.

— Você é a pessoa mais cruel que eu já conheci.

Ela resfolegava. Pulou da poltrona e saiu andando, chutou o saco de jujubas e elas se esparramaram pelo chão da sala. Ele esperou que ela saísse para catar um punhado das vermelhas, laranja e verdes. Comeu todas enquanto observava a rua pela janela. Dois viciados usando casacos horrorosos estavam metidos no buraco dentado de uma cerca de arame. Eu sou um lixo, ele pensou.

E foi para o quarto pensar em Daisy.

Na manhã seguinte, foi até a mesa de Daisy e se sentou ao seu lado, sobre uma caixa de livros que tinha uma caricatura em giz nada lisonjeira do supervisor do departamento de distribuição. Ela segurou o copinho descartável com chá perto da boca e deu um gole enquanto olhava pra ele por cima da borda do copo com olhos enevoados.

— Ela disse que eu sou a pessoa mais cruel que ela já conheceu.

— Mas que exagero. Ela não deve sair muito de casa, então. Mal sabe ela os maus elementos que estão por aí.

— Você não me conhece.

Ela pôs o copo de chá sobre a mesa e disse:

— Conversei com o David ontem à noite. Ele também chorou. Ficou sentado olhando pra mim, os olhos estatelados, foi horrível.

Ela pegou um pedaço de papelão e começou a varrer os cocôs de rato sobre a mesa e os organizou em um montinho.

— Então agora os dois já sabem de tudo.

— E nós podemos ir à ópera hoje à noite. Tenho ingressos para *Die Walküre*. Você pode tomar umas bolas e a gente pode passar a noite inteira na rua.

— Eu não quero tomar bola.

Ela tirou a lixeira viscosa e respingada de café que tinha debaixo da mesa e varreu os cocôs de rato num movimento habilidoso com o papelão.

Daisy nunca tinha ido à opera.

— Será que vai ter gente de armadura e chapéu de chifre? — perguntou. — Ou dragões de papel machê e outras criaturas aladas? Ela encarava o palco cortinado sem piscar.

— Acho que não — disse ele. — Acho que essa montagem é inspirada no impressionismo alemão, e por isso vão evitar o máximo de cenário e figurino. Esse grupo preza muito o simbolismo e o minimalismo. E essa postura é uma reação a uma época anterior, quando...

— Quero ver um dragão voando no palco.

Ela pegou uma pastilha rosa da caixinha de *opera mints* que ele tinha comprado, jogou uma na boca e chupou fazendo barulho. Encaminhou a pastilha para uma das bochechas e perguntou:

— Por que você gosta de ópera?

— Não sei, em alguns casos gosto da música, também tenho curiosidade sobre as montagens. Gosto de observar as pessoas.

— Também gosto.

— Às vezes fico fantasiando que o teatro vai sofrer uma invasão repentina de psicopatas ou de terroristas, e que eu salvo todo mundo.

Ela parou de chupar a bala e olhou pra ele.

— Como assim?

— Eu pulo da balaustrada de uma galeria e escorrego pelas cortinas até ficar paralelo ao cabo. Aí eu me agarro no cabo e flutuo pelos ares...
— Impossível.
— Sim, claro, é uma fantasia.
— E por que você tem essa fantasia? — disse ela, encucada.
— Não sei. Deixa pra lá.
Ela continuou olhando pra ele, quase aflita.
— Acho que é porque se sente um estranho no ninho. E aí quer que algo extraordinário aconteça para provar às pessoas o seu amor e dizer que merece o amor delas.
Ele acomodou a cabeça dela em seu ombro e deu um beijo.
— Às vezes tenho vontade de fazer picadinho de você.
Ela colocou a caixa de pastilhas no bolso e o enlaçou pela cintura.
Passava da meia-noite quando saíram da ópera. Foram a uma delicatéssen iluminada com luzes de neon e comandada por garçons velhos de jaquetas vermelhas, em cuja maioria se notavam cacoetes violentos nos maxilares. Daisy o convenceu a pedir salada e milk-shake; estava preocupada com a sua alimentação parca. Desconfortável, ele deu um gole no milk-shake e a observou comer seu salmão com cream cheese. Ela falou sobre a relação terrível que tinha com o pai, enquanto fazia pausas para abaixar a cabeça e bicar com a língua os farelos de croissant caídos. Os garçons iam pra cima e pra baixo, alguns segurando três pratos lotados de comida em cada uma de suas mãos peludas.
Ele tentou convencê-la a tomar uns comprimidos para conseguir render na noite com ele, mas ela disse que se sentia culpada em relação ao David. E ainda tinha que terminar um quadro. Ela respirou fundo e baixou os olhos. Tentou ir embora quatro vezes, até que ele a deixou partir. Ele ficou observando

sua partida e pensou: "Acho que não dá mais tempo de comprar jujubas".

Quando abriu a porta de casa, Diane deu um tapa na cara dele. De tão assustado não conseguiu ter nenhuma reação, ficou ali parado e levou mais três tapas até que conseguiu detê-la pelo pulso.

— Escroto filho da puta! — gritou. — Você foi à ópera com ela! A ópera é um programa nosso, e você foi com aquela bisca!

— Eu não achei que você quisesse ir à ópera.

— Eu queria. Estava esperando você chegar do trabalho.

A voz marejada, resfolegante.

— Nunca imaginei que você fosse levar aquela bisca.

— Ela não é bisca.

Com a outra mão livre, ela agarrou a orelha dele. Deu um puxão no lóbulo que fez cair seu brinquinho azul, que zuniu, cintilou e rolou pelo chão.

— Merda! — gritou ele.

Ele ficou de joelhos e começou a tatear o chão.

— Já ouviu falar de autocontrole?

— Foda-se o autocontrole. Dá o fora daqui agora.

— Pode esperar até eu encontrar meu brinco?

— Foda-se seu brinco. Vai antes que eu te mate.

— Meu Deus, você perdeu as estribeiras.

Ela bateu a porta no grito e já do lado de fora ele esperava ouvir os soluços de Diane. E nada. A orelha sangrava e seu rosto ardia, mas, de um jeito esquisito, ele se sentia vivo. Lamentava a tristeza de Diane, mas reconhecia a empolgação oriunda de um acesso de raiva. Era o tipo de história que ele achava boa de contar.

A rua zumbia de viciados e de crianças empunhando rádios gigantescos. Eles se embaralhavam em fila em frente aos prédios e escapuliam de buracos nas paredes e nas cercas de arame. Cantavam anúncios enquanto ele passava: "Vai uma azulzinha, vai a vermelhinha, tem a verdinha e aquela preta da semana passada".

Caminhou três quarteirões até chegar ao apartamento do Eliot; não esperava que ele fosse abrir a porta, mas tocou a campainha mesmo assim. Ficou surpreso quando a voz desconfiada de Eliot ecoou do aglomerado de buraquinhos que servia de interfone.

— É o FBI — disse Joey.

Um silêncio relutante serviu como resposta até o interfone guinchar abrindo a porta. Quando Joey chegou na entrada do apartamento, Eliot botou a cabeça pra fora, um dedo cobrindo os lábios. Seu cabelo castanho penugento se insinuava como um halo enevoado; os olhos redondos estatelados e umedecidos entre os cílios finos.

— Não use a palavra "drogas" — sussurrou ele. — Se precisar falar, diga "goma" ou "bala", sei lá. Mas não dá pala!

— Tá limpeza — disse Joey.

— Fomos grampeados — explicou Eliot. — Botamos o apartamento abaixo e não conseguimos encontrar a escuta. Certeza que ninguém te seguiu?

Joey assentiu. Eliot esticou o pescoço e espiou pelo corredor vazio, piscando os olhos úmidos com força. Enfim convencido, deixou Joey entrar.

Rita estava deitada no sofá em frente a uma TV desmantelada em que passavam imagens sem som. Seus pezões pendiam na beirada do sofá, as mãos flácidas dependuradas em seus pulsos finos de veias proeminentes. A cabeça caída para o lado, envergada de seu pescoço delgado e apático, também quase caindo do sofá. Quando viu Joey, levantou a cabeça e seus olhos sombrios luziram.

Ele acenou pra ela e se sentou numa cadeira dura.

— A Diane me botou pra fora de casa — disse.

— Sério? — disse Eliot. Ele ficou de joelhos e começou a vasculhar os vinis espalhados pelo chão.

— Mas tranquilo. Eu já queria cair fora também. Estou apaixonado por outra pessoa. Meu lance com a Diane já era.

— Você tinha que ter tomado essa decisão há cinco anos — disse Rita.

Eliot rodopiou pelo chão e balançou um vinil:

— Você tem que ouvir isso aqui. É a coisa mais incrível do mundo.

— Meu Cristo, esse disco foi lançado há dez anos — disse Rita. — Você é o único que ainda não tinha ouvido.

Eliot tirou o vinil da capa, jogou-a no chão e se ajoelhou em frente ao toca-discos. Levantou a agulha, viu se estava tudo em ordem e soprou com delicadeza.

Rita puxou as pernas compridas pra cima e se sentou estreitando os joelhos ossudos, deixando os dedões recolhidos:

— Tá apaixonado por quem?

— Aí, ela ainda vê aqueles filmes caseiros idiotas de vocês dentro da banheira — disse Eliot. — Ela assiste pra se masturbar. É hilário. Ela mostra pra todo mundo.

— Quem é a garota? — perguntou Rita.

— A garota que trabalha lá no sebo, a Daisy.

— Ah, faz sentido.

Ela se curvou sobre a mesa bagunçada à procura de um fósforo. Seus cabelos pretos caíram sobre o rosto num movimento gracioso de asa dobrada. Recostou-se novamente, mostrando o rosto. Os vincos sob os olhos eram profundos e enegrecidos, a maquiagem borrada.

— Descola uma anfeta aí, Joe?

Eliot deu um pulo:

— Não diga essa palavra! — gritou.
— Ah o.k., babaca — disse Rita. — Me descola uma... meia?
— Claro.
Joey despejou umas pelotas coloridas na mão dela.
— Quer acabar com a minha raça? — perguntou Eliot, entredentes.
— Tá trabalhando pra eles, por acaso?
Joey deu uma olhada no ambiente; de fato tinham botado o apartamento abaixo. Plantas mortas reviradas em seus vasos quebrados, travesseiros abertos à faca soltavam uma espuma amarela pelo chão, caixas de papelão abertas e vasculhadas. O arquivo de papel estava tombado e de suas gavetas se desimpedia um baile de papéis brancos. Ao menos haviam juntado os cacos das garrafas quebradas.

A coleção de livros raros de Eliot estava a salvo e torreada ao lado do sofá. Joey conseguiu enxergar os três Bartolov que havia vendido para ele. Eliot ficara maravilhado ao descobrir que o fornecedor de ecstasy de Joey era Alexander Bartolov, um poeta famoso.

— Ah, Rita, por favor, só uma chupetinha — disse Eliot. — Nem vou gozar, prometo.
— Me erra! — disse Rita.

Ela se recostou no sofá e pôs as mãos brancas como aranhas sobre os olhos. Suas pernas compridas e frouxas lembravam o gafanhoto alado do cartão de Dia dos Namorados de Daisy.

— Ela ainda tem tesão em você, Joey — disse Eliot. — De vez em quando eu tenho que ouvir as histórias de quando você a amarrava e descia o cacete nela.
— Será que podemos mudar de assunto? — perguntou Joey.
— Tá bom — disse Eliot, animadinho. — Preciso ir ao banheiro. Fiquei enjoado.
— Nem se abale — disse Rita —, daqui a um minuto ele tá de volta.

— Tô tranquilo — disse Joey.

Catou uma revista de cima da mesa. Estava aberta na fotografia de uma mulher mascarada usando um traje vermelho emborrachado que um homem insuflava com uma bomba de ar. Na página seguinte, uma garota amarrada com cintos e ajoelhada no chão de um banheiro. Um garoto de feição malvada se aproximava dela por trás, segurando uma mangueira de borracha; a garota olhava por cima dos ombros, os lábios entreabertos expressavam um certo receio. Joey ficou surpreso com a beleza da garota. As bochechas e os ombros lembravam os de Daisy.

Daisy e Joey saíram do cinema de mãos dadas.

— Não temos pra onde ir — disse Daisy. — E já faz um mês desde a última vez que conseguimos ficar sozinhos num quarto. E o David não sai de casa.

Continuaram caminhando de mãos dadas.

— Eu me sinto muito mal em relação ao David — disse ela. — Ele é uma pessoa tão boa, tão pura. É a pessoa mais pura que conheço.

— Pessoas puras não existem.

— Você não conhece o David. Ele tem olhos puros, desarmados. Todo mundo que se aproxima do corpo dele sente que não existem barreiras — disse, olhando desconfiada para Joey. — Você não é assim. Quando eu encosto em você, eu não sinto você.

— Não há o que sentir.

— Não fala isso — disse ela, soltando a mão e passando nas costas dele com sua mão enluvada. — Mas que bom que você é diferente do David. Mesmo que não fosse, sua gentileza ainda me preocupa.

Ele pôs a mão em torno do pescoço dela.

— Não sei o que te faz pensar que tenho qualquer intenção de ser legal com você.
Ela se virou e deu um beijo nele. Ele puxou o cabelo dela pra trás com força enquanto a beijava.
Sentaram-se nos degraus frios de um prédio. Desabotoaram os casacos e se abraçaram, as mãos dele enlaçaram seu corpo macio sob o suéter.
— Você é tão esquisito — disse ela. — É difícil conversar com você.
— Como assim?
— Você fala sem parar, mas não ouve o que eu digo.
— Pareço esquisito porque sou um cara especial.
— Acho que é porque você toma comprimidinhos demais.
— Você deveria começar a tomar também. Sabia que o governo oferece aos soldados que estão indo pra guerra? Aguça os sentidos, os reflexos, tudo.
— Não estou indo pra guerra.
Um barulho veio de cima. Olharam e viram um casal de meia-idade bonito e muito bem-vestido no topo da escada. Joey notou um lampejo de admiração no rosto de Daisy enquanto olhava para a mulher, uma mulher alta e loira com um vestido de gala. O casal se pôs a descer a escada. Daisy e Joey se levantaram e se espremeram num canto para deixá-los passar. O ombro do homem trombou no de Joey. O homem tossiu, sem motivo algum.
— Perdão — disse a mulher. — Nós moramos aqui.
— Têm espaço de sobra — disse Daisy, afiada.
— Vocês não deveriam estar sentados aqui — disse o homem.
O casal ficou de pé na calçada fazendo cara feia, dava pra notar a indignação pela postura dos ombros.
— Qual é o problema? — perguntou Daisy. — Não estamos atrapalhando a passagem — disse, com voz estremecida.
— Psiuuu — disse Joey. — Deixa pra lá.

— Você é uma grossa — disse a mulher. — Se ainda estiverem aqui quando voltarmos, vou chamar a polícia.

E saiu andando, arrastando o marido. Pareciam estar com pressa.

Joey ficou olhando o vestido da mulher flutuando pela calçada.

— Que coisa — disse ele. — Eu já fiquei sentado em tantas escadinhas de prédio e isso nunca tinha acontecido.

Daisy não disse nada.

— Acho que aqui no East Village é diferente.

Daisy fungou.

Joey enfiou a mão no bolso e tirou o saco de jujubas. Ofereceu para Daisy, que o ignorou. Ela estava de cabeça baixa, lágrimas silenciosas e lentas começaram a correr por seu nariz. Ele deu um abraço nela e disse:

— Ah, para com isso.

Não houve reação. Ela não se mexeu nem olhou para ele.

Ele tirou os braços e olhou em outra direção, confuso. Comeu as jujubas olhando o poste que iluminava a escuridão da rua.

Um fim de semana romântico

ELA ESTAVA SAINDO COM UM HOMEM por quem tinha se apaixonado recentemente, de maneira repentina. Andava num estado de ansiedade pavoroso. Pra começar, ele era casado, e com uma coreana que descrevera como a encarnação do feminino e da elegância. Além do mais, um vidente havia dito a ela que esse relacionamento poderia aleijá-la emocionalmente pelo resto de sua vida. Para completar, andava atormentada pelo sentimento de inadequação. Talvez seu corpo pendesse demais para a frente enquanto caminhava, talvez a jaqueta deixasse seu tronco volumoso em comparação às batatas da perna e aos tornozelos, provavelmente magros demais. Sentia-se como um objeto se esfrangalhando em todas as direções. Antes do encontro marcado, tinha varado a noite sem dormir; havia tomado algumas anfetaminas e em consequência sentia um desmantelo exorbitante.

Quando chegou à esquina, ele não estava. Encostou-se na parede de um prédio na esperança de fazer com que seu corpo ficasse numa posição menos repulsiva. O desconforto aumentou. Atravessou a rua e ficou em pé na esquina seguinte. Parecia que todos os passantes estavam comendo alguma coisa. Um executivo corpulento e absorto passou segurando um cachorro-quente pela metade. Passaram duas garotas, dividiam um saquinho de castanha-de-caju. A comilança ampliou a sensação que tinha de que o mundo era um ambiente sem ordem ou beleza. Atinou o excesso de lixo nas ruas. O vento flamulava o lixo; um papel de bala tremulava ao léu e acorrentado à grade de uma lixeira pública abarrotada. Tudo fora do lugar, em péssimo estado. O encontro deveria ser perfeito, alheio ao refugo. Ela não suportava a ideia de tomar um bolo. Por que ele ainda não tinha chegado? Minutos e minutos se passaram. Ela perdeu o ânimo.

Entrou numa floricultura. A loja estava limpa e iluminada, exceto pelas manchas no piso de linóleo. Bichas sussurravam atrás do balcão. Arranjos de flores absurdas se projetavam de vasos redondos e pacatos e se eriçavam pelos corredores. Ela teve um acesso de fantasia convulsiva. Ele a segurava, indefesa e desmaiada, em seus braços. Estavam apoiados em uma bola macia, azul e bufante como um cogumelo chapéu-de-cobra. Rosas sem espinhos circundavam suas cabeças. O olhar dele era tão penetrante que era como se tivesse enfiado a mão em seu peito e começasse a tatear suas costelas uma a uma. Ela gostava da sensação. "Nunca senti isso por ninguém", dizia ele, "eu te amo." Ele a fazia experimentar situações novas, então foram dar um passeio para contemplar tulipas que estavam prestes a desabrochar pelo caminho. Nada disso parecia bobagem ou cafona, mas ela sabia que era. De maneira precária, ela tentou recobrar a noção de proporção das coisas. Olhou para as flores. Tinham um brilho agonizante, uma beleza ordenada. Ela não se continha. Queria dar flores a ele. Queria estar a sós com ele num quarto cheio de flores. Imaginava-se parada à sua frente, segurando um ramalhete de flores irrepreensíveis embrulhadas num papel pardo horroroso que o florista havia escolhido. A visão era constrangedora, não deveria habitar sua mente por mais nem um segundo.

Saiu da floricultura. Ele ainda não tinha chegado. A ansiedade beirava o desespero. O combinado era que passariam o fim de semana juntos.

Ele estava numa pizzaria barata do outro lado da rua comendo uma fatia engordurada enquanto a observava em pé na esquina. A ansiedade dela era evidente. Ao mesmo tempo desconcertante e atraente. Sua aparência, por outro lado, não era agradável. Mas ele não sabia dizer por quê. Talvez fosse a docilidade insinuada pelo vestido, seu desejo de ser discreta, ou, pior que isso, a completa indiferença sobre como as roupas lhe caíam no corpo.

Haviam se conhecido numa festa na semana anterior. De cara o fez lembrar de uma garota que conhecera anos antes, Sharon, uma garota seríssima de rosto pálido e delicado que ele havia atormentado dia após dia durante dois anos antes de deixá-la para se casar com sua esposa. Apesar de satisfeito com a decisão, sentia falta de maltratá-la durante tanto tempo, e, de maneira semiconsciente, estava em busca de outra mulher que parecesse ter a mesma combinação fatal de orgulho, fraqueza e uma luxúria besta semelhante à paixão. Quando conheceu Beth, ficou impressionado com o quanto ela parecia com sua vítima anterior, falando e se movimentando como ela. Delicadamente mórbida ao gesticular, sensível, arrogante, vulnerável à lisonja. Oscilava entre arroubos extravagantes de opinião e pausas repentinas de indecisão, quando parecia esperar a aprovação dele. Apaixonada pela ideia da inteligência, havia superestimado a sua própria. Sua percepção do mundo, embora ela a expusesse de maneira agressiva, ele logo notou, poderia ser puxada como um tapete, sem grandes transtornos. Na ocasião, chegou a dizer a ele: "Quero selvageria".

E naquela mesma noite ele foi para a casa dela. Deitou-se no colchão de solteiro mole e torto ao seu lado, virando a cabeça para soprar a fumaça dentro do quarto. Ela chifrou o peito dele com a testa. O colchão rangia ao menor movimento. Ele falou sobre Sharon.

— Tive um relacionamento assim quando estava na faculdade — comentou ela. — A tal pessoa foi tão invasiva que perdi totalmente o controle. Ele me machucava. Mudou meu jeito de ser. Agora não consigo mais fazer sexo de um jeito normal.

A decoração do quarto era patética: cartões-postais, fotografias de personagens olhudos de desenho animado japonês e miniaturas medonhas de brinquedo, que ela certamente tinha se esmerado muito para achar, tombavam enfileiradas em cima da cômoda. Um avião de modelismo pendia da luminária sobre a cômoda. Ao lado dele, colado na parede, o cartaz de uma garota de cabelo cor-de-rosa, a boca semiaberta e servil diante de um vilãozinho de bermuda, cabelo espetado e óculos. O saiote da garota estava levantado pela feição ameaçadora do garoto, deixando a calcinha à mostra. Que tipo de gente colaria uma merda dessa na parede?

— Tenho medo de você — sussurrou ela.
— Por quê?
— Porque sim.
— Não se preocupe. Você não vai sentir nenhuma dor que não possa suportar.

Ela se enroscou no corpo dele e calcou seus próprios pés, como um gato se espreguiçando. As meias que usava eram grossas e feias, e os pés eram grandes para o tamanho do corpo. Detalhes como esse poderiam repeli-lo, mas ele sentia ternura por aqueles pés grandes, imundos e calçados. Ele disse:

— Eu quero uma escrava.
— Hum, sei, veremos — disse ela.

Três dias depois, convidou-a para passarem o fim de semana juntos.

Na hora, pareceu uma boa ideia, mas agora sentia um misto enervante de culpa e ansiedade. Pensou na esposa fazendo o café da manhã para ele, com seus movimentos tão delicados e metódicos, ou no banheiro passando o delineador na base de seus olhos imensos, dando petelecos no excesso com os belos dedos de pássaro, os cotovelos finos levantados, os olhos vãos de concentração. Pensou em Beth, nua e amarrada, vendada e arreganhada no chão do apartamento entulhado onde morava. Os personagens de desenho animado abrindo um sorrisão enquanto ele a açoitava com o chicote. Vergões nos peitos, nas coxas, na barriga e nos braços. Ela gritava e se contorcia, repuxando o pescoço de um lado para o outro. Cicatrizes perpétuas. Outra imagem lhe veio à mente: ela sentada à sua frente num restaurante, costas eretas, um dos braços sobre a mesa, a feição séria e determinada. Os oclões pesavam seu rosto, que parecia sombrio e elegante. Ela fumava um cigarro com intervalos lentos e tristes de fôlego. Essas visões se aninharam umas nas outras, e compuseram uma teia confusa e monstruosa. Como conseguiria decantá-las? Tentou separar a imagem da esposa da imagem de Beth vendada e manter a distinção. Imaginou-se feliz, a trafegar entre as duas. Quem sabe, com o passar do tempo, não poderia levar Beth para casa e convencer a esposa a torturá-la também. Ela poderia lavar a louça e servir o jantar. A teia se emaranhou outra vez e seu estômago embrulhou. A situação era complicada e potencialmente exaustiva. Olhou para a garota ansiosa em pé na esquina. Tinha dito que desejava selvageria, mas ele desconfiava que ela não sabia o que isso de fato significava.

Talvez fosse o caso de ficar ali na pizzaria observando, até que ela fosse embora. Poderia ser divertido ver quanto tempo ela aguentaria esperar. Sentiu um pouco de pena. Sentiu também, atrás de seu mirante envidraçado, como se torturasse um inseto. Exultava, tripudiava enquanto comia a pizza.

No auge da ansiedade, ela o avistou pelo vidro da lanchonete. Notou de cara sua expressão exultante. Reconheceu o elemento de desdém e frieza na observação à distância, na hesitação em atravessar a rua para cumprimentá-la. Doeu, mas durou pouco; em seguida se encantou. Sorriu e atravessou a rua munindo seu sorriso de uma confiança descabida.

— Eu já ia atravessar — disse ele. — Mas precisava comer antes, estava faminto.

Ele dobrou o resto da pizza e enfiou na boca.

Ela notou um naco alaranjado de pizza entre os dentes dele, e o flagra redobrou o encanto.

Saíram da pizzaria. Ele caminhava a passos largos, o sobretudo enlutado pairando sobre as botas: um arruaceiro, ela pensou. Era um meninote franzino, ligeiro, de rosto magro e estreito, e sobre uma das sobrancelhas lhe caíam os cabelos loiros. Naquele sobretudo gigantesco, parecia um cãozinho de estimação de uma polícia secreta pouco reconhecida. Ela achou lindo.

Ele chamou um táxi e pediu ao motorista que tocasse para o aeroporto. Olhou pra ela, sentada a seu lado, e disse:

— Vai ser um desastre. É provável que eu deixe você por lá e volte sozinho.

— Espero que não — disse ela. — Tô sem dinheiro. Se me largar por lá, não consigo voltar.

— Que pena. Porque talvez eu faça isso.

Ficou olhando para ela, à espera de reação. Ela demonstrou certo desconforto e excitação, e algo mais que ele só conseguiu classificar como estupidez, como se ela tivesse acabado de derrubar uma bandeja cheia de copos em público.

— Não se preocupe, eu nunca faria isso — disse ele. — Mas gosto de pensar que poderia.

— Eu também.

Ela estava muito aflita. Queria se jogar nos braços dele.

Ele pensou: não vai dar certo. A passividade dela era agradável, assim como seu silêncio e a prontidão em se colocar numa posição subalterna. Mas notou que havia nela mais um elemento que não conseguia definir e de que não gostava. As mãos, com os dedos cruzados com firmeza, eram tensas e repulsivas. A postura que tinha em público era frágil, mas indócil. Uma espécie de rigidez que, se rompida, levaria tudo embora. Ficou desconcertado ao perceber que não sabia se conseguiria romper essa rigidez. Sentiu-se desconfortável. Talvez aquele fim de semana fosse um desastre.

Chegaram ao aeroporto uma hora mais cedo. Foram a um bar e tomaram algumas. O bar era um cubo aberto com um letreiro em neon vermelho que dizia "Coquetéis". Não era um local aconchegante. O mobiliário era espichado e desprotegido, e não havia portas que os protegessem da visão de passageiros atordoados a perambular pelo aeroporto arrastando suas malas. Ela pediu um Bloody Mary.

— Não acredito que você pediu isso — disse ele.
— Por quê?
— Porque eu quero uma Bloody Beth, bem sangrenta.

Olhou para ela de um modo que a fez pensar num cachorro neurótico com a língua de fora, doido para dar uma mordida em alguém.

— Ah! — disse ela.

Ele ofereceu um cigarro.

— Não fumo — disse ela. — Já te disse.
— Pois então deveria começar.

Ficaram sentados em silêncio, bebendo.

— Você gosta de observar as pessoas? — perguntou ela.

Tentava de tudo para conversar com ele. Ele notou que o rosto dela tinha ficado tenso. Poderia ter provocado ainda mais desconforto, mas estava sem energia para fazê-lo:

— Gosto.

Durante um tempo, observaram as pessoas que passavam ao redor. Não rendiam muito assunto. Havia poucos fregueses no bar; a maioria, homens de terno que se sentavam ali enredados por uma teia de hábito e rancor acumulado, a que chamavam de personalidade, e eram tão alheios ao enredamento que era nítido que viam a si mesmos como homens do mundo, viajados, embora há tempos não soubessem mais do que se tratava o mundo. Até que entrou um casal arrastando as malas. A saia da mulher era tão brilhante que chamuscava a cada passo. O homem andava na frente. Ela não conseguia acompanhar os passos dele. Parecia atormentada. Olhos arregalados e sombrios e lotados de maquiagem; tinha uma verruga no queixo. Ele parou, como se ponderasse se tomava ou não um drinque. Achou melhor não e continuou a andar. Os brincos dela balançavam ao segui-lo. Deixaram um rastro de sexo e decepção no bar.

Beth ficou olhando os quadris da mulher se remexerem sob a saia.

— Uma visão desagradável, não sei explicar — disse ela.

— É, era mesmo.

Encorajada por essa confluência, disse:

— Desculpa por não ser muito falante.

— Tudo bem — disse ele, estreitando os olhos ferinos. — Mulher tem que ficar calada.

De repente ela se deu conta de que seria plausível se ele avançasse e desse uma mordida em seu rosto.

— Concordo — disse, resoluta. — Em geral os homens não valem uma conversa.

Ele ficou sem jeito com o tom rabugento da afirmação. Talvez, pensou, era o que de fato imaginava.
Ele não valia.

Tomaram mais alguns drinques dentro do avião. Serviram um pão doce de passas com calda de açúcar dentro de um saquinho vermelho. Ele não estava com fome, mas aquele doce chinfrim lhe pareceu tão atraente, que guardou na mala.

Tiveram uma breve discussão sobre calçados, do ponto de vista estético e do custo-benefício. Conversaram sobre arte e a intelectualidade. Muitas lacunas de silêncio se abriam, e pairava o desânimo. Ela começou a falar sobre as pessoas mais velhas, e o quanto pareciam boas. Pulou na mente dele a imagem dela ajoelhada no chão, de meias pretas, algemada. A imagem virou um borrão, atravancada pela estática, e se dissolveu em meio à conversa. Ele sentiu um desejo medonho. E tentou retomar a imagem, mas não sentiu qualquer prazer. Sobre essa imagem, sobrepôs a de si mesmo em pé numa boate uma semana antes, segurando um drinque e conversando com uma garota muito agressiva que queria seu número de telefone.

— Alguns idosos são belas criaturas, mas de um jeito sobrenatural — continuou ela. — Outro dia vi uma senhora na farmácia que devia beirar os noventa anos. Era tão frágil e tão bonitinha, parecia um gnomo.

Ele olhou para ela e disse:
— Você vai ser uma companhia divertida em algum momento ou só um pé no saco?

Ela não respondeu de pronto. Não entendia como esse comentário se seguira ao dela sobre a senhorinha.
— Não sei.

— Achei você pouco sensual. É diferente do que achei que era quando nos conhecemos.
Ela ficou tão magoada com a observação que não conseguiu responder. Mas disse, enfim:
— Posso ser sensual ou não, dependendo da companhia e da situação. Mas harmonia é importante. Porque faço o tipo cerebral. Reajo às coisas de modo cerebral, na maior parte das vezes.
— Foi o que eu quis dizer.
Ela ficou muda de frustração. Óbvia e fundamentalmente o havia desapontado, mas sentiu que isso se devia a um grande mal-entendido. Se ao menos conseguisse pensar na coisa certa a ser dita, conseguiria esclarecer a situação. Aquele chapéu-de-cobra azul que brotara diante dela tinha uma autoridade repugnante. Essa imagem era consoante à dele segurando-a em seus braços e olhando dentro de seus olhos com a intenção de desalojar sua espinha, e essa visão era como névoa antecipando a devastação que haveria entre eles. Essa perspectiva a deixou desorientada de prazer. O único problema era que essa imagem parecia não ter qualquer ligação com a ação corrente. Tentou pensar no tempo que passaram em seu apartamento, quando ele a abraçou e disse: "Você é bonita". O que aconteceu nesse meio-tempo para deixá-lo tão decepcionado?
Ela ainda não tinha reparado no quanto estava decepcionada com ele.
Ele não sabia se a estava decepcionando. Mas sabia que tinha ficado muito intrigado com ela, ainda mais depois de seu discurso abrupto e cerebrino. Agora parecia impossível até mesmo imaginar com clareza o que gostaria de fazer com aquela criatura nada glamorosa, que parecia gostar de roer unha e ler livros à noite. Imagens vagas e disformes de sua esposa, de Sharon, de Beth e de uma prostituta chinesa de dezesseis anos

que encontrara um mês antes rastejavam ao acaso umas sobre as outras. Refletia, bêbado e mal-humorado.

Ela, a seu lado, diminuída e irascível, ouvia na cabeça canções bobas de rádio que falavam de sexo.

Hospedaram-se no apartamento vazio da avó dele em Washington, D.C. O complexo era formado por uma série de blocos de construção aparentemente ao acaso, muito próximos uns dos outros, e com as cores menos interessantes do mercado. Estava localizado em uma rodovia pacata que levava à cidade, ao redor, um gramado verdejante e uma entrada de garagem circular. Próximo ao complexo, havia um banco drive-in e uma seguradora. Estava envolto no ruído constante e contínuo de carros trafegando num mesmo limite de velocidade.

— Esse prédio é horrível — disse ela, enquanto subiam de elevador.

A porta se abriu e eles caminharam por um corredor acarpetado em náilon marrom grosso. Eis o apartamento da vovó. Beth foi direto pra geladeira. Havia um saco de pão amarrotado, um pote de pimenta, vários restos de comida embrulhada em papel-alumínio, duas garrafas de vinho e meia dúzia de cervejas.

— Sua avó é alcoólatra? — perguntou Beth.

— Não sei.

Largou sua mala de couro legítimo e a branca de lona dela no chão da sala de estar, tirou o casaco e o arremessou sobre as malas. Ela o observava ali, parado, esquálido, vestindo uma jaqueta de couro preto apertada na cintura e um cinto de couro. Essa imagem se conservaria na cabeça dela por anos a fio, sem motivo especial ou qualquer significado emocional. Ele se jogou numa cadeira, e seus braços magros colidiram levemente com os braços da cadeira. Fez um gesto com a cabeça na direção da bandeja com uísque irlandês, scotch e licores sobre a mesinha de centro à sua frente.

— Não quer fazer um drinque pra você?

Ela se ajoelhou do lado da mesa e, com ansiedade, começou a manusear as garrafas. Ele a olhava em silêncio, uma expressão encapuzada. Ela escolheu uma garrafa de licor de chocolate, serviu-se e se sentou na frente dele, segurando o copo com as duas mãos. Ela não conseguia mais ignorar a personalidade do apartamento. Extrapolava o ridículo, quase sádico em seu desatino. O sofá e as cadeiras cobertos por uma estampa floral. Uma passadeira de palha de milho cruzava o assoalho. Muito tapetinho espalhado. Flores artificiais. Uma profusão de mesinhas e estantes abrigando uma legião de bibelôs; donzelas de vidro sorridentes, com suntuosos vestidos de vidro, carregavam cestos de rosas de vidro, pássaros de cerâmica trinavam dos tocos de cerâmica onde estavam pousados, cavalos de vidro galopando em pastos de teca. Um poodle aviltado de cerâmica e seus companheiros gatinhos com olhos adiamantados assistiam em silêncio àquela cena muda na sala de estar.

— Tudo bem com você? — perguntou ele.

— Odiei esse apartamento. É deprimente.

— Você esperava o quê? Santo Deus. É muito parecido com o seu, aliás.

— É mesmo. Isso é verdade, devo admitir — disse, bebericando o licor.

— Você acha que consegue encarar essa situação de outro modo? Tenta levar numa boa.

Vinda dele, era uma pergunta absurda. Deve ser tão inseguro, do ponto de vista patológico, que a percepção que tem do próprio comportamento já estava plenamente distorcida. Esse daí encontrou rejeição em toda parte, diagnosticou ela; tinha que reconfortá-lo.

— Mas eu tô levando numa boa — disse.

E fez uma pausa breve. Buscava a melhor forma de expressar a pungência de sua positividade. Então secretamente rogou que ele avistasse a cama de chapéu-de-cobra azul e montasse nela.

— É impossível você me desapontar. Tudo o que envolve você me deixa feliz. Tudo o que você fizer, para mim está bom.

A generosidade dela o deixou enervado. Queria saber se havia se dado conta do que acabara de dizer.

— Alguém sabe que você tá aqui? — perguntou. — Disse a alguém aonde ia?

— Não.

Mas na verdade tinha contado para várias pessoas.

— Faltou esperteza.

— Por quê?

— Você nem me conhece. Vai que acontece alguma coisa com você.

Ela pôs o copo na mesinha de centro, atravessou a sala e caiu de joelhos entre as pernas dele. Enlaçou suas coxas. Acariciou sua virilha com o nariz. O pau ficou duro. Ela abriu suas calças.

— Para, espera — disse ele.

Ela pôs as mãos nos seus ombros — tinha uma força surpreendente nas mãos — e o arrastou para o tapete. O ninho de imagens flutuantes e planos que ele cultivava de súbito ficou de ponta-cabeça, como se um desvairado, sentado numa mesa, o tivesse jogado para o alto. Sentiu-se agredido e invadido. Não era isso que tinha em mente, mas se recusar a este desenrolar o faria parecer menos viril que ela. Com nojo, ele tirou as roupas dela e fez com que os corpos ficassem numa posição viável. Cravou os dentes no peito dela e mordeu. Ela emitiu um ruído de surpresa, e seu corpo enrijeceu. Ele mordeu de novo, com mais força. Ela gritou. Ele queria ver sangue jorrar. Ela soltou gritos curtos e sufocados. Ele achou que ela estava gostando das mordidas, mas ela não estava. Roeu o peito dela. Ela urrou. Foderam. Se desvencilharam e se olharam com cautela. Ela pôs a mão sobre a dele, hesitante. Ele percebeu o que havia de tão perturbador nela. Dentro de outras mulheres, em situações semelhantes, havia experimentado uma sensação relaxante de vazio, e isso lhe gerava certa facilidade em penetrá-las, e uma vez lá, espalhar-se por todo seu território interior até que deixasse de ser o território delas, mas um território dele. A esposa não tinha esse atributo do vazio, mas o jeito cortês com que se dedicava a se esvaziar para ele fazia sua submissão, na medida em que se revelava, ainda mais comovente. Essa garota, de personalidade tão exasperante, por outro lado, continha algo de tangível que ela não só se recusava a expungir, mas que parecia se expandir de modo voluntário em todas as vezes que ele metia nela e sentia que era detido por esse algo. Ele não se importava com esse algo; até gostava bastante dele, na verdade, mas não via a hora de destruí-lo. Só que ela não lhe dava essa permissão. Por que havia dito a ele que era masoquista? Observou o corpo dela. Membros musculosos, atentos. Considerou a ideia de agarrá-la pelo pescoço e de socar a cabeça dela no chão.

Levantou-se num rompante.

— Tô a fim de pegar alguma coisa pra comer. Tô faminto.

Ela pôs a mão no tornozelo dele e apertou. O desejo de se rebaixar foi frustrado por completo. Havia arrastado ele para o tapete certa de que, se iam foder, ele meteria nela com uma força avassaladora e assumiria todo o controle de seu corpo. Em vez disso, mal conseguiu senti-lo, e o que sentiu foi distância e frieza. Do lado de fora do corpo dela, ele tinha um comportamento mordaz sem qualquer significado para ela e muito desagradável. Desesperada, ela apertou ainda mais o tornozelo dele e deitou a testa no tapete. Ao menos podia ficar ali, aos pés dele, venerando. Ele se soltou e saiu.

— Sai dessa — disse ele.

O carro estava no estacionamento. O motivo desse fim de semana a dois era esse carro. Era da esposa dele, um modelo caríssimo que o ex-marido havia dado a ela. Estava parado em Washington havia mais de um ano; ele estava aqui para reavê-lo e levá-lo para Nova York.

Beth ficou horrorizada com o carro. Era um monstrengo amarelo e barulhento, cuja forma era estreita e brutal, tinha portas quiméricas que saltavam teto abaixo e se abriam feito asas. Em outro cenário, pareceria mais glamoroso, mas aqui, contra este edifício igualmente monstruoso, e estando vestida com os trapos com que se apresentava, a possibilidade de sentar ali pareceu-lhe comparável à ideia de botar um nariz de palhaço e sair para jantar.

Pegaram uma via expressa repleta de lojinhas, shoppings e restaurantes. Era fim de tarde; inúmeros letreiros de neon piscavam reconfortantes.

— Que tal se esforçar pra melhorar esse humor? — sugeriu ele.

— Não estou de mau humor — disse ela, exausta. — Me sinto vazia.

Não vazia o suficiente, ele pensou.

Parou em frente a uma lanchonete Roy Rogers. Ela pensou: nem pra me levar num lugar decente. Sentia-se insultada. Parecia que tentava insultá-la de propósito. Achou inconcebível.

Ela entrou na fila junto com ele, mas não quis nenhum dos pratos de comida reluzentes que estavam expostos nas prateleiras de alumínio sob iluminação fluorescente. Sentiu certo incômodo. Ele não parecia mais irritado, e o rosto empalidecido dela também o incomodou.

— Não vai comer nada?

— Tô sem fome.

Sentaram-se. Ele beliscou a comida, olhava para ela com um espanto velado. Ela chegou a pensar que talvez ele ficasse constrangido de comer sozinho na sua frente. Ela perguntou se podia beliscar a salada. Em seguida ele empurrou sua tigela de folhas murchas respingadas de laranja.

— Pode comer tudo.

Enquanto comia, encolhia os ombros como se fosse um órfão; os cabelos loiros se emaranhavam como ervas daninhas pensativas.

— Não sei por que você não quer comer — disse ele, irritado. — Vai ficar com fome mais tarde.

A predisposição que ela tinha para adorá-lo havia sido despertada. Ela sorriu.

— Por que você tá me olhando assim? — perguntou ele.

— Tô gostando de olhar pra você. Assim, distraído.

Mais uma vez, os ombros dele sobressaltaram.

— Às vezes quando olho pra você, sinto como se olhasse pra um aquário de peixinhos velozes, do tipo que dispara de um lado para o outro.

Ele ficou em silêncio, atordoado, e balançou o garfo sobre o bife encrespado e bicado.

— Estou começando a achar que você pirou.

A expressão de felicidade dela foi ao chão.

— Será que você não consegue conversar comigo direito, porra? — prosseguiu ele. — Do jeito que conversamos no avião, por exemplo, foi legal. Aquilo era uma conversa.

No fundo, ele tampouco tinha gostado da conversa no avião, mas, comparada a essa, parecia ótima.

*

Quando chegaram ao apartamento, sentaram-se no chão e tomaram mais drinques.

— Quero que você se embriague — disse ele. — Quero que faça coisas inconcebíveis pra você.

— Mas eu não vou fazer nada que eu não queira. Você tem que me convencer a querer.

Ele se deitou no chão sob um silêncio de frustração.

— Me conta dos seus pais? — demandou ela.

— O quê?

— Seus pais, ué. Como eles são?

— Sei lá. Não temos muitas afinidades. Minha mãe é legal. Meu pai é um cuzão. Acho que o resumo é esse.

Ele pôs uma das mãos sobre o rosto; o que se revelou foi a visão de um álbum de família com as fotografias coladas em quadrados médios. Eles na mesa do café da manhã, conversando e revezando os alimentos. A mãe saracoteava ao fundo, uma sombra esguia e preocupada vestindo um robe cor-de-rosa. A irmã sentada ao lado dele, alta, loira e arrogante, tagarelando e espalhando farelo de torrada nos cantos da boca. O pai na cabeceira, braços grandes avançando sobre a mesa posta, tombando o corpo sobre o prato como se tivesse que defender a própria comida, que triturava. Ele se sentiu triste e depois puto. Pensou numa mocinha italiana que conhecera num bar de strip tempos atrás, e se consolou com a memória daqueles quadris elegantes e dos pés de salto alto em cada lado de sua cabeça enquanto agachava sobre ele.

— É o que de cara também acharia dos meus pais. Mas no fundo minha mãe é muito mais agressiva, diria até mais cruel, do que o meu pai, embora superficialmente seja mais passiva e suave.

Ela começou a contar sua longa e, do ponto de vista dele, inacreditável e desnecessária história familiar, inclusive descrevendo o irmão e a irmã em detalhes. A família parecia ter uma personalidade coletiva problemática caracterizada por silêncios sombrios, uma tendência ao desleixo compulsivo (não dar descarga no vaso sanitário, lenços de papel usados espalhados por toda parte, roupa íntima suja pelo chão) e rompantes de raiva irracional e devastadora. Foi horrível ouvir aquilo tudo. Ele queria voltar pra casa.

Apoiou o corpo nos cotovelos e perguntou:

— Você é mentirosa? Mente sempre?

Ela se deteve no meio da frase e olhou para ele. Parecia ter levado a pergunta a sério:

— Não — respondeu. — Não exatamente. Quer dizer, às vezes minto, mas não sobre o que é importante. Por que você tá perguntando isso?

— Por que você me disse que era masoquista?

— O que te leva a crer que não sou?

— Não parece.

— Eu não sei de onde você tirou isso. Você nem me conhece. Nem tivemos tempo de fazer nada juntos.

— O que você quer fazer?

— Se eu disser, vai estragar tudo.

Ele sacou o isqueiro e acendeu, puxou a blusa dela e colocou sobre o fogo. Ela mal teve tempo de agir. Gritou e se levantou num pulo.

— Não faz isso! Que horror!

Ele rolou no chão.

— Viu só? Você não é masoquista.

— Porra! Isso não foi nem um pouco erótico. Também não é que eu gozo quando dou uma topada no dedão.

No silêncio subsequente, ela se deu conta de que estava com raiva, e já não era de hoje.

— Tô exausta. Quero dormir — disse ao sair da sala.

Ele se sentou no chão.

— Mas pra isso precisamos tomar algumas decisões, não?

Ela voltou à sala.

— Onde vamos dormir afinal?

Apresentou-lhe o quarto de visitas e o sofá-cama. Na mesma hora ela começou a abrir o sofá com movimentos severos e raivosos. Parecia que seu corpo estava tomado por uma energia artificial, muito determinado. De acordo com ele, ela tinha estragado o fim de semana, não só o dele, mas o dela. Sua obstinação, a masculinidade e a estupidez daquele algo insondável haviam obstruído o prazer e a satisfação que poderiam sentir juntos. Tudo o que restava era a hostilidade. Ele abriu a escrivaninha da avó, pegou um pedaço de papel e uma canetinha Magic Marker preta. Em letras grossas, escreveu "estúpida". Segurou o papel na altura do peito dela, como um letreiro, e em seguida colocou perto da virilha dela. Ela ignorou a piadinha e em seguida perguntou:

— Onde tem lençol?

— Por que você ficou intransigente do nada? — disse ele, jogando o papel em cima da cama e abrindo a gaveta da cômoda para pegar um lençol.

— Vamos precisar de um cobertor também, para o caso de abrir a janela. E eu quero abrir a janela.

Ele olhou para ela de um jeito sarcástico.

— Assim você está a poucos passos de não conseguir o que quer.

— Você nem sabe o que eu quero.

Eles se despiram. Ele observou a musculosidade e a energia do corpo dela com desdém. Mais parecia um menino do que uma menina, apesar das ancas salientes e dos peitos arredondados. Mas o cabelo curto, vermelho e espetado, já denunciava a masculinidade dela. Mesmo o hematoma que deixara no seu peito e o chamuscado de queimadura ocasionada pelo isqueiro não foram suficientes para dar a ela características femininas.

Ela abriu a janela. Entraram debaixo do cobertor e ficaram ali, imóveis, sem se tocar, como se estivessem prestes a dormir. Mas é claro que nenhum dos dois conseguiu dormir.

— Como chegamos a esse ponto? — perguntou ela.

— Eu que te pergunto.

— Não sei a resposta... Impossível — disse ela, num tom de voz baixo e patético.

— Por um lado, acho que você não conversa quando devia conversar, e quando resolve falar escolhe o pior momento.

Confusa, ela começou a rever todos os momentos que haviam passado juntos, e tentou classificá-los entre horas oportunas e inoportunas para falar, avaliando seu desempenho de acordo com cada caso. A confusão se intensificou. Lágrimas vieram à tona. Enroscou seu corpo no dele.

— Você me magoou — disse ela —, mas não acho que seja de propósito.

Ele ficou um pouco comovido.

— Foi sem querer — disse ele, pensativo.

Ele pegou a cabeça dela com as duas mãos e colocou entre suas pernas. Ela abriu a boca, submissa. Afinal de contas, tinha machucado ela, ele ponderou. Estava confusa e exausta, e de todo modo, neste momento, fazia o que ele queria que ela fizesse. Mas não bastava. Ele soltou sua cabeça e ela subiu na direção do peito dele e descansou em seu ombro. E disse com voz sonada:

— Eu faria qualquer coisa com você.

— Não faria mesmo. Você teria nojo.

— Nojo de quê?
— Teria nojo só de me ouvir dizer.
Ela se afastou dele.
— Deve ser uma besteira.
— Alguém já mijou em você?
Ele ficou exultante ao ver que o corpo dela repelia a ideia.
— Não.
— Mas é isso que eu quero fazer, mijar em você.
— Em cima do cobertor da sua avó?
— E quero que você beba. Se cair no cobertor você limpa depois.
— Nossa.
— Eu sabia que você ia ficar chocada.
— Não tô, não. Mas é que nunca quis fazer isso.
— E? Aí é complicado.

De fato, ela estava chocada. Sentiu-se humilhada, mas não da maneira como havia imaginado. O chapéu-de-cobra do tesão havia murchado num movimento sibilante, e duas pessoas bêbadas, mal-humoradas, incompetentes e fedorentas estavam perplexas e emaranhadas na herança daquela ilusão. Ela reparou nas rosas horrorosas, caídas, definhadas, e percebeu que tinha sido uma otária. E aí ficou puta.

— Você gosta que as pessoas mijem em você? — perguntou ela.
— Adoro. Mês passado conheci uma boneca na Billy's Topless que mijou na minha cara por vinte dólares.

A voz dele era aguda e escrotamente agressiva, como a desses garotos bizarros que se aproximam quando estamos caminhando na rua e se oferecem para suprir nossas necessidades sexuais. Mas como é que eu pude, ela pensou, devastada, confundir esse imbecil mal-educado com um herói misterioso e taciturno que seria capaz de me esmagar como um inseto e depois conversar sobre a vida e a arte?

— Tem mais um monte de coisa que eu quero fazer — disse ele, com uma presunção inacreditável. — Mas acho que você não segura a onda.

— Não é questão de segurar a onda — disse ela, dando um tom sarcástico às três últimas palavras. — É que tudo o que você me pediu até agora é coisa de principiante. E nem de longe você fez esses pedidos de maneira atraente.

Ela parecia uma criança grande, prematura e puritana, reclamando com a professora que alguém tinha colado uma minhoca nas suas costas.

Ele se sentiu um idiota. Como tivera a capacidade de se juntar a essa coisica pentelha, moralista, testuda e de voz esganiçada que julgava cada palavra que saía de sua boca? O que ele queria era uma vagabundinha de olhos volúveis, boca grande e roupa íntima em vinil preto. O que tinha na cabeça quando teve a ideia de arrastar essa garota até aqui? Esse rosto solene e desesperado, cagado de medo e manchado de lágrimas. Aquele patético ar de sacrifício e abandono enquanto ele arreganhava suas pernas e amarrava seus braços. Uma pele branca que fica marcada por uma coisa à toa. Olhos assustados. Uma personalidade frágil que poderia ser arrancada de seu corpo e mantida na superfície como... ah, ele só conseguia ver os cacos; ele perdeu os eixos de sua imaginação, perdeu o controle. Ficou olhando praquele corpinho simples, odioso e seguro de si. Ele a empurrou com brusquidão.

— Ó, eu faria qualquer coisa com você — disse ele, imitando a voz dela. — Faria porra nenhuma.

Ela rolou na cama e se enrolou no próprio corpo. Ele sentiu que ela tremia. E fungava.

— Não vai me dizer que eu parti seu coração.

Ela chorava.

— Seu choro não me incomoda — disse ele. — Na verdade, estou adorando.

Ela parou de tremer. Fungou uma vez, virou, e olhou pra ele perplexa. Piscou os olhos. Ele sentiu um cansaço repentino. Acho que exagerei, pensou. Ela é uma pessoa legal. Chegou a ter vontade de abraçá-la. Mas sentiu uma vontade mais forte de arrebentar a cara dela. Olhou ao redor e avistou a bengala que por algum motivo sua avó havia deixado num dos cantos do cômodo. Apontou.

— Pega aquela bengala pra mim. Vou te espancar com ela.

— Não tô a fim.

— Pega. A humilhação foi pouca.

Ela sacudiu a cabeça, os olhos alarmados. Puxou o cobertor até o queixo.

— Vai, anda — disse ele, tentando seduzi-la. — Deixa eu te dar umas porradas. Depois eu fico mais manso.

— Duvido que você seja capaz de ser bonzinho a ponto de me convencer.

— Tá certo. Eu vou buscar.

Ele pegou a bengala e arrancou o cobertor de cima do corpo dela.

Ela se sentou e abraçou os joelhos.

— Não faz isso comigo — disse ela. — Tô assustada.

— Medo é pouco — disse ele. — Vou torturar você.

Ele brandiu no ar a bengala, que parecia que ia quebrar na segunda ou terceira lufada. Ficaram paralisados, se olhando.

Ela baixou os olhos antes dele. Meditava, olhando para o cobertor maltrapilho.

— Você me decepcionou — disse ela. — Isso tudo aqui é uma perda de tempo.

Ele se sentou na cama, a bengala sobre as pernas.

— Você não tá nem aí pros meus sentimentos.

— Acho que quero dormir no outro quarto.

Separados, não dormiram melhor do que dormiriam juntos. Ela se enrolou no sofá e pensou sobre a natureza desagradável de sua vida. Ele se enroscou num cobertor, e piscava os olhos no escuro enquanto a revisão de sua desarticulada, maníaca e desgraçada vida sexual se debatia na memória numa confusão entontecedora.

Na manhã seguinte concordaram em voltar logo para Manhattan. Apesar do mau humor mútuo, transaram mais uma vez, sobretudo porque podiam se ignorar durante o ato.

Fizeram as malas depressa e em silêncio.

— Vai ser uma longa viagem de volta — disse ele. — Não faça com que eu me sinta muito cuzão, o.k.?

— Não estou nem aí pro que você sente.

A vontade dele era despachá-la no meio da estrada, mas não era tão indiferente assim às regras sociais. Além do mais, sentiu um pouco de pena por tê-la feito chorar, e, embora isso o fizesse olhá-la com desdém, sentiu que não deveria piorar a situação. No mundo ideal, ela sumiria do mapa e levaria consigo aquela mala de lona nojenta. Mas, na realidade, lá estava ela sentada ao lado dele no carro, impondo sua presença e demonstrando mais firmeza do que no dia em que se encontraram naquela esquina de Manhattan. Ela parecia convicta de que ficaria em silêncio durante as seis horas da viagem. Ele ligou o rádio.

— Se incomoda de baixar um pouco o volume?

— Tudo o que você quiser.

Ela revirou os olhos.

Sem muita esperança, empregou a tática que costumava usar para acalmar a esposa quando eles discutiam. Levantava a questão e a deixava escolher a solução.

— Quer comer alguma coisa? — perguntou. — Você deve estar faminta.

Estava. Passaram cerca de uma hora pra cima e pra baixo atrás de um restaurante que a deixasse tentada. Ela enfim escolheu uma lanchonetezinha. Era notável a melhora de seu humor quando se sentaram para comer.

— Adoro ovo — disse ela. — Dá uma paz.

Ele começou a dar papo pra ela, por simples curiosidade. Conversaram sobre música, faculdade, pessoas em comum e as drogas que usavam na adolescência. Ela disse que quando tomava LSD perdia o senso de identidade de tal maneira que nem se reconhecia na frente do espelho. Essa declaração patética a fez parecer muito atraente de modo quase súbito. Ela notou o brilho fugaz nos olhos dele.

— Você devia ter deixado eu te dar umas porradas — disse ele. — Eu nem ia te machucar muito.

— A questão não é essa. Não era a hora. Não faria sentido.

— Pra mim faria — disse ele, e fez uma pausa. — Mas acho que você ia quebrar o clima. Ia começar a gritar e me pedir pra parar logo de cara.

Os pedreiros que estavam sentados à mesa ao lado olharam pra eles sem entender nada. Ela sorriu com simpatia e voltou a olhar pra ele.

— Você não pode afirmar.

Ele ficou tão aliviado com aquela harmonia repentina que a abraçou quando saíram do restaurante. Ela se esticou pra dar um beijo no pescoço dele.

— Acho que fizemos uma ideia errada um do outro — disse ela. — Não é nossa culpa se somos incompatíveis.

— Logo, logo estaremos em Manhattan e aí acabou. Você nunca mais vai precisar olhar pra minha cara.

Ele esperava qualquer tipo de contestação da parte dela, mas a expectativa foi frustrada.

Continuaram a conversa, falaram sobre a natureza do tempo, pais e família e as injustiças do racismo.

Ela estava exausta demais para conseguir apreender informações relevantes daquela conversa banal, mas o som da voz dele, a postura de seu corpo e aquela receptividade surpresa eram inebriantes. O tempo havia adquirido uma granulação onírica que tornava reais conversas impossíveis e gestos improváveis, do mesmo modo como uma cápsula especial permite que seus moradores andem pela parede. Aquele carrinho peculiar passou a ser um casulo aconchegante, parecido com a casa em miniatura que ela tinha na infância e que montava e decorava para receber seus amigos imaginários. Agora ela se sentia como se fosse uma criança pequena, naquele estágio em que toda ideia ou conceito que vem à mente é novo e livre de associações, e precisa ser dito ou expresso com todo cuidado para não parecer disforme. Ela queria colocar todas as suas descobertas enfileiradas diante dele, como quando expôs uma sequência de desenhos multicoloridos em giz para o pai. Então ele mudou a postura do corpo ou fez um gesto que de repente lhe fazia parecer tão frágil e indefeso que ela desejava protegê-lo, acariciá-lo e papariçá-lo como se fosse um animalzinho de estimação deitado numa caixa de fósforo cheia de algodão. Ela encostou a cabeça no ombro dele e amou a imagem de suas pernas envergadas e esticadas até as botas entre o freio e o acelerador. Tudo isso era tão bom quanto sua fantasia original, talvez até melhor.

— Posso maltratar você um pouco mais? — perguntou ele, com doçura. — Aqui no carro?

— O que você quer fazer?
— Posso amordaçar você? É só isso que peço.
— Mas eu quero conversar.
Ele respirou fundo.
— Tá vendo, você não é masoquista de verdade.
Ela deu de ombros.
— Talvez não seja mesmo. Sempre achei que fosse.
— Você tem lá suas fantasias, mas acho que não faz ideia do que é ter a mentalidade de uma escrava. Você éególatra demais para servir outra pessoa.
— Sei lá, nunca pude experimentar. Nunca conheci ninguém que me despertasse essa vontade.
— Se fosse uma escrava sexual, não teria escolha.
— Tá certo. Eu não sou uma escrava. Comigo é na base do amor.

Ela nem sequer tinha consciência de que elevava o tom de voz e de que estava mais suave do que o habitual, a ponto de parecer uma personagem de desenho animado.

— O amor nas suas mais elevadas formas.

Ele achou lindinha essa afirmação. Claro que era repugnante, mas era o feminino emanando de uma música de rádio.

— Você não parece ter muito interesse no amor. O amor pra você é outra coisa.
— Discordo. Não é verdade. Por que acha que fui tão duro com você na viagem? No fundo tenho medo de me apaixonar por você, de precisar estar com você, ter que trepar com você até... a eternidade.

Ele começou a se divertir com a situação. Passava a vê-la como um jardim acorrentado no qual poderia entrar sorrateiramente e arrancar todas as flores.

Por um lado, ela estava extasiada. Por outro, o escrutinava com bastante cuidado, tentando atravessar uma fachada, ao passo que ele penetrava a fauna e flora de seu cenário de papelão. Será que ele caberia como personagem dessa paisagem? Imaginou-se sentada na frente dele num restaurante japonês, conversando sobre qualquer assunto. Ele olhava profundamente nos olhos dela...

Ele avistou o apartamento dela, depois o dele. E viu que poderiam existir a uma boa distância um do outro, e cada um delineado por fronteiras muito claras. O apartamento dela floresceu em cenas que espiralaram na direção dele em círculos coloridos, mas que congelaram de repente, numa posição bem definida. Ela rastejava vendada pelo chão. Amarrada e nua num bar S&M. Ela sentada ao lado dele num táxi, a saia levantada, os dedos dele dentro da boceta dela.

... Então voltavam para o apartamento dela. Ele batia nela e metia na boca.

Depois ele voltaria para casa e encontraria a esposa, que lhe faria o jantar. Era um cenário tão equilibrado que pela simples contemplação ele já sentia prazer.

No dia seguinte, lhe mandaria flores.

Ele soltou o volante e afagou a cabeça dela. Ela, tomada por um frenesi, puxou-o pela camisa.

Ele pensou: acho que pode dar certo.

Uma aventura gostosa

— QUAL É O SEU NOME, SENHOR?

A mulher sardenta usava calças verdes de stretch e tinha uma cabeleira ruiva, presa sob um lenço rosa elegante.

— Fred?

Esforçava-se para que a voz naturalmente grosseira parecesse macia e molhada, feito maionese quente.

— Que tal conhecer minhas garotas, Fred?

As quatro garotas olharam para ele. Duas delas ficaram sentadas e sorriram, seguravam as alças das bolsas com os dedos, as pernas fechadas e niveladas pelos joelhos. Uma garota linda de cabelos pretos, maçãs do rosto saltadas e uma boca carnuda e exuberante estava recostada num pufe laranja, e com as pernocas estiradas pelo chão de maneira tosca, meio abertas, armando seu vestido colado de seda até que quase dava pra ver o que tinha entre as pernas. Pasmada, ela olhou para ele com um desgosto nítido.

— Senta direito, Jasmine — repreendeu a mulher de calças de stretch, ainda sorrindo.

Ela estendeu a mão sardenta na direção da garota que faltava ser apresentada e que estava sentada de pernas cruzadas, olhando pela janela.

— E essa aqui é a Lisette.

A garota usava um vestidinho xadrez vermelho e preto, meias brancas e salto alto preto. O cabelo era castanho e usava um corte curto e reto, mas tinha cachinhos. Quando ela se virou para olhá-lo, sua expressão facial oscilava entre o amigável e o normal; poderia estar olhando para qualquer pessoa ou coisa.

A estranheza desse contexto o deixou encantado e fascinado: a voz que emulava gentileza, o desdém do desamparo, a escolha de uma garota entediada e desconhecida, sentada de pernas cruzadas sobre os tornozelos, olhando pela janela.

— Já sabe qual das garotas gostaria de conhecer?

— Vou com Lisette.

A garota se levantou e foi ao encontro dele como quem se dirige ao dentista, só que ela sorria.

As paredes do quarto eram verde-claro. Tinha um cheiro forte de suor com spray odorizador de ambientes. Na mesa de cabeceira havia um pote de plástico de onde jorravam lenços umedecidos, um rádio, um cinzeiro, uma caixa de lenço de papel e uma garrafa pegajosa de óleo corporal. A cama estava coberta por um lençol estampado de leões cor de caramelo, marrom e bege que ou se digladiavam ou descansavam aliviados sobre os galhos das árvores. Tinha uma cadeira de alumínio. Também um pôster de exposição de arte emoldurado em vidro. E um aquário com um castelo para peixes laranja fluorescente da marca Day-Glo. Ele se deitou na cama sem roupa, esperando a chegada dela. Ligou o som. Estava numa daquelas rádios tétricas de música disco. "Sou especialista em amor", cantava uma voz de mulher. *"I'll make you feel like new. I specialize in love... let me work on you."*

Ele sorriu enquanto ouvia a música. Vinham-lhe à mente as luzes giratórias das pistas de dança em que nunca havia estado, o cabelo desgrenhado e a roupa íntima suada das garotas que haviam dançado e bebido a noite inteira, garotas que ele nunca tinha visto, exceto nos comerciais de calça jeans. Esperava que Lisette fosse como a tinha imaginado, o aperto de suas mãos atarracadas, os cachinhos esparramados sobre os ombros dele. Será que dançava em lugares como aqueles de meia branca e salto alto?

Ela entrou com um lençol branco debaixo do braço. Andava a galope, os saltos estrepitando o chão. Ela desligou o rádio. O silêncio foi tão perturbador quanto o banho súbito de luz fluorescente que inundou o quarto.

— Não suporto essa merda — disse ela. — Espero que você não se incomode. E eu tenho que forrar o colchão.

Ela abriu o lençol, que estalou no ar e flutuou sobre ele, que saiu da cama engatinhando e chutou o cesto de lixo ao pisar no chão.

— Aqui, ó — disse ele, pegando a ponta do lençol e o esticando sem jeito sobre a cama.

— Tem problema não, tá bom.

Ela se sentou na cama e olhou pra ele, seu rosto pequeno de repente assumiu uma expressão de seriedade. Os olhos dela eram redondos e escuros. A maquiagem preta enlameada parecia ter sido passada com os dedos. Ele se sentou do lado e pôs a mão em sua coxa. Ela ignorou. Ele sentia como se incomodasse uma garota sentada a seu lado num ônibus. A mão dele suava em cima da perna dela, então a tirou. O que havia de errado? Por que ela não tirava o vestido pela cabeça, como elas costumavam fazer?

— Você frequenta lugares assim? — perguntou ela.

— Não exatamente. Uma ou duas vezes por mês. Sou casado, é mais difícil escapar.

Ela parecia apreensiva. Com uma agilidade nervosa, estendeu o braço e segurou a mão dele.

— Então qual é o próximo passo? — perguntou ela.

— Como assim?
— Sou nova aqui. Você é meu segundo cliente e eu não sei o que tenho que fazer. Quer dizer, eu sei o *básico*, mas tem muitos detalhes, por exemplo, a hora certa de tirar a roupa.

Ele sentiu que um sorriso tolo se abria em seu rosto. Segundo cliente!

— Mas você já fez isso antes.
— Se já fiz isso antes? Fiz não.

Olhou para ela, irradiava alegria.

— O que você faz da vida? — perguntou ela.
— Sou advogado — disse ele. — Direito empresarial.

Estava mentindo. Sentia-se livre de seu eu, solteiro e jovem à custa dessa mentira.

— Quantos anos você tem?
— Quantos anos você acha que eu tenho?

Ela sorriu e a maquiagem preta serpenteou no canto de seus olhos.

— Cinquenta?
— Acertou.

Ele tinha cinquenta e nove.

— E você?
— Vinte e dois.

Ela parecia ter essa idade, mas ele teve a sensação determinante de que poderia estar mentindo também.

— Por que você vem a lugares como esse?

Ela estava deitada na cama com a cabeça apoiada sobre a mão, as pernas dobradas, sossegadas.

— Você não se dá bem com a sua esposa?

Ele se encostou na cabeceira da cama, de pernas abertas.

— Ah, eu amo a minha esposa. É um casamento perfeito. E nós fazemos sexo, um sexo bom. Mas eu preciso de mais. Ela está aberta à experimentação, por mínima que seja, mas não tem tanto interesse nessas coisas. Às vezes me sinto um idiota ao querer fazer algo que sei que minha parceira não quer tanto assim. Além do mais, isto aqui para mim é uma aventura. Uma aventura gostosa.

— É gostoso?
— Com você vai ser muito gostoso.
— Como você sabe?
— Que pergunta esquisita.

Ela atravessou a cama para encostar o corpo no corpo dele, e pôs a cabeça em seu ombro. Acariciou o cabelo do peito dele e disse:

— Não é nada esquisita.
— Ah, eu sei lá.

Eles se beijaram. Ela tinha um beijo duro e obstinado.

Ela tirou o vestido xadrez, botão por botão, com muita habilidade. Seu corpo era belíssimo: branco, curvilíneo e rechonchudo. Quando tirou o salto alto, ele reparou que as pernas dela eram um tanto curtas e os tornozelos, um tanto grossos, mas gostou mesmo assim. Ela pendurou o vestido na cadeira de alumínio e olhou para ele de cabeça erguida, como se fosse entrar num trote, feito um pônei. Tinha orgulho do próprio corpo.

Naquele quarto ridículo, seu orgulho era digno de pena. Ele se sentiu superior, sentiu ternura. Esguichou um sorriso e abriu os braços. Ela o recebeu com um abraço surpreendentemente apertado, o apego saltitante de um animal brincalhão.

— Meu Deus, que corpo perfeito.

Ela sorriu e espremeu o corpo dele.

— O que você quer fazer?
— Vamos no instinto. Não precisa ficar nervosa. Vai ser uma delícia.

Ela tinha um toque inseguro. Conversava com ele enquanto se tocavam, e suas palavras cruas, francas, pareciam flores mordazes a brotar do cimento de sua timidez. Quando tocou os seus quadris, pensou que podia alcançar o mais íntimo da vida dela na superfície sensível do seu corpo.

— Parecia uma lua de mel — disse ele logo depois. — Do jeito que eu imaginava.
— Foi nada — disse ela, olhando-se no espelho, passando batom. — Para de bobeira.
— Você já foi casada?
— Nanão.
— Então você não sabe como é uma lua de mel.

Ela acertara a resposta, no entanto. Aquilo não tinha nada de lua de mel.

Acompanhou-o até a porta e trocaram beijos na frente das outras garotas. A mulher com calça de stretch sorriu e disse:
— Boa noite, Fred.

Quando pegou a estrada para Westchester, apertou o botão para abrir os vidros e pisou fundo. Chegando em casa, percorreu o térreo e acendeu todas as luzes. A esposa estava viajando e ele não gostava de ficar sozinho no escuro. A geladeira estava organizada e abarrotada de comida que a esposa havia deixado preparada para ele. Vestiu o pijama, calçou os chinelos e fez um sanduíche de frios com maionese. De pé no balcão da cozinha, comeu o sanduíche num prato de papelão que tinha um rosto sorridente de gato no centro. Pensou em Lisette deitada na cama, parecendo uma cascata de frutas, os ombros alinhados às bochechas enquanto olhava para ele, que, no banheiro, se limpava com uma bucha rosa vagabunda. Seu rosto arredondado guardava uma expressão curiosa e sensata. Garota inteligente, ele pensou. Dá pra ver nos olhos dela. Por que não disse que era veterinário? Nunca havia mentido para uma prostituta antes. Fez uma *piña colada* com muito gelo picado, colocou um canudinho — a esposa havia reutilizado um copinho de sorvete para guardar canudinhos vermelho e branco ao lado do liquidificador — e foi dormir.

No dia seguinte, dirigiu até Manhattan para revê-la.
— Rapaz, que alegria receber você esta noite — disse ela ao entrar no quarto com o lençol na mão.
— É mesmo? Por quê? — perguntou ele, levantando-se para deixá-la estalar o lençol sobre a cama.
— Ah, tive uma noite péssima. Mais um idiota seria dose.
— Aposto que você recebe uns tipos bem desagradáveis aqui.
— Pois é.
— Uns tipos violentos e tal, não?
— Nada, só uns manés.
Ela deixou que o lençol aterrissasse de sua flutuação e foi se enroscar no corpo dele.
Depois ficaram deitados na cama, ouvindo o gorgolejo deprimente do aquário.
— Olha essas pobres criaturas nadando tontas aí dentro — disse ela. — Mal sabem a sujeira que é o mundo aqui fora.
— A que você se referia quando falou dos homens que vêm aqui? Quando disse que eles são... uns manés. — Ele disse "manés" num tom de voz altíssimo.
— Quem sou eu pra dizer que eles são uns manés? A maioria é empresário. Devem ter muita massa cinzenta pros negócios. Mas não entendem nada de mulher nem de sexo.
Ela virou o corpo dele pra frente e se deitou em cima, pôs os dedos sobre seus ombros, encostou o rosto no dele.

— E no fundo pensam que podem nos comprar por cento e cinquenta dólares. Como se a pessoa do nada pudesse ficar sexualmente excitada quando eles dão dinheiro. Até podem pagar pelo serviço. Mas não compram ninguém com cento e cinquenta dólares.

Ela se afastou do corpo dele rolando e parou na cama de costas.

— É ridículo. Eles nem fazem ideia do que é um sexo bom, ou então saberiam que sexo bom não se compra.

Olhou para ele.

— Espero que você não tome isso como um insulto. Não estou falando de você.

Ele se apoiou sobre o cotovelo para conseguir olhar pra ela.

— Não, claro, mas achei muito interessante. Fico lisonjeado por você me contar essas coisas.

O estômago dela estava saliente, parecia um pãozinho. Ele fez cócegas nela.

Ela coçou a barriga.

— Por que quis voltar tão cedo?

— Não lembra da noite passada? Nossa, achei que foi um sexo muito... erótico. Não porque pago por ele, porque de fato foi.

Fez uma pausa esperando a reação dela. Ela olhou pra ele e piscou os olhos.

— Além do mais, gostei de você. Acho que existe algo entre nós. Acho que se eu fosse alguns anos mais novo e nos conhecêssemos em circunstâncias um pouco diferentes dessa, teríamos o que hoje em dia é chamado de relacionamento.

Ela sorriu e olhou para os leões que cochilavam tranquilos e sorridentes na estampa da colcha. Ele pôs a mão sobre a dela.

— Na primeira noite em que estive aqui, você estava um tanto insegura, meio tímida. Mas abriu o jogo e admitiu, fez perguntas. Confiou em mim. Hoje quando estava zangada, não foi falsa comigo. Desabafou, falou dos seus sentimentos. Não me tratou

como um cliente qualquer. Isso é legal. É muito raro quando sentimos que as pessoas agem com honestidade. Às vezes nem mesmo minha esposa é honesta comigo.
Ela desviou os olhos dos leões contentes e olhou pra ele.
— Você não devia procurar honestidade nas prostitutas.
— Você não é uma prostituta. Não diga isso.
— Você acha que eu sou o que então?
— É uma garota bonita, sexy, que, ah...
— Eu trepo por dinheiro.
— Sim, certo.
Ele deu um tapa nervoso na coxa dela.
— Você tem razão. É uma prostituta.
Mas essa frase não soou bem.
— Mas continua sendo uma garota maravilhosa.
Ele a agarrou e a aconchegou em seu colo.
— Você nem me conhece.
— Você é maravilhosa.
Ele apertou o corpo dela como se quisesse lhe quebrar as costelas. Ela empurrou o corpo dele com a pelve e o enlaçou com os braços e com a perna; e usou de toda a sua potência escorregadia para apertá-lo. Ela sorriu com os olhos semicerrados e deu uma mordidinha em seu lábio sorridente. Ele a apertou de volta, com mais força. Ela emperrou seus cotovelos nas laterais do corpo dele e ele emitiu um bufo submisso: "ufa".
Arquejante, ele soltou os braços.
— Nossa, como você é forte. Como uma pessoa desse tamanho consegue ser tão forte?
Ela sorriu como um lobo.
— Sei lá.
Ela o soltou, rolou pela cama e caminhou pé ante pé até o banheiro.
Ele foi atrás.

— Você é ginasta? Dançarina?
— Não, mas eu puxava ferro quando estudava.
Ela passou uma toalhinha branca entre as pernas.
— Na faculdade?
— É.
Ela pegou um potão de enxaguante bucal, jogou a cabeça pra trás e descarregou uma golada dentro da boca. Sacudiu as bochechas com muito afinco, pra frente e pra trás, enquanto mamava o líquido.
— Você acha que demonstra sua força no trato com as pessoas? Fora daqui, por exemplo?
Ela deu uma cusparada verde na pia e olhou pra ele.
— Sim, com certeza.
— Como?
Ela encostou na pia, botou os braços pra trás e ficou olhando pra ele, um rosto pensativo e sereno.
— Acho que... não deixo as pessoas me dobrarem. Eu não me moldo para caber no que pensam de mim.
Deu uns passos pra frente e o abraçou.
— É interessante que você ache a força das mulheres atraente.
— Por quê?
— Talvez porque a maioria dos homens mais velhos prefira as passivas e dependentes?
— Ah, esse estereótipo é muito chinfrim. Não acredite nisso.
— Sua esposa é uma mulher forte?
— Sim, é.
— Ela também é advogada?
— Não. Ela tem um antiquário. É alfarrabista, coleciona e negocia livros raros.
— Vocês se conheceram na faculdade?
— Sim. Ela fazia história da arte e latim. Eu fiquei impressionado.

— E ela foi sua primeira transa?
— Quase.
— Aposto que é por isso que você vai atrás de prostitutas.

Ela se desfez do abraço e correu pra se vestir. Uma parte de sua bunda balançou enquanto tentava se equilibrar no salto alto e enfiar a outra perna na calcinha.

— Como assim?
— Não teve muitas oportunidades de trepar por aí quando era jovem. E agora tá tentando tirar o atraso.

Os dedos dela voejavam sobre os botões do vestido xadrez.

— Tô achando que você está escrevendo um livro. É por isso que está aqui. É uma daquelas jornalistas que se disfarçam de prostituta pra levantar informações.

Ela deu um sorrisinho amarelo.

— Que nada.
— E além de trabalhar aqui, o que mais você faz? Alguma coisa você faz. Né?
— É claro que tenho mais o que fazer.

O "fazer" tinha um tom muito sarcástico. Ela foi até o espelho e sacou um porta-batom de prata brilhante.

— O quê? O que mais você faz?

Ela se aproximou dele.

— Não gosto de falar sobre isso aqui dentro.

Ela abriu a bolsa preta de couro pra pegar outro batom. Ele avistou um pataco de dinheiro e um pacote de camisinha embrulhado em alumínio azul-celeste.

— Por que não gosta de tocar nesse assunto aqui?
— Porque me deixa mal.

O telefone na mesinha de cabeceira esganiçava para indicar o fim do programa.

Foi visitá-la na noite seguinte e na que se seguiu. Gostava de sua risada e do modo como brincava de apertar a barriga dele entre suas coxas roliças, ou ainda do jeito como se contorcia sobre ele como um aviso para que mudassem de posição. O desinteresse com que ela reagia ao empenho dele em impressioná-la sexualmente o fazia crer que a excitação dela, quando rolava, era real, e que ela o desejava. Mas ai dele se ousasse colocar a mão num lugar que ela não queria, ela esbofeteava sua mão e frisava "Assim eu não gosto".

— É por isso que eu gosto tanto de você — disse ele. — Não posso me safar de nada. Com você é pá pum. Parece minha esposa.

Numa dessas noites, revelou que seu nome verdadeiro era Jane. Ainda não comentava sua vida fora daquele quarto verde-claro. Mas fazia perguntas sobre a vida dele. Ele ainda não tinha coragem de dizer a ela o que fazia. A mentira se mostrara um erro. Afinal, ela não demonstrava nenhum interesse sobre sua falsa carreira na advocacia, mas era amante dos animais. A conversa mais longa que tiveram em torno de um único tema fora sobre um gato que ela teve durante quinze anos, até que o gordão e asmático batesse as botas.

— Ele tinha o pelo todo preto, menos nas patas e perto da coleira. Parecia que estava sempre de fraque, com gravata branca e luvas, e não era menos cavalheiro do que qualquer outro ser humano que conheci até hoje. Uma vez o vi proteger uma gata de um cachorro.

Tantas histórias fofas que ele poderia contar sobre gatinhos e cachorrinhos que chegavam no consultório agarrados às camisetas de seus donos, ou sobre pássaros de asa quebrada dentro de caixinhas respingadas de cal!

Na quinta noite consecutiva em que fora visitá-la, ela não estava sentada na sala de espera junto com as outras garotas.

— Cadê a Jane? — perguntou à mulher de calça de stretch.

— Jane? *Lisette*, você quer dizer. Está ocupada agora — disse ela, em seu tom de voz plácido e gorduroso. — Gostaria de conhecer outra garota?

Uma jovenzinha de cabelo cor de vinho sorriu esfuziante para ele. Usava uma bolsa de couro envernizado pendurada na mão, cujas unhas estavam pintadas de roxo.

— Vou esperar a Lisette.

A mulher de calça de stretch arregalou os cílios em assentimento.

— Tá certo, Fred, sente-se e fique à vontade. Gostaria de beber alguma coisa?

Ela serviu uma dose aguada e nojenta de scotch num copo plástico. Ele aceitou; sorria e suava.

A garota dos cabelos cor de vinho se enroscou no sofá e voltou a jogar Banco Imobiliário com a garota de cabelo preto desgrenhado que estava deitada no sofá como se fosse uma enguia na vitrine do mercado. A mulher de calça de stretch tentou puxar papo com ele.

— Você trabalha por aqui, Fred?

— Não.

— Qual é o seu ramo?

— Nenhum. Quer dizer, sou aposentado.

As costuras debaixo do braço de sua camisa estavam grudadas, uma rede asquerosa sobre o cabelo suado. Jane estava sendo destroçada por um gordo trapalhão que não queria alcançar o mais íntimo de sua vida na superfície sensível do corpo.

A mulher de calça de stretch pediu que ele entrasse na cozinha. A casa prezava pela discrição, garantia que os homens não se cruzassem no recinto. Ele entreviu a silhueta lúgubre de um homem de terno preto pelas ripas da porta sanfonada enquanto esperava, segurando seu scotch, o gelo efervescendo num ritmo deprimente. Ouviu rumores se derivando da silhueta turva e a voz indiferente de Jane ao fundo. Ela parecia mais simpática quando se despediu dele. A anfitriã de olhos claros abriu a porta sanfonada e deu um sorriso sem emoção.

— Muito bem, o senhor gostaria de me acompanhar?

Jane estava sorridente em seu vestido xadrez, as mãos atrás das costas, as meias brancas na altura do tornozelo, as pernas cruzadas, o queixo empinado. Ele se lembrou da primeira vez em que a viu, parecia uma garota qualquer, mais uma insossa com cara de poucos amigos atrás do balcão. Sentiu um choquinho no cotovelo quando se deu conta de que o corpo dela, a voz, cada gesto ou melindre agora compunham a teia Jane, um reino de cheiros, sons e toques que se pronunciavam quando ela o prendia entre as pernas.

No instante em que ela pisou no quarto, ele foi até ela e a enlaçou pelos quadris.

— Olá, Jane.

— Oi.

— Foi estranho não encontrar você lá fora me esperando.

Ela pareceu surpresa.

— Acho que me habituei a pensar que você é a minha garotinha. Não gostei de imaginar que você estava com outro cara. Bobeira, né?

— Bobeira mesmo — disse ela, estalando o lençol sobre a cama. — Você diz essas coisas porque acha que gosto de ouvi-las?

— Quem sabe. As garotas costumam gostar.

Ele sentia o sarcasmo oculto no silêncio dela.

Ficou observando enquanto ela tirava o vestido pela cabeça e pendurava na cadeira de alumínio.

— Mas acho natural que esteja ficando entediada.

Ela bufou.

— Eu usaria outros termos.

— Quais?

Ela não respondeu. Sentou-se na cama e abaixou para tirar os saltos, mas continuou de meias. Quando tornou a olhar para ele, disse:

— Você acha mesmo que é uma boa ideia vir aqui me ver todas as noites? Custa caro. Eu sei que os advogados nadam em dinheiro, mas mesmo assim. Será que sua esposa não vai desconfiar?

Ele se sentou ao lado dela, pôs as mãos em seu ombro.

— Viu como você é uma garota excepcional? Nunca conheci uma garota que pensasse em dizer algo desse tipo. Elas só pensam em arrancar mais dinheiro de mim, mas você está preocupada com meu excesso de gastos. Não é bajulação, você *é* diferente.

— Você não fica com medo de pegar aids?

— De você? Ah, deixa disso, não se deprecie.

Ela sorriu, com tristeza e tensão, mas afetuosa, e pôs as mãos no ombro dele. Parecia um dos cachorrinhos que brotavam no consultório, que ele abraçava enquanto levava para tomar uma injeção.

— Desculpa ter sido uma cuzona com você. É que eu odeio esse trabalho e esse lugar.

— Vem cá — disse ele. — Hoje vou pagar pela hora dupla, pra gente relaxar e se divertir. Você pode ficar aí deitada e aconchegada nesse lençol.

Ele levantou da cama e apagou a luz. Sintonizou o rádio numa estação de música romântica. Tirou a roupa e foi pra debaixo do lençol, que os envolveu como uma redoma. Ele a achegou pelo pescoço e sentiu a testa dela em seu ombro. Os braços e as pernas se aninharam com docilidade, e parecia que toda aquela energia intensa de pônei no trote havia evaporado. A luz baixa do aquário gorgolejante irradiava alaranjada pelo quarto.

— Essa luz é tão linda e fascinante — disse ele.

— Quando a sua esposa chega de viagem? — perguntou a voz amarfanhada no ombro dele.

— Daqui a três dias.

Ele suspirou e ficou observando aqueles fiapos adoráveis de peixes entrando e saindo de seu castelo horroroso.

É claro que ele sabia que a preocupação dela em relação à situação financeira não era o único motivo que a fizera questionar a frequência excessiva de visitas. O mais provável é que estivesse de saco cheio dele. Já tinha namorado o suficiente para saber que as mulheres não gostam de ninguém na cola delas. Supôs que poderia ser piegas chegar lá sorrindo, todos os dias. Decidiu ficar em casa na noite seguinte, lendo ou assistindo TV.

Ele gostava de preparar o próprio jantar. A geladeira ainda estava abarrotada de coisas gostosas — arenque, um restolho de salada de batata com os dias contados, cream cheese, um pote de coração de alcachofra, pão de ovo. Mas a cozinha estava uma bagunça — o balcão atulhado de pratos sujos e as panelas com talheres de molho.

Dispôs as porçõezinhas e as fatias de arenque em pratos separados e levou para a mesa de centro da sala de estar. Ligou a TV pelo controle remoto, zapeou os canais e se desinteressou. Usou os dedos e um garfo de plástico para comer, e tateou mentalmente os acontecimentos do dia como um cego tateia uma gaveta de objetos pessoais. Primeiro o costumeiro desfile de cães e gatos, também um pássaro exótico que tinha uma doença misteriosa.

Não tinha a mais vaga ideia do que fazer com aquela coisa cristada, ornamentada com belas plumas, que aparentemente valia muito dinheiro. Fingiu que sabia, e agora o pássaro estava dentro do canil escancarando seu bico de gancho para os gatos.

Depois pensou no cachorro para o qual havia cantado pra dormir, um monstrengo velho, banguela, cego, desdentado e fedorento, cujas unhas pareciam as de um dinossauro. Pensou que era provável que o cachorro estivesse agradecido por aquela injeção letal, e foi o que afirmou, mas não serviu de consolo para a adolescente sem graça que insistiu em segurá-lo no colo até as últimas horas; lágrimas e lágrimas cascateando detrás dos óculos e se alastrando pelo rosto poroso e rosado. Pobrezinha, ele pensou. Ele queria dizer: "Não se preocupe, querida, já, já você vai se tornar uma mulher linda. Vai casar e ter filhos maravilhosos". Mas seria falsidade.

Pegou o controle remoto e, pensativo, mudava os canais. O que será que Jane ia achar quando se desse conta de que ele estava sumido? Acharia que tinha se cansado dela, que nunca mais apareceria? Iria pra casa pensando o que poderia ter acontecido? Tentou imaginá-la em seu apartamento. Havia lhe dito que era muito pequeno, um quarto e sala com um banheiro minúsculo. Mas que o banheiro tinha janelões e uma claraboia, e ela tinha tantas plantas lá dentro que era impossível se movimentar sem contorná-las. Também disse que não tinha cadeira nem sofá, e que comia no chão. E quando chegava do trabalho pedia comida chinesa, botava entre as pernas e comia na própria embalagem de papelão.

— O que você come no café da manhã? — perguntou ele.

— Sorvete. Quando tá calor.

— E o que faz para se entreter naquele cubículo?

— Leio o tempo inteiro.

— O que você gosta de ler?

Ela citou alguns escritores, um deles ele tinha sido obrigado a ler na faculdade, dos outros nunca tinha ouvido falar.

Ele pegou uma lasca de arenque e mordiscou com o incisivo superior. Quem sabe poderia passar a encontrar Jane no apartamento dela. Ela ganharia mais dinheiro, fato. Ele adoraria ver o tempo passar dentro de um cubículo tão peculiar. Poderia comprar uma cadeira pra ela. Até uma mesa, quem sabe.

Não poderia mais ver Jane com tanta frequência depois que Sylvia voltasse de viagem. Pensou na esposa entrando no avião com seu vestido verde e branco, a alça de vime da mala na mão, o cabelo grisalho preso num coque elegante que deixava à mostra seu belo pescoço e a postura delicada com que mantinha os ombros retos. Abrira um sorriso lindo quando se virou para lhe dar adeus.

Então imaginou Sylvia sentada em sua poltrona favorita, ali, do lado dele. Estava relaxada, mas recostava-se ereta nas almofadas rígidas em tom salmão. As pernas cruzadas, tornozelos pendentes. Com os óculos bege claro pendurados no nariz, entraria em transe ao folhear o catálogo de suas aquisições mais recentes. Se ele se levantasse e pusesse as mãos sobre seus ombros, sentiria sua força e elegância, e como seus ossinhos eram bem delineados.

Pensou na coleção de livros raros que ela tinha, organizada e trancada dentro de um armário de vidro num canto ensolarado de seu escritório. Eram uma visão agradável, e os livros custavam uma fortuna; certos livreiros haviam oferecido milhares de dólares por certos exemplares. Toda vez que olhava praqueles livros ficava deprimido.

Teve um Natal que ele comprou para Sylvia um livro intitulado *Beautiful Sex*. Ficava mal só de lembrar da noite em que Sylvia colocou o *Beautiful Sex* aberto em cima da cama, deixando à mostra as fotografias brilhantes em rosa e branco, enquanto se esforçava, suspirando, para reproduzir as posições mais convencionais: "Fala a verdade, querido, você não se sente um pateta fazendo esse tipo de coisa?".

Desligou a TV e saiu da sala escrevendo um lembrete mental de colocar os pratos na máquina de lavar antes de dormir.

No dia seguinte, depois do trabalho, foi para Manhattan sem passar em casa para tomar um banho. Talvez Jane sentisse o cheiro animalesco em seu corpo. Se ela perguntasse, ele poderia enfim contar a verdade.

Já estava escurecendo quando chegou à cidade. Dirigiu com lentidão pela Times Square, estava fascinado com a feiura da noite. Parou no sinal vermelho e notou o letreiro mixuruca na entrada de um cinemão de esquina que anunciava: *Sova na Cindy*. Um baixinho de jaqueta de couro estava do lado da bilheteria, curvava os ombros cadavéricos ao vento. "E essa bichinha", Fred pensou. "Tá perdida na frente desse cinema?" Olhou novamente para o letreiro e reparou que do lado havia um outdoor com a pintura de uma garota de calça jeans empinando a bunda, os cabelos loiros se encaracolando sobre as costas, a boca aberta de tanto rir. Era um anúncio de calça jeans, mas tinha tudo a ver com o filme em cartaz; se perguntou como é que isso tinha acontecido sem que fosse de caso pensado. Olhou para o outro lado da rua e avistou uma velha desmaiada, deitada inconsciente na calçada com a cara no concreto, o vestido esfarrapado roçando as coxas repugnantes. Sentiu nojo ao ver que um rapaz mijava na parede a poucos passos dela. As pessoas passavam por cima como se ela fosse um objeto no chão. Quanta perversidade, pensou, ao observar as pessoas que andavam de um lado a outro, sacudindo braços e pernas, mexendo a boca, gritando entre si, comendo cachorro-quente ou sorvete. Qual será a sensação de fazer parte disso? Viu a hora em que duas prostitutas de minissaia e bota de couro chutaram uns sacos de lixo e morreram de rir.

Quando chegou numa vizinhança mais tranquila, parou numa floricultura chinesa e comprou uma rosa de caule longo para Jane.

— Pra você não achar que eu tinha esquecido de você — disse ao entregar a rosa.

— Obrigada — disse ela, e colocou a rosa sobre a mesa de cabeceira, entre o óleo corporal e a caixa florida de lenços de papel. — Você tava doente?

— Não, tive só uns... umas coisas pra fazer. Sentiu minha falta?

— Senti.

Ela começou a desabotoar o vestido.

— Jane, amanhã é a minha última noite de folga com você. Pensei que talvez pudéssemos fazer alguma coisa especial.

— Tipo o quê?

— Você pode ligar avisando que passou mal e a gente sai pra jantar.

Ela pôs as mãos no colo e o encarou, alarmada, os olhos arregalados e manchados.

— Podemos jantar, ir no cinema ou num show... o que você preferir. Depois podemos ir para um hotel... ou para o seu apartamento... e passar a noite juntos.

Ela olhou para as unhas e as mordiscou.

— E eu sei que não posso fazer você perder uma noite de trabalho sem ganhar nada. Vamos fazer direito.

— Quanto?

— Quinhentos.

Ela não disse nada.

— Seria ótimo. Teríamos tempo para fingir que temos um relacionamento. Que tal?

— Não sei.

— Por que está em dúvida?
— É que não acho que duas pessoas nessas circunstâncias podem fingir que têm um relacionamento.
— Talvez você tenha razão. Mas pode ser divertido. Eu adoraria conversar com você sobre um filme que acabamos de ver...
— Acho que você ficaria chocado ao descobrir como sou fora daqui.
— É impossível não gostar de você.
— Você me acharia esquisita.
— Eu não sou tão caretão quanto você pensa.
— É que talvez a gente não tenha assunto.
Ela não percebeu o cheiro animalesco.

Ele esperou meia hora no local combinado. Não se admirou com o bolo que levou. Mas ficou surpreso quando ligou para o serviço de acompanhantes para marcar um encontro e lhe disseram que ela havia se demitido. Ela sempre dizia que odiava esse trabalho e que em breve o abandonaria, mas as garotas falam isso o tempo todo e ficam meses e até anos.

Sylvia chegou no dia seguinte, sorridente e bronzeada, contentando-se em lavar os pratos sujos na pia e recolher as toalhas úmidas e amarrotadas que se contorciam por todas as prateleiras do banheiro. Contou histórias agradáveis sobre o deserto do Arizona e a feira de livros que havia visitado por lá. Fizeram sexo, ele muito calado e respeitoso. Ela jogou os braços esbeltos sobre os ombros dele e o abraçou com muita força. Mas quando ele tentou introduzir algumas das artes que fazia com Jane, sentiu que o corpo dela o recebia com docilidade e paciência.

Ia para Manhattan uma vez por mês atrás das garotas. A cada vez, procurava estabelecimentos diferentes na esperança de encontrar Jane. Sempre que se encontrava com uma nova garota, sentia nostalgia, e aquela chateação que envolve qualquer comparação desfavorável.

Quando pensava em Jane, não achava que era amor ou algo parecido. Sentia uma espécie de ternura dolorosa.

Lembrou-se de que já tinha sentido isso antes, ao reencontrar uma garota por quem fora louco na faculdade, mas que tinha virado uma gorda e estava comprando um pacote de Pampers. Era estranho sentir a mesma coisa por uma pessoa que havia conhecido num bordel.

Quase um ano depois, tirou a tarde para ir a Manhattan fazer as compras de Natal. A cidade tinha uma aura diferente durante o dia. E quando pensava em Manhattan durante o dia, a primeira coisa que lhe vinha à cabeça era uma jovem bonita de cabelos pretos e ondulados e uma certa vermelhidão nas bochechas, caminhando por calçadas amplas e entupidas de gente, num passo mais acelerado e ágil do que o comum; os sapatos carcomidos e de cor vibrante marchando num ritmo limitado, pontuado, a jaqueta moderna e barata esbanjando o acinturado da calça, a bolsa colada ao braço, a cabeça evitando qualquer pessoa que tentasse olhar para ela, de modo que ficasse livre para planar sobre as vitrines que lhe chamavam a atenção, a mão no bolso da jaqueta, nada fora do lugar. Em seguida pensou num coroa pata-choca de terno, os óculos escorregados na ponta do nariz, um rendado de farelo gorduroso de comida na lapela, a pasta debaixo do braço, se arrastando pela rua no andamento que sua gordura permitia, o paletó chicoteando o sobretudo, os olhos entediados planando sem jeito sobre a garota e sobre todas as garotas que se pareciam com ela enquanto corria para chegar ao trabalho.

Era uma imagem triste e um tanto comovente, mas isso não o impediu de passar mais tempo olhando para as garotas do que fazendo compras. No fim do dia, só tinha encontrado dois presentes — um grampo de suéter com dois coelhos de prata para sua sobrinha adolescente e, para Sylvia, uma relíquia, um relógio de pulso elegante de uma relojoaria do Village.

Era fim de tarde e estava faminto. A relojoaria ficava ao lado de um café que ele adorava porque tinha uma comida boa e porque podia observar os jovens de roupas esdrúxulas que frequentavam o local.

A recepcionista, uma garota alta, testuda e suada, de bochechas sardentas simpáticas, sorriu ao correr ao seu encontro com um cardápio gigante de plástico, e de imediato o encaminhou para uma mesa de canto com flores amarelas dentro de uma garrafa verde: "Fique à vontade", ela arfou, e escapuliu. Ele tirou o casacão e saboreou o público do café. Pegou o cardápio e olhou para a mesa que estava à esquerda. A partir daí, todas as outras pessoas que estavam no recinto se tornaram um só emaranhado de formas coloridas e anônimas que poderiam até mesmo comer-lhe os olhos que ele não daria a mínima. Jane estava na mesa do lado. Com um rapaz. Ela deu uma olhadela, mas ele não conseguiu captar a expressão que tinha no rosto. Em seguida ela pôs o cotovelo sobre a mesa e cobriu o rosto.

Ele desviou o olhar. Espremeu o cardápio plastificado com os dedos. Leu a descrição da massa fria três vezes. Virou para o lado, olhou pra ela. Tinha deixado o cabelo crescer e usava um rabo de cavalo que parecia uma bolota de lã marrom. Mesmo escondendo o rosto, notou que ela não estava de maquiagem, a pele fresca e rosada na luz do dia. Usava um suéter velho cor de creme bordado de tulipas azuis e cor-de-rosa.

Olhou para o rapaz que estava junto com ela. Um moleque sem graça de vinte e poucos anos com uma mecha grossa de cabelo ruivo mal cortado caindo sobre a testa como um arbusto horroroso. Usava uma armação de óculos tartaruga que estava torta, uma das hastes coladas com silver tape, e um suéter marrom grosso, que fazia as vezes de um casaco. A pele do rosto corada e áspera, sua expressão esbanjava alegria.

Tomado por um impulso brutal, inclinou o corpo e lançou um olhar de galhofa para o garoto. O garoto olhou pra ele com cortesia e enfiou a colher dentro da tigela de ensopado.

— Pois é — disse ele —, a Simone tá sendo rejeitada pelos amigos mais antigos.

— Não é rejeição — disse Jane. — Só quero impor uma certa distância emocional. Pelo menos pra ela não me ligar toda vez que aquela namorada psicótica encher a cara dela de porrada.

Ela achou por bem permanecer sentada e continuar sua conversa.

— Quantas vezes isso já rolou? — perguntou o feioso com a boca cheia de comida.

— Cinco, contando a última namorada, sendo que três vezes ela me ligou às seis da manhã. Meu Deus, onde ela encontra essas mulheres? Eu não sabia que as lésbicas também caem na porrada.

Uma garçonete de saia curta de couro preto e meia-calça de leopardo apareceu para servi-lo.

— Já quer fazer o pedido?

— Não, ainda não.

A garçonete sorriu e saiu da mesa. Ele enfiou a cabeça no menu plastificado. Não sabia por que essa experiência estava sendo tão desagradável.

— Sei lá, cada um na sua — disse Jane. — Mas da última vez que ela me ligou eu tive que mediar o arranca-rabo entre ela e a tal doidona marombeira faixa preta em sabe Deus o quê, e elas não paravam de berrar, e a Simone ameaçou até cortar o pulso e aí, nossa, só vendo.

— Bem teatral.
— Não bastasse ela ser uma filha da puta duma masoquista, ainda quer plateia. E eu sei que estou sendo cruel.
— Discordo. A maioria das pessoas nem teria aguentado essa situação.
— Mas no fundo é trágico. Ela é uma pessoa maravilhosa. E eu conheço pelo menos duas baita gatas que dariam tudo pra cair de boca ali, mas ela não tá nem aí. Ela curte uma megera.
— Mas, olha só, a Simone também curte um desastre. Sempre curtiu. O lance é que ela não aguenta e quer levar todo mundo pro buraco com ela.

Eles engoliam a comida como quem faz justiça. Jane ainda estava com o cotovelo sobre a mesa e a mão no rosto.

— E o trabalho, já conseguiu alguma coisa? — perguntou ela.
— Estou animado. Acho que emplaquei lá no Ardis Films. E eu conheço alguém que trabalhava lá. A única coisa que me irrita é que as pessoas são muito pretensiosas. Todo mundo é "amigo íntimo" do Herzog ou da Beth B. ou sei lá mais quem. E todo mundo tem um sotaque afetado, sobretudo quando dizem "fita".
— Esse é o métier nova-iorquino — disse Jane. — A turma da arte faz bem esse tipinho.
— De repente vou trabalhar no museu com você.
— Se não estivermos em greve, né? E parece que vai rolar.
— Mas se rolar, você acha que conseguiria viver só de frila?
— Talvez — disse, baixou a mão e revelou o rosto pra ele. — Quem sabe.

Ele se levantou da mesa, olhando para a frente, e ajeitou o casaco sobre os ombros sem pressa alguma. Não conseguiu detectar se ela chegara a esboçar qualquer movimento de cabeça para observá-lo enquanto ele ia embora do café. E não se deu conta de que havia esquecido a sacola com o grampo de suéter de coelho e o relógio da Sylvia debaixo da mesa até chegar em casa, em Westchester.

Um revival

AO VÊ-LA A CAMINHO DO TRABALHO de manhã, ignorou, embora não a visse fazia quatro anos. Haviam se conhecido na Universidade de Michigan. Tiveram um romance tão breve e angustiante que nem chegava a considerá-la uma ex-namorada. As lembranças que tinha dela formavam algo como um refugo leitoso de sonho encontrado no chão durante uma jornada sonolenta entre a cama e o banheiro, ou como uma garota de propaganda que se emaranha à teia arbitrária da memória e, persistente, embala atos sexuais tarde da noite. Seu corpo esguio e os movimentos ínfimos haviam intensificado essa impressão. Ele estava de walkman quando se cruzaram, e com a audição tapada foi mais fácil ignorá-la. Ela se aproximou, virou o rosto para ele, interrogativa, apreensiva. Passou por ele e desapareceu. Em seu lugar entraram uma garota de terninho e dois homens de olhar fixo, a passos largos, carregando suas maletas. Pareceu não perceber que fora ignorada por ele; mas na verdade pode tê-lo ignorado também. O caso deles havia acabado mal.

Afundou no buraco sombrio e úmido do metrô saboreando aquela aparição surpresa. Nunca tinha feito esse caminho para ir ao trabalho. Talvez fosse a rotina dela.

Ficou pensando no tipo de trabalho que ela tinha; usava uma calça jeans enfiada nas botas pretas empantufadas de cano baixo, um casaco de tweed e um cachecol roxo em volta do pescoço. Ele se perguntou se havia ficado envergonhada ao vê-lo de terno, o sinônimo de quem tem o melhor dos empregos. Na faculdade, sempre debatiam as melhores formas de interagir com o mundo para ter sucesso. Ele avistou o fantasma dela deitado ao seu lado sobre lençóis amarrotados, a cabeça apoiada no cotovelo, seu cabelo então comprido escorrendo pelos ombros, opinando sobre o sucesso. Ele sorriu de leve. O metrô estrondou nos trilhos, e ele foi arrastado pela massa sonolenta e fedida à qual se juntava todas as manhãs.

Emergiu numa área mais composta de Manhattan e entrou pelas portas giratórias de vidro de um prédio cinza que era tão granuloso e alongado quanto uma ilustração de um prédio comercial da revista *New Yorker*. Trabalhava numa distribuidora independente de cinema cujo principal negócio era a exibição de filmes estrangeiros. Era um lugar de prestígio, e ele se orgulhava de ter conseguido esse emprego logo depois da formatura. Assim que começou, ficou animado de saber que poderia ir a sessões de filmes importantes, convidar amigos e encontrar pessoas famosas de vez em quando.

O escritório era pequeno e formado por um misto de mobiliário de pés nodosos e de escrivaninhas quadradas e alaranjadas das secretárias e assistentes. Havia um quadro de avisos onde se viam cabeçalhos de revistas e fotografias. "Olá, Joel", disse a recepcionista. Outros dois assistentes fizeram coro enquanto ele passava. Parou para falar com Cecilia, uma colega com quem tivera um caso nos dois primeiros anos de empresa. Acabado o caso, ficaram amigos e costumavam sair para almoçar. Ela contou sobre o encontro que tivera na noite anterior.

— Fiquei fascinada— disse ela. — Ele trabalhou com o — e nomeou dois diretores da moda — e no verão que vem vai pra França trabalhar com o Eric Rohmer. Ele é um gato. Ainda por cima engraçado e inteligente. Perfeito.
— Que ótimo. E onde o Mr. Maravilhoso levou você?
— No Gloucester House. Aquele restaurante de frutos do mar na rua 50, sabe?
— E depois?
Ela retribuiu o sorriso malicioso e respondeu à pergunta.

Não se sentia menosprezado pelos namorados mais ricos e respeitados de Cecilia, em parte porque supunha fazer parte daquele seleto grupo pelo simples fato de ter tido um caso com ela. No entanto, sentia-se um pouco humilhado pela rápida ascensão dela na empresa, o que o vinha deixando estagnado na mesma posição fazia três anos. "Meu relógio interno é diferente." Lembrou que havia dito essa frase fazia muito tempo para a garota fantasmática que tinha acabado de avistar na rua.

Sentou-se em sua mesa, olhou a correspondência do dia anterior e, preparando-se para começar o dia, pegou o telefone. Passou um bom tempo ligando para grupos de estudantes de cinema e outras associações no intuito de despertar neles interesse pelos filmes da Ariel. Era o tipo de tarefa que desempenhava muito bem, mas agora tinha que se desvencilhar da ideia de que era uma tarefa deprimente. Uma das mulheres com quem sempre saía para jantar também fazia a maior parte de seu trabalho pelo telefone. E certa vez lhe dissera, com seu jeito irritadiço, que estava começando a achar isso esquisito. "Porque pensa só" — disse ela, segurando firme uma garfada de noodles com seus dedos elegantes —, "o dia inteiro sozinha naquela sala conversando com vozes desencarnadas. Centenas por ano. E eu ali imersa em discursos flutuantes. Nem sequer conheço essas pessoas, não sei nem a cara delas. Nem um aperto de mão, nada. Não mais que sons modulados saindo de uma coisa plástica com buracos."

— Você está exagerando — disse ele. — Para ser engraçada.

— Quem dera. Eu nem devia ter aceitado esse trabalho. Sempre odiei falar no telefone.

Por que será que só se sentia atraído por mulheres baixinhas e dramáticas?

Pegou o telefone e começou a vender o último lançamento da Ariel, um filme americano que ele tinha odiado e não queria distribuir. O enredo era ridículo; ficou surpreso quando soube que havia tido um retorno amigável da crítica. O filme era sobre uma jovem chinesa que trabalhava num bar japonês de gueixas em San Francisco e tentava encontrar um parente que não conhecia, um tio desaparecido logo após um assassinato ocorrido durante a reunião de uma excêntrica e obscura facção política da China. A mulher nunca consegue encontrar o tio, mas uma pessoa misteriosa espalha fotografias dele nos lugares por onde ela passa junto com trechos indecifráveis do *I Ching*. Um filme idiota, mas muito popular entre universitários. "Não é um filme político per se, mas há um elemento político marcante. É um filme sobre identidade e ilusão", ele dizia aos compradores.

Depois do almoço teve uma reunião sobre os novos filmes que estavam sob avaliação. Um deles era baseado num conto de um escritor sul-americano famoso sobre uma criança forçada pela avó à prostituição. Ao ouvir o debate sobre o filme, lembrou da garota com quem tinha cruzado naquela manhã. O tema da prostituição infantil sempre lhe fazia lembrar dela, mesmo depois de tanto tempo. Logo que o conheceu, ela contou que havia saído de casa aos quinze, e ao dezesseis tinha trabalhado como prostituta durante dois meses. Quando se conheceram, ela era uma jovem universitária de vinte e dois anos, mas aquela informação pairara sobre ela como uma aura de fascínio durante todo o tempo em que estiveram juntos.

Ele foi assistir à sessão do filme sul-americano depois do expediente. Tratava-se de uma alegoria política muito bem fotografada, do tipo que costumava agradá-lo. Mas a cena que o marcou nada tinha a ver com política: uma criança morena, estuprada por seu primeiro cliente desalmado, vira o rosto para escapar de um beijo desse homem, quando um peixe brilhante nadando em águas imaginárias sobrepõe-se, com uma delicadeza ondulante, ao rosto dela, talvez uma memória do belo aquário que havia no casarão demolido da avó.

Quando chegou em casa, ligou para uma das mulheres com quem saía.

— Está tudo bem — disse ele. — Só queria saber de você, como vai e tal.

Ela ficou contente com a ligação e disse que tinha passado a semana inteira deprimida por causa da resposta de um agente ao seu manuscrito. Ele perdeu o interesse na conversa mais cedo do que esperava. Disse que precisava desligar, mas que tornaria a procurá-la em breve. Em seguida ligou para a que odiava telefone. Também estava deprimida. O pai sempre ligava pra ela para se queixar da vida, e às vezes antes de ela sair para o trabalho de manhã. Foi uma conversa mais divertida, mas que ele tampouco quis levar adiante.

Improvisou um jantar rápido para si mesmo, noodles indianos com manteiga, sabor vegetais. Abriu uma lata de sardinha e levou tudo para o quarto, para comer em frente à TV. A única coisa que prestava era uma entrevista com uma estrela adolescente do cinema que havia feito uma cena de nudez recentemente e o filme tinha sido um sucesso de bilheteria. Ficou observando a menina. O jeito preciso e cuidadoso pareceria tenso a uma mulher adulta, mas era encantador numa estrela mirim pornô. Ilusões embrionárias de conhecê-la e seduzi-la o absorveram enquanto comia o macarrão.

Foi dormir cedo. Quando acordou, percebeu que estava sonhando. Uma garota de catorze anos havia sido deixada sob seus cuidados por ordem de uma autoridade indefinida. Uma menina alta e adorável, olhões solenes e longos cabelos pretos. Ela não gostava de roupa e andava nua pelo apartamento. Ele não ficava só excitado, ficava radiante e comovido com a inocência dela. Lembrou de uma imagem em que ela andava despreocupada de bicicleta pelo quarteirão, as pernas compridas, o cabelo refletindo a luz do sol. Mas o sonho teve uma reviravolta infeliz. Ela foi perseguida por uma vizinhança aflita, que tentava cobri-la de roupas. Eles se esforçavam para que ele perdesse a guarda da menina, alegando indecência e abuso sexual infantil.

O sonho o deixou num estado irracional de desânimo, uma sensação de perda semelhante a uma picada de mosquito. Ficou consternado enquanto escovava os dentes. Queria que seu *roommate* já tivesse voltado da Itália. Ele nunca tinha ido à Europa nem a qualquer outro continente, e estava cansado de ser aquele que fica.

Resolveu pegar mais uma vez aquele caminho incomum. Lá estava ela, quase no mesmo lugar. Dessa vez olhou bem nos olhos dele e deixou escapar um sorrisinho. Tímida, ela acenou pra ele com a cabeça. Sem conseguir segurar o olhar dela, ele acenou com a cabeça e sumiu. O corte curto e reto era bonito, não tanto quanto o cabelão de antes.

Naquele dia, saiu para almoçar com Cecilia. Pediram sanduíche de pastrami no pão de centeio com cream cheese e salmão defumado numa lanchonete povoada de garçons que pareciam viver em completa desolação e tinham profundo apreço por ela. Cecilia era uma companhia reconfortante. Não era baixinha nem teatral. Cabelos loiros na altura dos ombros, o corpo rechonchudo inspirava serenidade. Alongava muito as frases, e tinha um jeito relaxado e quase predatório de virar a cabeça. Era de família rica, e ele supunha que vinha daí sua autoconfiança. O passado dela era o que mais o atraía. Não tinha interesse no dinheiro (embora não ficasse incomodado se um dia ela falasse com os pais sobre o financiamento de uma ideia de filme que ele tinha), mas havia algo de estranho e encantador nessa menina rica que crescera em segurança, cercada de dinheiro a vida inteira. O perfume da riqueza o agraciava vez ou outra, feito grama manchando a pele de uma criança preguiçosa dormindo no jardim. Ele a imaginou ainda adolescente, deitada em seu camão bagunçado, com dossel e lençóis de seda. Estava de calcinha, lendo Tolstói, e de vez em quando se coçava e pegava um bombom de uma caixa de chocolates, embora ele soubesse que Cecilia não gostava de doces.

— Acho tão interessante — disse ela — que, agora que estou próxima do sucesso, tenha deixado de me interessar por ele. Eu sempre soube que seria bem-sucedida, que bastava trabalhar pra isso. Mas parecia sempre tão distante, que fiquei obcecada. Era uma meta. Agora parece uma consequência natural, só mais um componente da vida a ser vivido. E nem acho mais tão importante. A vida é cheia de outras coisas. Qualquer ideia fixa é besteira.

— Pra você é fácil falar — disse ele. — As coisas perdem a importância uma vez que as conseguimos.

— Não é que não seja importante, mas deixei de me limitar a isso e esquecer do resto. E tenho certeza de que vou saber aproveitar o sucesso quando chegar a hora. Hoje me parece mais factível, não algo que eu ainda preciso conseguir.

Ele continuou mastigando, sem responder, ela espanou os cantos da boca com a língua.

— Acho que vou para a Itália daqui a uns meses — disse ela.
— Tô bem animada. Queria muito conhecer um produtor italiano de cinema e ter um caso com ele.
— Meu *roommate* é italiano — disse ele.
— Pois é, você falou.
Daqui a alguns meses, ele diria: "Minha amiga Cecilia está na Itália".
Olhou praquele rosto sereno, a garganta imóvel, o queixo um pouco arrebitado. Tinha dormido com ela durante dois anos. Aquela boca já tinha chupado o pau dele. Pensou: Minha amiga Cecilia. Ah, minha amiga.

Quando voltou para o escritório, puxou o ramal de longa distância e discou para o Wilson. Wilson tinha sido seu amigo mais próximo quando viviam em Ann Arbor, Michigan. Agora estava empacado como professor universitário num departamento de geologia em Washington, D.C. Joel telefonava pra ele duas vezes por mês e eles fofocavam sobre outros colegas de faculdade. Ele sabia que Wilson mantinha contato com a mulher que tinha visto de novo hoje de manhã.
— E a Sara, por onde anda? Você sabe onde ela trabalha?
Houve um átimo de silêncio antes da resposta de Wilson.
— Ela tá bem. Acho que ainda trabalha num bar do East Village.
— Não deu certo como pintora?
— Acho que não. Depois daquela última exposição, não fiquei sabendo de nada. Por quê?
— Cruzei com ela duas vezes essa semana. Não chegamos a conversar. Mas queria saber o que ela andava aprontando.
Wilson nunca aprovou o relacionamento de Joel e Sara, embora sentisse uma fascinação mórbida pelo que viveram. Mesmo assim, nunca deixaram de ser amigos.

Joel desligou o telefone e olhou para os arranha-céus taciturnos que se amontoavam do outro lado da janela. Imagens estáticas compunham a memória que tinha de Sara e rodopiavam no mudo por sua mente feito intervalos comerciais mal editados e cheios de corte — Sara, antes de se conhecerem, uma baixinha esguia caminhando pela State Street com seus livros debaixo do braço, calça jeans e botas marrom-claro. Andava a passos firmes, apesar dos quadris arredondados, uma boca tesa e triste e olhões arregalados, perdidos em pensamentos. Sempre que a via estava sozinha, e parecia estar constante e vagamente surpresa com o mundo ao seu redor. Viu a imagem de Sara recostada na cama dele lendo um livro sobre a África do Sul. Viu Sara sentada numa mesa, os dedos sujos de camarão com molho de pimenta vermelha, contando sua experiência como prostituta e alheia aos olhares da mesa vizinha. Ela apareceu sentada na escuridão de uma sala de cinema, a mão no queixo, botas nos pés e as pernas estiradas na fileira da frente, a língua estalando de sarcasmo.

— Que fraude, um pensamento tão classe média. Ele acha que consegue escandalizar alguém? É só uma reaçãozinha às convenções. Coisa de criança.

— É que você não entende o conceito de subversão — disse ele.

— Eu manjo mais de subversão do que qualquer pessoa neste fim de mundo — disse ela.

As cenas tinham um andamento acelerado, mas se concluíam como vislumbres. A palidez melancólica do rosto dela no escuro, os lençóis amarrotados que revelavam seu colchão encardido. A coluna encaroçada e o pontiagudo das omoplatas quando se esticava por cima do corpo dele para alcançar um "pano de meleca" na caixa de lenços de papel. A aspereza de seus calcanhares. A viscosidade aflita de seus dedos. "Me fode", ela dizia, "rasga."

Ele sentia que seus olhos se enevoavam de intimidade enquanto se locomovia discretamente pelos refúgios cavernosos da fantasia sexual. Perdeu o foco e escorregou. Em Ann Arbor tinha furado a orelha, usado boina algumas vezes. Escrevera artigos sobre organizações trabalhistas para o jornal universitário. Tinha apresentado Andy Warhol ao Cinema I. Percebeu que estava bêbado na calçada do Del Rio enquanto conversava com Wilson e vomitava ao mesmo tempo. Conversavam sobre política e sexo, o Wilson só falava de política porque não trepava com ninguém. Joel tinha acabado de conhecer Sara: "Ela é maravilhosa. É o sonho de todo homem. Não posso entrar em detalhes porque ela me fez prometer". Virou para o lado e chamou o hugo.

Tudo era premente em Ann Arbor, carregado de uma tensão adolescente que pairava na conta da fantasia, depois acabava por se esfarelar numa rajada de luzes.

— Meu sonho é virar um anarquista da Nouvelle Vague — disse à Sara. — Sair por aí jogando bomba e criando confusão.

— Quero ser uma pintora competente — disse ela. — Ou uma grande pintora.

— Presta atenção — disse ele, apoiando-se nela sobre o cotovelo. — Eu quero que você seja forte. Apesar dos pesares, olha aonde chegou. Desejo todo o sucesso pra você.

— Eu sou forte — disse ela, com olhos serenos. — Sou uma fortaleza.

Ele esfregou os olhos e tornou a olhar para os arranha-céus ranzinzas a transpirar no calor da tarde. Evidente que ela não era uma fortaleza. Lembrou do clamor trêmulo que reverberara do telefone na última conversa deles:

— Tô com medo — lacrimejava ela. — Parece que eu não existo, não consigo comer, não consigo fazer nada. Eu quero me matar.

— Olha só, eu cresci numa família normal, feliz — disse ele. — Tenho uma vida estável. Não consigo compreender essa crise de autoestima, ou sei lá o que é isso que você tem. Mas a gente se conhece há tão pouco tempo, não sou obrigado a ouvir seus problemas. Você devia ir a um psiquiatra, e eu preciso desligar agora, vou tomar banho.

Ele não suportava mulheres fracas.

À noite foi a uma boate com seu amigo Jerry e outros dois amigos dele, dois advogados grosseirões. Foram a uma boate que os deixou numa fila, com mais uma pá de gente na calçada, para serem inspecionados por um host arrogante que decidiria quem entrava ou não, a depender do que achasse da aparência da pessoa. Joel, Jerry e os advogados tiveram que esperar um tempão do lado de fora enquanto vários habitués da boate entravam pela porta tranquilamente. Era meio humilhante, mas também era um jeito intrigante de se divertir, um aspecto do comportamento humano a ser observado. Um dos advogados não parava de repetir: "Eu nem quero mais entrar. Grande merda. Vamos pra outro lugar".

— Não, cara, aqui é legal — disse Jerry. — Espera só pra ver.

Enfim conseguiram entrar e percorreram os três andares da boate, contemplando tudo com voracidade. Joel mandou pra dentro uma sequência infinita de drinques aguados em copo de plástico e ficava olhando praquela multidão ensopada de suor com um desdém melancólico. Os penteados eram parecidos com os dos personagens do Dr. Seuss, e todos pareciam crianças vestidas com as roupas dos pais. Já tinha desejado ser como eles. Agora achava tudo uma grande estupidez, embora ainda gostasse de observá-los. Avistou uma garota sozinha no bar, estava vestida aos moldes de uma prostituta mirim. Collant preto justo no corpo, tutuzinho de bailarina. Era baixinha, a coluna reta sobre os tornozelos. Ele chegou se esgueirando pela parede, fingia admirar a tralha pendurada ali como se fosse arte. Lembrou da boneca inflável com que certa vez decorou uma festa que deu no apartamento de Ann Arbor. Ela estava vestida com as roupas de Sara e exibia uma placa, colada com fita Scotch, que dizia "Me fode, machuca e rasga". Wilson chegara a dizer "Fala sério, Joel. Aí já é demais. Não tem graça". Joel continuou a se aproximar da garota no bar, digladiando-se contra a ansiedade que sentia sobre os ombros.

A conversa rápida que teve com ela não resultou em um pedaço de papel com o número de telefone dentro do bolso dele. Esbarrou com os advogados e ficou perambulando com eles, fazendo piadinhas. Não conseguiram encontrar o Jerry, então entraram num táxi e foram embora juntos, uma tríade de ombros masculinos atulhando o banco traseiro com risadinhas babacas e comentários inoportunos.

Abriu a porta de seu apartamento escuro e apertado num estado mental granuloso. Fez uma pausa breve na porta do banheiro antes de ir pra cama. Tirou a roupa e jogou-a no meio do corredor. Deitou-se no chão e botou a mão no pau. Evocou dezenas de imagens intrigantes, escrutinando as nuances de cada situação. Veio Cecilia. A garota no bar. Veio Sara e ele disse a ela: "Pega lá meu cinto". Ela hesitou e ele complementou: "Não acha que você merece uma surra?". Ele se masturbou ao visualizar Sara, de pernas arreganhadas, envergando o pescoço para esfregar sua boceta estuporada. Gozou. Limpou a barriga com um "pano de meleca". Memória ainda viva descolada da fantasia.

— Eu te amo — disse Sara.
— Ama nada — disse ele. — Isso é paixonite aguda.
— Não é, eu te amo.

Ela acariciou a bochecha dele com o nariz, depois com os lábios, e a ternura dela perfurou seu corpo.

A imagem foi ficando minúscula, translúcida, ilhou-se na escuridão, em seguida desvaneceu como numa TV que acaba de ser desligada.

Vínculo

FAZIA CINCO ANOS QUE SUSAN NÃO PISAVA em Manhattan, e aguardava essa visita com a ânsia de um mergulho profundo no sentimentalismo e na dor amena de um déjà-vu. Os três primeiros dias foram assim. Saiu para fazer longas caminhadas, visitou amigos de velha data e foi a cafés que costumava frequentar quando era uma garota magra, cabeluda, solitária e preocupada. Havia passado esses dias flanando sem rumo, saboreando uma mistura estranha de lembranças com emoções que, por gaiatice, revelavam suas sombras e tornavam a desaparecer.

Vinha pela Bleecker em direção à Lafayette quando uma mendiga baixinha e jovem entrou no seu campo de visão. Parada no meio da calçada, uma mão estendia aos passantes, a outra segurava um saquinho de lixo como se fosse uma bolsa de mão, mendigando a todos sem olhar para ninguém. Usava um suéter rasgado, uma saia esfarrapada e meias de lã harmonizadas numa combinação radical de cores; a cabecinha se inclinava num ângulo que lembrava um pássaro e compunha uma caricatura involuntária da curiosidade infantil. O rosto que evidenciava um passado de beleza estava tão imóvel quanto o corpo; os lábios carnudos, consoantes a uma longínqua expressividade, também estáticos e apertados. A imobilidade que impunha à marcha de nova-iorquinos lhe dava um ar desorientado e sem cabimento, mas emanava intensidade e calor, como se uma substância viscosa exalasse dos seus poros. A fisgada de pânico que Susan sentiu na barriga a fez mudar de direção antes mesmo de conceber um ato racional; quando se deu conta de que estava transtornada, sentiu-se ainda pior. A mendiga era a cara da Leisha, sua melhor amiga de anos atrás. O rosto, a postura, até mesmo o estilo dos trapos lembravam Leisha.

Susan virou a esquina e se apoiou numa parede, o coração batia desamparado. Lembrou-se de um artigo, ou de uma entrevista, algo assim, em que um arrogantezinho qualquer problematizava os encontros casuais com amigos de outras épocas que não tinham se dado bem na vida e o que se podia fazer para fugir desse assunto. Ela pensou: não pode ser a Leisha. Não via nem falava com ela desde uma desavença que tiveram seis anos antes. A última notícia que teve chegara em forma de convite de casamento (estava se casando com um advogado num clube campestre) que Susan, desdenhosa, havia jogado no lixo. Mas é claro que nem mesmo Leisha conseguiria ir de uma esposa endinheirada a uma mendiga num espaço de seis anos. E mesmo que fosse, tinha uma família de classe média disposta (e alerta sobretudo a esse risco) a recebê-la de braços abertos. Mas tudo era possível, e, como a própria Leisha costumava repetir, ela era uma pessoa muito instável. Não sabia fazer nada, exceto servir mesas como garçonete, e Susan sempre pensava no que aconteceria com ela quando sua beleza se extinguisse.

Virar a esquina não era só um desejo egoísta de fugir do que é desagradável; Susan podia imaginar a dor que Leisha sentiria caso fosse reconhecida, e esse tinha sido o motivo de seu embaraço. Também teria que tirá-la da rua, comprar um prato de comida pra ela, entrar em contato com a família e por aí vai.

Admitiu e em seguida reprimiu a ideia de que sua velha amiga talvez vivesse numa perturbação tremenda, que nem seria capaz de reconhecê-la, e ficou horrorizada ao perceber que em parte havia ficado satisfeita, até contente, só de imaginar que Leisha tinha virado mendiga. Parte dela queria ajudar Leisha, mas só por dever e pelo júbilo da condescendência; a amizade delas terminara em ódio. Susan abaixou a cabeça e escondeu o rosto nas mãos, mas ao tirá-las foi recebida pelo olhar pasmo de um pedestre adolescente.

Voltou, mas a mendiga já tinha ido embora. Não, não, lá estava ela, encostada na parede. Susan foi em sua direção e começou a falar sem parar, então percebeu que a mulher não era Leisha. A estranha olhou pra ela, um olhar suave, mas vidrado (não eram olhos castanhos, eram cor de mel), e estendeu a mão. Aliviada, mas desconcertada, Susan revirou a bolsa, achou cinco dólares e colocou dentro da mãozinha enconchada. A mulher guardou o dinheiro sem olhar e disse "Jesus te ama".

Susan pegou a Eighth Street para ir para o apartamento de sua amiga, e ficou deprimida ao lembrar das expedições que fazia a pé com Leisha por ali. Leisha era parte integrante de um corpo amorfo de lembranças reacendidas pela visita a Manhattan, mas agora parecia representar a lente pela qual todas as outras memórias eram vistas. Susan amaldiçoou sua capacidade de se impressionar facilmente e tentou pensar em outra coisa.

Susan tinha trinta e cinco anos, Leisha tinha trinta e quatro. Quando eram amigas, Susan era uma aspirante a escritora, e Leisha, a atriz. Sempre que tinha uma lembrança boa de Leisha — coisa rara nesses últimos seis anos — estavam no apartamento dela tomando chá, vinho, cheirando pó e falando sobre suas carreiras. Leisha adorava a palavra "carreira". Ela dizia "Acho que vai dar certo pra você primeiro" ou "De repente *vruumm*, sua carreira vai decolar — pode crer".

Não decolou. Susan tinha passado a maior parte de seus anos em Nova York datilografando, revisando, trabalhando na chapelaria de alguns eventos, e vez ou outra conseguia emplacar um artigo de sua autoria. Aos poucos foi desistindo de ser escritora e arranjou um trabalho de jornalista iniciante num jornal menor. Sua carreira editorial tampouco decolara, mas vinha caminhando. Em Chicago, onde morava agora, editava uma revista de TV pretenciosa e às vezes escrevia resenhas para um guia local a troco de banana, mas que lhe permitia fazer apontamentos estéticos. Quando pensava na revista, sentia desprezo e se achava uma fracassada; quando não refletia, gostava do trabalho e concluía que tinha nascido pra isso.

Leisha perguntava: "E o que você acha que vai acontecer com a *minha* carreira?", endireitando os ombros e arrebitando seu pescoço longo e atento. Susan respondia cheia de dedos, dizendo que também ia decolar. Leisha tinha feito o mesmo curso de interpretação por três anos seguidos, até que a professora disse que não dava mais. Teve uma chance, chegou a fazer uma batelada de testes, mas passou os anos seguintes de mãos abanando, consultando terapeutas e perdendo a linha com o cartão de crédito.

Susan passou pelo teatro da Eighth Street e notou os rapazotes cabeludos, corcundas, de calça preta bundeando na entrada. Lembrou-se de quando ela e Leisha ficavam na calçada do St. Marks Bar & Grill de batom branco e calça capri preta em pleno verão. Estalou a língua no céu da boca, emitindo o barulho clássico de uma colegial desprezando seu próprio sentimentalismo, mas lembrou que ele era o único motivo dessa visita a Nova York.

Pegou a Greenwich Avenue para espiar as barracas coreanas de fruta que sempre amou, as lojinhas de ferragem com suas mercadorias que parecem brinquedo, aquele monte de quinquilharia, a tensão daqueles cafés ao ar livre com garçons afetados e nervosinhos correndo de um lado para o outro ao som de música clássica. Era uma riqueza quase nojenta se comparada à limpeza e concisão de Chicago. Contemplou as moças de nariz empinado desfilando seus suéteres e jaquetas de couro e os rapazes de feição impassível que andavam a passos arrogantes contorcendo os quadris. Imaginou Leisha caminhando ao seu lado, com seu casaco de tweed, botas pretas de cano baixo, uma garota miudinha de cabelo espetado que andava em linha reta, sua concentração abrilhantando o rosto anguloso.

Haviam se conhecido quando eram universitárias em Ann Arbor. As duas tinham tido um caso passageiro com o mesmo cara, que infelizmente se revelara um cachorro desprezível, um detalhe que ambas levaram muito tempo para perceber. Leisha foi a primeira; o cara só conheceu Susan um mês depois do término deles. Elas se conheceram numa festa organizada pelo *roommate* dele, àquela altura um paquera de Leisha. Susan ficou o tempo todo encostada na parede, no escuro, tomando vodca num copo plástico, enquanto observava aquela criaturinha dramática saracotear bêbada na pista de dança em volta de um paquera claramente mais sóbrio que ela; cotovelo pra lá e pra cá, remexendo os quadris e balançando os joelhos quase inconsciente. O acompanhante do nada resolveu erguer o corpo dela e circular pela sala com solenidade, e a mantinha no alto de sua cabeça como se a oferecesse em sacrifício enquanto ela berrava: "Dá um tempo, Eliot, pufffavô!". Susan não gostou dela à primeira vista. Pensou: "Danço melhor" e, deixando a bebida no parapeito da janela, foi até a pista demonstrar seu talento. (Muito tempo depois descobriu que Leisha não tinha lá muito zelo pela dança: "Então vamos lá, o que uma garota faz quando dança? Ela remexe os quadris, empina bastante os peitos e *on*dula".)

Depois disso, Susan sacava a presença dela de longe o tempo todo — nas festas, nos cafés, no cinema ou mesmo à distância, lá vinha ela andando de quadril duro e o pescocinho mole de poodle. O nome de Leisha lhe chegava em meio a fofocas, geralmente num tom jocoso de tolerância, cujo contexto era um romance falido e no qual a palavra "louca" figurava em destaque. Em seguida Susan fez amizade com uma garota chamada Alex, que, por coincidência, dividia casa com Leisha e mais outra garota. Alex também não gostava dela; e elas se juntavam para comentar o quanto Leisha era falsa e fútil.

Mas esses mexericos começaram a ter um efeito inesperado. À medida que menosprezavam e escrutinavam Leisha, uma afeição repentina por ela começou a se manifestar. Passaram a dizer coisas como "Tudo bem que ela é uma cuzona, mas temos que admitir que ela tem um bom coração". Uma vez Susan a viu na rua e pensou que ela poderia ser personagem de um filme, uma figura misteriosa, quase insondável. Mas aquela suposta desmesura e seus fiascos amorosos começaram a atrair Susan. O modo exagerado de gesticular parecia esconder, sob aquela plumagem espalhafatosa, algo de muito frágil e refinado que não sobreviveria sem os adornos. Por outro lado, a séria e mórbida Susan, que ficava enfurnada se remoendo por horas com uma *roommate* quatro-olhos quando um romance chegava ao fim, sentia certa admiração por essa garota que andava pra cima e pra baixo tagarelando sobre as situações mais embaraçosas e angustiantes que vivia como se estivesse debatendo uma comédia musical. Era vulgar, mas tinha um quê de fanfarronice naquilo que Susan começou a apreciar contra a própria vontade. (Na verdade, ela descobriu depois que Leisha era muito sensível, e que só estava tentando ridicularizar uma situação desagradável que algum garoto já havia tornado pública antes que ela pudesse se pronunciar, e que, portanto, sua tagarelice histérica era só uma forma de se defender.)

Esse interesse crescente chegou ao ápice quando Leisha ficou grávida — pela terceira vez, disse Alex. Estava gripada, de cama, e sofrendo de enjoos matinais quando Alex e Susan foram visitá-la. Ao chegarem, ela estava sentada sobre a cama desarrumada e usava um robe de veludo azul, revistas de moda e refrigerantes por toda parte, os olhos castanhos vivazes e atentos. Olhou para Susan com uma intensidade desconfortável, mas lisonjeira. Susan se sentou na cama. "Soube que você estava doente. Vim pra saber como está se sentindo."

Conversaram sobre luvas de couro, salto alto e escritores do coração. Era a primeira vez que Susan ouvia a voz de Leisha — a voz grave e rápida inicialmente contaminada por algumas estrelas pornô mirins dos anos 1950, mas depois amadurecida por cantoras de cabelos bufantes dos anos 1970, só que em Leisha se ouvia o tom da inteligência, não da ironia, um tom franco e reconfortante, como se, *queridinha*, ela já tivesse feito de tudo nessa vida e soubesse da importância de se sentar, tomar um drinque e jogar conversa fora — que agora parecia uma postura ridícula para uma universitária de vinte e um anos. Susan se deu conta de que quase tudo o que conversava com essa garota parecia da maior importância. E tudo levava a crer que Leisha tinha a mesma sensação em relação a ela. Foi nesse dia que, na avaliação posterior de Leisha, elas se apaixonaram.

Depois que Leisha fez o terceiro aborto, começaram a se frequentar. Todos os domingos se encontravam religiosamente no Dialtone Café para debater os acontecimentos da véspera, ou só para mexericar as implicâncias da semana anterior.

— O que mais me irrita na Elena é que... ela é uma escrota. Nossa, é muito.

Leisha falava de uma festa a que tinham ido e na qual seu último ex-namorado havia se enfurnado no quarto com uma sul-americana.

— Ele acha que é diferente só porque tem vinte e seis anos e já foi casada e é da América do Sul, mas olhei bem pra cara dela e não achei nada demais. É só indiferente e calma, nada demais. Ele deve achar que ela é grandes coisas porque ela estuda direito e eu ainda sou uma perdida. Mas eu sei que sou tão interessante quanto ela e quando eu descobrir o que quero fazer da vida... sei lá. Ela pegou o garfo, largou-o no prato, puxou as pontas do cabelo e abraçou seus próprios ombros, a posição de camisa de força que ela fazia quando estava contrariada.

Susan ainda conseguia se lembrar do comentário que fez:

— Eu tô tão de saco cheio de ouvir as palavras "perdida" e "carreira" que minha vontade é só de gritar.

— Mas você quer ter uma carreira, não é?

— Não. Quero trabalhar na Dunkin' Donuts quando sair da faculdade. Quero ser gorda. Ou viciada em heroína. Quero a desgraça.

— Como assim? Tá de brincadeira. Mas entendo. Tô cansada dessa gente que pensa pequeno. É que não suporto mais me sentir uma idiota... vadia e idiota. Quero aproveitar meu talento. Eu sei que sou talentosa.

Susan mordeu a torrada e ficou olhando para Leisha, apaixonada, regozijada por ela. Adorava aqueles dedos minúsculos, o rosto atraente, o brilho de sua agitação, a afirmação patética de que tinha talento. Aquele jeito de falar como se fosse o pior estereótipo imaginável de mulherzinha só aumentava seu poder de atração. Susan não conseguia compreender a perversidade desse amor, mas ele existia. Talvez o amor fosse desproporcional porque não tinha outras amigas de faculdade; gastava a maior parte de sua energia emocional com os homens — tinha menos casos que Leisha, mas passava o dobro do tempo ruminando cada um. Talvez os extremismos e a obviedade de uma personagem de desenho animado fossem tudo o que conseguia suportar em outra mulher. É quase certo que fora por isso que Leisha escolhera ser essa personagem de desenho animado, ela lamentou.

O curioso era que Leisha também amava Susan, pelo menos no começo, mas se baseava num outro tipo de caricatura. Susan ficou surpresa ao saber que durante meses havia sido uma fonte de especulação e ciúme, que Leisha tinha ficado intrigada com a tal garota solene, retraída e (para Leisha) bizarramente tranquila. Além do mais, Susan tinha uma reputação daquelas em Ann Arbor, graças ao namorado que tiveram em comum: "Ela não é o que parece", dizia ele a quem quisesse ouvir. "É uma depravada do caralho." Em seguida detalhava como e por quê, tentando escamotear sua própria depravação.

— Eu olho pra você e só penso em salto agulha preto — dissera Leisha. — Eu ficava imaginando você toda de preto, calça colada e um salto agulha preto.

— Que isso, mano — disse Susan.

Mas ficou lisonjeada.

O apartamento onde Susan estava hospedada pertencia a um amigo de longa data, Bobby, que ia passar o mês na Europa e ficara feliz em providenciar essa curta sublocação. Ficava no Village, a poucos quarteirões do prédio onde ela morara por mais tempo em Manhattan. Esse era maior que seu apartamento antigo, e mais iluminado.

O apartamento que ela tinha em Chicago era maior que o do Bobby. Pé-direito alto e janelões. Tinha uma decoração elegante, cores suaves e mobília prática. Uma faxineira semanal cuidava da limpeza. Tinha utensílios de cozinha bonitos, todos combinandinhos. Ela se lembrou do dia em que Leisha visitou sua quitinete em Manhattan e riu da cara dela, incrédula ao perceber que depois de quatro meses Susan só tinha dois garfos, uma faca e uma colher.

Entrou no quarto de Bobby e se olhou no espelho de chão, uma mulher rechonchuda vagando para a meia-idade, de pé com um braço em volta da cintura e um drinque na mão. Nunca imaginou que seria rechonchuda ou calma. Dez, seis anos atrás, não engordava de jeito nenhum, independentemente da quantidade que comesse. Essa gordura repentina era uma novidade tão grande que ela a recebeu com alegria, nem tentou fazer o esforço contrário, como fazia a maioria das mulheres de sua idade: "Enfim você chegou no seu peso... ideal", a mãe lhe disse com aprovação, "Não é mais aquela criança esquálida". Essa aceitação maternal tardia a deixou tão esfuziante que chegou a ficar meio deprimida; poucos anos antes teria rejeitado essas palavras, tomando-as como as de uma mulher contente por enxergar o último vestígio de juventude e despreocupação no corpo de sua filha espantosamente magra.

Sua vida em Nova York havia sido errática e sem vínculos. Vivera grande parte do tempo de maneira precária, trabalhando num sem-número de bicos subservientes que lhe davam uma sensação de isolamento e invisibilidade, ainda que se sentisse estranhamente segura. Jantava arroz com feijão ou pedia comida chinesa pra viagem e comia no chão. Ficava acordada até sete ou oito da manhã trabalhando em seus manuscritos e depois dormia o dia inteiro. Ia ao Harlem entrevistar praticantes de vodu. Frequentava boates e bares até varar a madrugada e vagava pelos bairros como uma coadjuvante de Leisha ou de outra amiga menos importante. Fazia longas caminhadas noite adentro, sobretudo no inverno, e adorava ouvir o som abafado dos próprios passos, os barulhos da cidade atulhada de neve, e ver aquele bando de bêbados cambaleantes se arrastando pra casa, surpresos ao avistarem uma mulher caminhando sozinha pela rua às quatro da manhã. A desolação e a crueldade do inverno na cidade a deixavam horrorizada e fascinada. Ficava surpresa com os contrastes daquelas existências empilhadas umas sobre as outras e o desespero pela sobrevivência de pessoas que mendigavam e dos desajustados que viviam sem conforto sob as correntes de ar que corriam entre esses contrastes. Em seu primeiro ano na cidade, sempre dava uns trocados a qualquer um que pedisse. Depois, só dava quando acontecia de ter algo na mão quando pediam.

Os relacionamentos com os homens naquela época eram preocupantes; ela tinha conversas e mais conversas com Leisha, e se angustiava tentando entender por que sempre caía nas graças de pessoas tão medonhas. Quando se lembrava deles, apareciam emaranhados num borrão constrangedor: o viciado gatinho e delicado, o chinesinho masoquista, o jornalista italiano pretensioso, o professor casado, o estudante de direito todo pomposo, o dono de boate meio tantã que uma vez quase a estrangulou com um cinto. O cara com quem ela trepou no banheiro de um barzinho do East Village, aquele que depois a arrastou para um ménage exaustivo com sua namorada italiana. Esse foi um que Leisha desaprovara com furor (e soberba, na opinião de Susan). Estranhamente, depois de se desapegar daquilo que rotulara com desdém como "convencional" e "suburbano" em nome de qualquer coisa "não convencional" que pudesse ao menos lhe trazer segurança, Leisha havia dado uma reviravolta indignada e repentina, e passou a chamar a vida boêmia que levara de "afetada" e "fingida". Quando Susan não concordava, Leisha dizia coisas como: "É horrível estar próxima de você e saber que está levando uma vida de merda, adolescente e autodestrutiva".

Era pena que Leisha não pudesse vê-la hoje, com um emprego estável, os eletrodomésticos combinando, um namorado gentil e amoroso. Também era irritante saber que Leisha chegaria a uma conclusão fortuita sobre sua vida com base nas armadilhas correntes da vida dela ("Que bom que a Susan hoje tem uma vida estável") e em seguida compará-la favoravelmente com a Susan da juventude. Susan examinou cada ruga de seu rosto enquanto estava em frente ao espelho. Tinha sofrido mudanças nos últimos seis anos e considerava que haviam sido para melhor. Mas ela ainda era, para o bem ou para o mal, a mesma mulher que trepou bêbada com um estranho no banheiro fedorento de um bar podre e depois saiu correndo pra pegar um táxi, sorrindo ao enfiar um papel com o número de telefone na mão dele.

Respirou fundo e foi para a "sala de estar", onde se debruçou numa parede com tijolos à mostra para olhar pela janela que não tinha cortina. Parecia que sua amizade com Leisha nunca tinha sido o que hoje ela chamaria de amizade, mas um sistema complexo de segurança e endosso de fantasias egocêntricas que elas cultivavam entre si e que refletiam diretamente na vida. Susan hoje identifica a fascinação prévia por Leisha como uma conexão erótica indireta com o ex-amante que elas dividiram por um breve tempo. Não tinha fantasias com Leisha e ele ao mesmo tempo, mas tinha sentido uma satisfação peculiar por experimentar, mesmo que de segunda mão, a dinâmica que ele tinha vivido com essa garotinha má de voz rouca, e ao mesmo tempo por espelhar essa dinâmica na direção de Leisha, dando mais caldo ao seu drama de se tornar uma personagem a mais nessa história. Leisha pagou na mesma moeda, e é claro que adorava esse vínculo bidirecional que estabelecera com seu amante e a mulher misteriosa, contraditória e depravada que ele havia descrito para ela, o ícone glamoroso de mulher de revista pornô, que também atendia por sua melhor amiga, Susan. No primeiro ano de amizade, debateram e esmiuçaram a personalidade dele, pesaram prós e contras, até o loiro roseado, a qualidade e o relevo de seus órgãos genitais, e acharam muito divertido quando descobriram que ele ficava com raiva quando as via juntas conversando e rindo.

Naquela noite saiu para jantar com sua amiga Barbara. Foram num restaurante da Bleecker Street que servia porçõezinhas elegantes embaladas por uma música de fundo tranquila. Barbara era uma joalheira que nunca conseguira virar uma referência na área, mas seu trabalho se fazia presente em inúmeras revistas de moda e lojas de departamento. Estava recém-separada do marido com quem vivera doze anos, um escultor conhecido de Susan. Barbara parecia mais chocada do que triste com a separação.

— Não é que de repente viramos estranhos um ao outro, ou algo assim, porque conheço o John profundamente. Também não é por falta de amor, porque eu amo o John, mesmo que agora seja um amor mais fraternal. Dizem que depois de um certo tempo isso acontece.

Cortava o filé de salmão em pedacinhos, com muita elegância e tranquilidade, como se fizesse uma pausa numa discussão sobre arte.

— Então qual você acha que foi o motivo? — perguntou Susan.

Barbara se recostou na cadeira.

— Acho que não sei dizer. Mas era como se o relacionamento estivesse alicerçado numa base exterior a ele. Ao que consta, éramos bem-sucedidos como casal, e o John era o marido ideal — rico, loiro, alto, sensível, *ad nauseam*. Pra piorar, parecia que nossas conversas mais íntimas eram balizadas pelas coisas que deveríamos dizer ou que deveríamos ser. Parecia que nada partia de nós, entende o que eu quero dizer? Tô parecendo uma hippie, eu sei.

— Não tá, entendo perfeitamente.

— Sei lá. Acho que não percebi isso a tempo. Ele estava me enlouquecendo e acho que eu fazia o mesmo com ele.

— Também não sei em que medida um relacionamento pode se basear no que acontece dentro dele — disse Susan. — O meu com o Steve era baseado só na gente, era genuíno e terno, mas às vezes parecia que estávamos envoltos numa fantasia que nada tinha a ver com o mundo real. Talvez isso não seja um problema, vai saber, mas não pode começar a esbarrar no solipsismo.

Lembrou-se do que seu pai havia lhe dito numa discussão que tiveram quando ela tinha quinze anos: "A vontade que dá é de sugar as pessoas até a última gota, porque deseja que elas despejem suas entranhas sobre você e você sobre elas, infinitamente, até que não haja nada a ser revelado de ambas as partes, mas não é assim que funciona. Relacionamentos são construídos na base de 'Oi, tudo bem?' e 'Tudo bem e você?'". O eco dessas expressões parecia uma estaca sendo fincada no coração dele.

— Lembra da Leisha?

— Mas é claro. A doidinha que namorava um músico. Que que tem ela?

— Jurava ter passado por ela na rua hoje. Vi uma mendiga que era a cara dela.

— Meu Deus!

— Só percebi que não era quando fiquei cara a cara com a mendiga.

— E o que você fez?

— Dei cinco dólares pra ela.

Deitou-se no futom do Bobby e ficou pensando em Steve. Era um homem tranquilo, que ela achava brilhante. Trabalhava no departamento de relações públicas de uma revista que nenhum dos dois respeitava. Eles se encontravam quase todas as noites, tinham as chaves dos respectivos apartamentos. Tinham suas piadas internas e trocavam apelidinhos. Às vezes parecia que falavam uma língua própria que os outros estranhavam, e que havia algo de renúncia e falência nessa proximidade. Mas conseguiam ser felizes juntos. Também havia, de acordo com o linguajar das revistas, um "vínculo real". Ela abriu os olhos. "Vínculo" era uma palavra vaga quando aplicada a seres humanos. Qual era seu significado? Ela se lembrou de um cara com quem tivera um caso breve antes de conhecer Steve. Era uma pessoa amável e prática que não tinha o hábito de ler livros, raramente saía de casa e parecia não dar muita importância a nada exceto a seus amigos mais próximos e a uma arte marcial que praticava com fanatismo. Não tinham nada em comum. Em muitos aspectos, ele era entediante para ela. Mesmo assim, quando ela tocava o corpo dele, sentia que era uma pessoa sensível, e vivenciava uma espécie de receptividade que raramente encontrava nos homens. Quando estava em seus braços, sentia-se segura e protegida, e não tinha a ver com a musculatura bem definida de seu corpo. Sentia que dividiam uma energia muito boa, e que nutriam um ao outro de modo significativo e invisível. Porém mal conseguiam estabelecer um diálogo.

Em certos momentos, chegou a achar que esse era o único tipo de vínculo possível entre duas pessoas — intenso, inexplicável e, em última análise, incompleto. Na época em que sua amizade com Leisha começou a degringolar, pensou: Bom, eu não posso mais falar com ela nem sinto o mínimo de respeito, mas ela tem certa beleza que talvez só possa ser apreciada num grau não intelectual. Como a chama repentina que brota do movimento penetrante feito por um dançarino qualquer, ou a graça e presença de um animal.

Lembrou-se do dia em que andaram pelos arredores da St. Marks fazendo um exercício clássico de aula de interpretação.

Uma pessoa dizia uma coisa e a outra repetia, trocando algumas palavras ou expressões. Susan achava uma besteira, mas Leisha adorava esse exercício.

Leisha começou:
"Adoro andar na rua e observar as pessoas."
"Você adora andar na rua observando as pessoas."
"As pessoas olham pra mim quando ando na rua."
"Você gosta quando as pessoas olham pra você."
"Você gosta quando as pessoas olham pra você."
"Eu fico assustada quando as pessoas olham pra mim."
"Eu fico assustada quando as pessoas olham pra mim."
"Mas você gosta."
"Você gosta?"
"Eu fico nervosa e tiro o brinco."
"Você tira o brinco a toda hora."
"Detesto tirar o brinco."
"Quero fazer carinho no seu brinco."
"Você quer fazer carinho no meu brinco."

Parecia cantiga de ninar; duas garotas bonitas andando na rua e falando bobagens inofensivas, enquanto ao redor delas o mundo girava a todo vapor. Vendedores desesperados oferecendo mercadorias deprimentes sobre cobertores sujos — camisetas, suéteres surrados, cintos de vinil, revistas velhas, discos arranhados e livros desbotados. Lixo esvoaçante nas ruas e as pessoas andando pra cima e pra baixo nas calçadas rumo à realização de suas centenas de tarefas com ordem e apuro. Andar sob o sol quente e agradável parecia ser a única coisa que alguém poderia esperar da vida. Susan sentiu uma pontada de ternura banal por Leisha e num impulso estendeu a mão para acariciar seus quatro brincos como se acaricia um gato.

Em algum momento do segundo ano de vida em Nova York, suas conversas começaram a parecer tentativas desvairadas de se retorcerem para conseguir um apoio mútuo que nenhuma das duas poderia dar. Leisha estava metida com um roqueiro abusivo. E ao que parece ligava para Susan de um orelhão só quando já estava tendo uma crise histérica depois de uma briga com o cara. Quando ele a trocou por uma cantora, Leisha se internou no Bellevue, recebeu alta, cortou os pulsos, foi para a casa da família no Michigan, depois voltou e viveu num estado de semi-histeria pelo resto dos dias em que Susan teve contato com ela. Logo voltou a morar com o músico, que tinha levado um pé na bunda da cantora. Os amigos que tinha em Michigan lhe viraram as costas, diziam que não tinham paciência pra sua personalidade dramática e autoindulgente. Susan não sabia se eles estavam falando a verdade, mas parecia uma desfeita. Ela queria continuar sendo uma amiga leal, mas Leisha travava uma batalha tão sangrenta contra si mesma que quando elas conversavam parecia que estavam dividindo um afogamento interminável.

Da primeira vez que o músico deu no pé, Leisha telefonou pra ela às cinco da manhã aos prantos, implorando para que fosse visitá-la. Susan levantou da cama e pegou um táxi até a Eighth Street, onde homens e mulheres fantasmagóricos derrubavam latões de lixo no chão para facilitar a triagem. Ela se sentou na cama bagunçada e cheia de farelos de Leisha e a segurou pelos braços, como se a pressão do aperto devesse ser da mesma intensidade da tremedeira dela — "Me sinto tão vazia, Susan, parece que estou podre por dentro". Susan deu um beijo em sua testa, acariciou seus cabelos e a embalou até começar a sentir dor nos braços, mas não sabia o que dizer. Por fim, Leisha parou de tremer e pegou no sono, e Susan ficou ali, imóvel, assistindo ao pouso de pombos gordos e pavorosos no parapeito da janela imunda do vizinho, sentindo que a pele de Leisha começava a grudar em sua própria pele, e começou a sentir dormência nos membros. Por que será que Leisha se sentia vazia? O que esse vazio significava? O que faltava em Leisha? Uma qualidade inerente a outras pessoas? Tentou imaginá-la por dentro e avistou um emaranhado de fios desencapados, alguns queimados e outros em curto-circuito brilhando no escuro, sua descarga de energia faiscando calor e clarão por toda parte, até que não restou nenhum fusível, nem luz.

Houve ainda muitos telefonemas como esse, e Susan começou a ficar ressentida, sobretudo porque, quando precisava de alguém para conversar, Leisha nem retornava as ligações. Ela andava chateada demais, e ao que parece não conseguia fazer outra coisa a não ser brigar com o músico, mas gostava que Susan estivesse sempre disponível como testemunha. Susan sentia-se um estepe; sobretudo numa noite em que Leisha a convidou para um jantar que acabou num arranca-rabo com o músico, com macarrão voando pra todo lado e torcidas adversárias ovacionando os dois enquanto um baterista gordo tentava apartar a briga. Por fim ele a trocou pela cantora mais uma vez, e Leisha começou a sair com outra pessoa. Às vezes os três saíam juntos, mas as noites invariavelmente terminavam com Leisha bêbada num orelhão gritando na secretária eletrônica do músico enquanto o namorado novo olhava para o nada.

O mais irritante de tudo isso é que, assim que Susan concluiu que estava pronta para dizer a Leisha que se sentia usada, Leisha disse a ela que sentia que Susan só telefonava quando estava deprimida. Susan ficou embasbacada e ofendida, assim como Leisha quando soube do motivo. Ficaram quase um ano sem se falar. E parece que foi bem nessa época que Leisha enfim se livrou do músico e começou a namorar o advogado.

Elas retomaram a amizade quando um belo dia se esbarraram na rua e se deram conta de que ainda tinham muito assunto para botar em dia. Começaram a almoçar juntas. Leisha fazia uma careta, encolhia os ombros e dizia um monte de "eu não sei" ao falar de sua carreira de atriz. Disse que queria ter um filho. Enquanto caminhavam pela Eighth Street disse: "Ai, você não detesta essas pessoas de cabelinho verde arrepiado?".

— Não — disse Susan.

— É tão *passé*, será que não conseguem inovar um pouco?

— É que os adolescentes precisam dessas coisas.

Susan achou melhor não comentar que havia exatamente um ano o cabelo de Leisha também era arrepiado, e logo outros assuntos surgiram.

— Precisamos conversar — disse Susan, e elas se sentaram num *cappuccino bar* cuja decoração frenética se compunha de estatuetas e candelabros delirantes.

— Eu me sinto sugada por você — disse Leisha. — Sempre que estamos juntas parece que você se apega a mim de um jeito, que deseja alguma coisa que eu não sei o que é, e não consigo suportar essa situação.

— Eu não sei do que você está falando. Tudo o que desejo é sua amizade. Se isso te afeta assim, eu não posso fazer nada.

— Talvez seja um ranço do passado, acho você mais segura hoje do que antes, mas ainda sinto os efeitos daquelas nossas conversas de telefone, de quando você me ligava e dizia que queria morrer.

— Peraí. Você não se lembra do dia que me ligou às seis da manhã exigindo que eu fosse pra sua casa ou você ia se matar?

— Você me disse várias vezes que não entendia como as pessoas suportavam viver. Qualquer pessoa.

— Jesus, isso é ridículo. Quem começava todas essas conversas deprimentes, Leisha? Você, depois que... — ela ia dizer "você foi pra Bellevue", mas não conseguiu terminar.

— Não tô dizendo que era tudo culpa sua, também não vem me dizer que era tudo culpa minha, porque não era. Mas essa dinâmica estranha se estabeleceu entre a gente. Acabamos virando essas irmãs carpideiras, e eu não sei como isso se deu. Também não sei o que aconteceu com a gente, Susan. Em Ann Arbor não era assim.

Os olhos arredondados de Leisha continham uma emoção insondável.

— Amparar você não era um problema para mim — disse Susan. — Mas era sempre a mesma coisa, o assunto era você e o Eddie. Não importava o que eu dizia, você nunca me dava ouvidos. E se não era pra falar do Eddie, você nunca telefonava só para conversar comigo. Você nem retornava meus telefonemas. Chegou a pedir ao Eddie pra dizer que você não estava em casa. Ele me contou.

— Poxa, Susan, eu tava mal na época, você não consegue compreender? Cortei os pulsos, não lembra? Me sentia um zero à esquerda, um lixo — disse, titubeando; Susan logo reconheceu o prelúdio das lágrimas.

— Você não era um lixo — murmurou Susan.

— E sinceramente acho que agora você está repetindo o mesmo erro comigo.

— Quê?

— A gente só fala de você. Não há nenhum interesse no meu relacionamento com o Jonathan ou no meu casamento ou como vai minha terapia. A minha vida é isso. Estou muito empenhada em me cuidar, ter um relacionamento decente e me casar.

O tom da voz dela parecia um guincho tremulante, lágrimas brotaram de seus olhos, o rosto se amarfanhou e ela secou as lágrimas com o guardanapo.

Susan fechou a cara enquanto bebericava seu chá de camomila frio. Não teve coragem de dizer que desprezava Jonathan, que achava o relacionamento deles uma farsa, que odiava casamentos tradicionais e que achava que Leisha usava a terapia com os mesmos fins com que usara Eddie — para se distrair da própria vida. Uma lufada de música clássica varreu o restaurante num volume tão alto que atropelou uma das mesas e ninou com fúria os comedores de *cannoli* e bolos fofos.

— Também me incomoda o jeito como você fala do Stef o tempo todo...

Stef era o homem que Susan tinha conhecido no banheiro do bar.

— Eu quase nem falo do Stef.

— É como se falasse. Porque fala coisas horríveis sobre ele, e qualquer detalhe que mencione sobre ele já é demais pra mim.

Como é que fingimos ser amigas por tanto tempo, Susan pensou.

— Pior ainda quando fala dele e daquela garota italiana, é terrível, me sinto cortada por dentro. Não sacou que eles estão se aproveitando de você?

— Ninguém está se aproveitando de mim — disse Susan, assertiva.

— Ah, não? E aquela vez que tentaram fazer você injetar no banheiro do Area, ou foi em algum outro beco de merda?

— Eles não injetaram nada em mim.

— Eles tentaram.

— Não insistiram tanto assim. De todo modo, tanto faz se estão se aproveitando de mim, não tô nem aí. Tô injetando com eles porque eu quero. Eu sei me cuidar, e não estou pedindo sua ajuda nem sua companhia.

— Mas quando me conta histórias como aquela do piercing no mamilo, você *está* me deixando a par de tudo isso. Por que se coloca em situações tão arriscadas?

As duas trocaram olhares que pareciam se fundar no ódio. Um corte à flor da pele trafegava pela garganta de Susan. Ela suava. Leisha começou a falar sem parar, mas num ritmo tranquilo.

— Acho que você está andando com eles porque não tem mais o que fazer. Acho que você acha isso *interessante*.

O sarcasmo contido nessa última palavra se alongou por mais duas ou três.

— E não tem nada de interessante nisso. É sórdido e abominável — disse, dilatando as narinas.

— Quem é você? — perguntou Susan. — Como ousa me julgar?

Susan abriu os olhos e admirou a silhueta disparatada de um chapéu de penas pendurado no cabideiro de Bobby. Em retrospecto, tinha que admitir que parte de sua raiva se originava num aspecto verdadeiro da última acusação de Leisha. Mas Stef e Anna *tinham* sido interessantes pra ela na época; mesmo assim, como ela pôde dizer isso?

Susan se revirou na cama. As fantasias de ambas haviam mudado, as visões de amparo agora divergiam, e não conseguiriam satisfazer as necessidades uma da outra dali em diante. Uma vez que a vida íntima perdeu a importância, foi o fim. Susan havia encerrado um capítulo de sua vida, e sem dúvida também Leisha, que provavelmente via na amizade delas um sinônimo de ilusão e sofrimento. Ela tinha enviado o convite voluptuoso de casamento uma semana depois da grande discussão. ("Queira dar a honra de sua presença no casamento de...") Susan chegou a dizer "Que lindo" para o eco de seu apartamento vazio e rasgou o convite em pedacinhos.

Susan se revirou na cama mais uma vez. Ainda desejava saber por onde Leisha andava. Gostaria de ter uma conversa com ela. Lembrou de um verão em que saíram para dançar. E dançaram por horas a fio dentro de um lugar abafado e úmido até desabarem uma sobre a outra, o peito suado e palpitante de Leisha contra o dela. Lembrou-se de na época ter tido a sensação quase tangível de que eram criaturas cuja antena, delicada e invisível, estabelecia a sintonia entre elas, enviando calor e ternura de um corpo ao outro.

    Sentou-se na cama e acendeu a luz de cabeceira. Era possível entrar em contato com Leisha. Era provável que ainda tivesse amigos em Manhattan que saberiam de seu paradeiro. Pensou um pouco e se lembrou do sobrenome de duas amigas de Leisha. Telefonou pra central da lista telefônica e descobriu que uma delas não vivia mais na cidade e outra não estava listada. Ligou para o restaurante onde Leisha havia trabalhado; o restaurante ainda existia, mas ninguém se lembrava dela. A única opção era falar com o cara que ambas tinham namorado; a última vez que Susan ouvira falar dele, estava morando em Nova York, mas não se falavam havia anos, e agora já passava das duas da manhã. Ela caminhou pela casa durante quinze minutos, até que criou coragem de telefonar. Quando ele enfim atendeu, ela ficou tão surpresa que não conseguiu ser desagradável, e perguntou então se ele sabia onde Leisha estava.

    — Não faço a menor ideia. Anos atrás ouvi dizer que tinham se mudado pra Los Angeles, mas pode ser um boato. Você me ligou no meio da madrugada pra saber da Leisha?

    Ela desligou satisfeita por tê-lo desprezado e irritado. Vagou um pouco mais pela casa e acabou na sala de estar, onde se sentou olhando para o nada. Lembrou de uma história que tinha lido uma vez, na qual a personagem principal, uma mulher mais velha ansiosa por encontrar um rapaz que provavelmente nunca mais voltaria a ver, acabou por achar um consolo inesperado de madrugada na TV: um ator que era a versão mais velha de seu jovem galã. A seu favor, havia a lembrança de que Leisha já tinha sonhado com a carreira de atriz. Susan pegou o controle remoto e ligou a TV. Estava no canal pornô da TV a cabo. Ninguém ali se parecia com Leisha. Nem as pessoas que atuavam na série *Agente 86* ou num filme japonês de terror. Na última tentativa, surgiu um programa italiano velho sobre espionagem internacional, mas que tinha uma aura difusa e depravada que prendeu sua atenção por alguns minutos. E na realidade tinha também uma morena poderosa que fazia o papel da intelectual piranha. Se Leisha tivesse virado atriz, é quase certo que conseguiria esse papel, mas Susan duvidava de sua tenacidade para conseguir até um papel como esse.

Desligou a TV. Tinha vergonha de ter as habilidades de Leisha em tão baixa conta, mas não era um reflexo de seu desprezo. Leisha havia nascido para ser e sentir, não para fazer. Era um tanto arrogante limitar as possibilidades dela dessa forma. Afinal de contas, ninguém que tivesse conhecido a Susan de seis anos atrás poderia imaginar aonde ela ia conseguir chegar, e algumas pessoas tinham ficado surpresas.

Largou a cabeça no sofá e fechou os olhos. Imaginou Leisha atuando num filme de ficção científica, interpretando uma rainha pequenina vestida de lamê prateado. Também a imaginou mãe, usando uma blusa xadrez azul e branca, e ajoelhada no chão para brincar com o filho. Avistou Leisha sendo uma descolada já coroa, maquiagem flamejante nos olhos em preto e prata, sentada num bar reclamando de seu relacionamento para quem quisesse ouvir. Viu Leisha mendiga. Então todas as imagens se dissiparam e ela viu Leisha parada no vazio, vestia as calças capri apertadas de antigamente, uma garota sonhadora e sorridente cuja intensidade se emudecia por alguma reflexão profunda. Olhou para essa garota e se deu conta de que, apesar de toda picuinha e falsidade entre elas, havia tratado ela com carinho, e o cuidado tinha sido recíproco. Queria falar com essa garota, e na manhã seguinte tentaria de novo. Ficou quase uma hora sentada na sala de estar pensando no que poderia dizer a ela, e no que Leisha diria.

Tentativa

STEPHANIE NÃO ERA EXATAMENTE uma profissional; rodava bolsinha uma ou duas vezes por ano, quando ficava muito revoltada com o trabalho de escritório ou quando não conseguia pagar as contas. Até gostava de alguns clientes, mas nunca havia sequer pensando em namorar um deles; mantinha as incursões na prostituição bastante escondidas e apartadas de sua vida "real". Assim, se sentiu um pouco consternada ao se avistar de salto alto e de calcinha na frente do espelho manchado do Escurinho, passando seu número de telefone para Bernard, o advogado. Tinha consciência de que estava cada vez mais envolvida num lance que, pra começar, nem deveria ter começado; mas não tinha namorado, gostava do advogado, e sendo um cara casado, no futuro não passaria de um vulto em sua vida.

Quando o conheceu, estava trabalhando na "casa" atual havia três noites. Não era uma casa chique ou cara como as outras duas nas quais havia trabalhado, mas era confortável e segura. Ela não queria voltar à primeira casa por causa da peculiaridade do gerente, que lia a aura das garotas todo dia e as fazia entoar cânticos à luz de velas ungidas no balcão da cozinha para "purificar o ambiente"; tampouco podia voltar à segunda casa porque havia sido fechada pela máfia. Ela não tinha contatos nem experiência suficientes para fazer uma busca sistemática pelo melhor estabelecimento, então se deu por satisfeita com aquele — uma casa geminada caída e pouco ventilada na qual cheiros deprimentes e decrépitos se espalhavam pelos cômodos. Chamava-se "Christine's" em homenagem à fundadora, uma loira minúscula e tirana, cujo maior desvario era imaginar que aquela sala de espera hedionda, com papel de parede estampado, fosse um salão de arte, e que tinha como hábito forçar conversas excruciantes entre as mulheres e os clientes antes de autorizá-los a fugir escadaria acima. "Nosso renome vem da intelectualidade de nossas garotas" foi o que disse a Stephanie durante a entrevista, seguido de "Aqui todo mundo tem vida dupla. Aquela é Alana, uma artista. Suzie é estilista e Beatrice é enfermeira". As três estavam sentadas no sofá e olharam para Stephanie sem esboçar emoção. Christine deu a ela um nome de guerra, Perry, e lhe pediu que vestisse algo propício a "primeiro sair com a mãe para almoçar e depois encontrar o namorado para tomar uns drinques". Essa pretensão ridícula, que cambaleava de maneira patética rumo à ambição, deixou Stephanie interessada. Ela pensou: só umas semaninhas, e apareceu dois dias depois com um vestidinho prateado colado no corpo.

Ela já tinha desembestado escada abaixo — depois de ser convocada pelo interfone para "ter um encontro" — toda desgrenhada, com a meia desfiada, e deixado seu cliente corpulento e ofegante a finalizar suas abluções em paz. Parou diante do homem da vez, com uma dor leve nos joelhos pelo apertão da saia preta e sorrindo de gaiata por se lembrar, sabe-se lá por qual motivo, do seriado *I Love Lucy*. A gargalhada represada saiu em forma de balbucio quando Christine cruzou os braços e disse "Então, Bernard, gostaria de ter um encontro com Perry?".

O homem se levantou e disse "Sim, e como". Ele tinha por volta dos quarenta e cinco anos, era bem alto e magro, e compunha seu terno caretésimo com uma gravata borboleta despropositada. Tinha olhos amáveis e uma conduta inteligente e questionadora. Ela notou que algo nela o deixava excitado de verdade e se sentiu lisonjeada.

Ele a seguiu em direção ao Escurinho, um quarto horroroso todo em cor de vinho. Despiu-se e se deitou na cama, o torso sobre o travesseiro, o corpo esguio cheio de expectativa plácida, um pau assombroso de grande e meia bomba sobre a coxa. Ela tirou os saltos e se ajoelhou ao lado dele na cama. Ele não tocou no corpo dela nem se aproximou, fico ali deitado e olhou pra ela como se aguardasse o começo da diversão. O ar-condicionado carcomido gemia e pingava.

— Seu cabelo é bonito — disse ele. — Muito estiloso.

Constrangida, ela despenteou seu corte escovinha tingido de preto.

— É que tá na moda. Muitas mulheres usam esse corte.

— Eu sei. Mas em você fica perfeito.

Ela agradeceu e tirou a blusa.

Ele olhou para os peitos dela com evidente aprovação, mas nem se mexeu.

Ela concluiu, com certo alívio, que ele era um tagarela e puxou conversa.

Em minutos descobriu que ele trabalhava na prefeitura, na reconstrução do Lower East Side, que não amava a esposa, mas gostava muito dela, que os dois quase nunca transavam. Que ele ainda não tinha se separado porque não queria ficar sozinho.

— E você? Faz o que da vida quando não está aqui?

Ela fez uma careta.

— Olha, eu não sei se chego a fazer alguma coisa. Mas estou tentando virar escritora. Por isso me mudei pra Nova York

— disse ela e fez uma pausa, imaginando que talvez essa frase soasse ridícula para um homem que usa terno e sai com prostitutas. — Você acha ridículo?
— De forma alguma. Por que acharia?
— Porque tantas garotas que trabalham nessas casas desejam fazer outra coisa da vida, mas é óbvio que na maioria dos casos elas não têm nenhum talento ou se sentem amedrontadas, sei lá, fico com medo de soar patética por isso. Nem as pessoas daqui sabem o que eu faço. Digo que sou secretária, às vezes protesista, varia.
— Que bobagem. A bem da verdade, muitas pessoas talentosas trabalharam aqui. Uma época teve até uma panelinha de artistas de várias áreas. Tinha uma artista da performance que foi pra Itália e começou a trabalhar com, acho que com uma coreógrafa de vanguarda... eu sei o nome dela, mas não consigo me lembrar agora. Enfim, ouvi dizer que deu tudo certo com ela.
— Como você sabe?
— Porque fui um cliente assíduo e tínhamos uma relação fora daqui. Ela usava um corte de cabelo igual ao seu, só que o dela era laranja.
Ele sorriu, como que para expor um elemento revelador e capaz de firmar uma relação entre Stephanie e a garota de cabelo laranja.
— Pelo que sei, ela usava esse lugar como fonte de inspiração. Era uma mulher brilhante e muito consciente de todas as contradições que incorporava para estar aqui.
Ele sorriu com ternura.
— Ela conseguia falar horas e horas a fio sobre esse tema.
Stephanie tirou a saia e se deitou do lado dele, apoiando o corpo sobre o cotovelo. Conversaram sobre a seção de ficção das revistas *New Yorker* e *Atlantic*. Ela reclamou dos escritores da moda que achava desprezíveis. Falaram sobre apresen-

tações de dança e performance a que ambos tinham assistido. Ele descreveu uma apresentação da Dance Theater Workshop na qual os dançarinos sacudiam animais imensos de isopor uns nos outros e depois rolavam na tinta. Ela achou um pouco idiota, mas sentiu ternura pelo regozijo curiosíssimo que aquele espetáculo pateta havia despertado nele.

— Sou sócio entusiasta do DTW e de vez em quando me convidam pra umas festas sensacionais; todos os rapazes usam sobretudos e brincos, e todas as moças têm um corte de cabelo igual ao seu.

Ele abriu um sorrisão.

Ela pensou: se continuar nesse ritmo, não vou precisar fazer nada.

Conversaram sobre o passado dela, a frieza e o rigor do pai, a tristeza e a passividade da mãe, a irmã que tomava lítio, o curso que tinha escolhido na faculdade, seu primeiro amor. Ele ouviu tudo com atenção. E começou a acariciar os pelinhos do braço dela, e depois o braço inteiro.

Ele tinha um toque encantador; ela se aproximou e ele a abraçou. E acariciou o corpo dela como se tentasse descobrir os lugares que ela mais habitava — não era romântico, mas gentil, tinha senso de exploração. Ela não chegou a ficar excitada, mas achou agradável; fazia muito tempo que ninguém tocava seu corpo daquele jeito.

Ela sussurrou:

— O seu toque lembra o da minha mãe.

— Como assim?

— O toque dela é encantador. Eu nem gosto dela, mas quando ela começa a me acariciar, fico totalmente vulnerável. É medonho.

Ele adorou a comparação.

— Que lindo — disse.

O interfone soou para anunciar que só restavam dez minutos. Ela "deu um trato nele" rapidinho e eles se levantaram da cama para se arrumar. Ela ajeitou os pés no salto alto e, bem-disposta, arrancou fora os lençóis. Ele puxou o zíper da calça, deu uma gorjeta de vinte dólares e disse que tinha adorado aquele momento de relaxamento. Ela concordou, claro, para ela também tinha sido muito bom, e saiu no trote para enfiar os lençóis amarrotados num cesto de vime fedorento. Ela o acompanhou até o andar de baixo, caminhando sem jeito e se sentindo assoberbada pela saia justa. Sentia a espiada intimidadora e sombria dele enquanto caminhava em direção ao olhar especulativo e temperamental dos três Romeus em potencial na sala de espera.

— Aí está Perry — disse Christine, esfuziante.

— Oi — respondeu a garota, balançando a cabeça.

Ela se virou para Bernard e revirou os olhos enquanto o conduzia até a porta, ciente de que ele ia achar o máximo essa demonstração clara de desprezo.

— Até breve — disse ele. E a abraçou por alguns segundos, despertando uma sensação desorientadora de conforto e segurança que fez com que a volta ao encontro dos olhares invasores de seus *amiguinhos* em potencial fosse quase voluptuosamente reveladora. Ela parou diante deles e a gargalhada represada se esboçou mais uma vez.

Depois do expediente, ela foi visitar uma exposição coletiva numa galeriazinha do Soho que tinha trabalhos de sua amiga Sandra. Como sempre, ela era uma das poucas pessoas que não eram artistas naquele ambiente. Sandra, nervosa e cuidadosamente elegante com seu casquete azul brilhante e uma saia longa de veludo preto, lhe apresentou para todos como "essa é minha amiga Stephanie, que escreve para o *Village Voice*". As pessoas ficavam impressionadas, mesmo que Stephanie dissesse: "Eu só escrevi um texto para o *Voice* e isso já faz mais de um ano".

— Tá, mas você tem cara de que escreve para o *Village Voice* — disse um pintor.

— Isso pra mim é um insulto.

— Não é um insulto, mas também não é um elogio — disse, soltando uma gargalhada.

Stephanie entrou em uma conversa sobre a falência constrangedora de uma galeria da qual ela nunca tinha ouvido falar, e que, após um revezamento repentino de interlocutores, se tornou uma discussão sobre a crítica que alguém tinha escrito para o *Times* versus a crítica que alguém tinha escrito para o *Voice*. Sandra saçaricava por toda a galeria, entrando e saindo de conversas e aparentando prazer e animação. "Não veio *ninguém*", disse bafejando sobre os canapés, embora houvesse dezenas de pessoas ali.

Stephanie perambulava de conversa em conversa, vacilando à beira do pavor, porque, embora houvesse pessoas legais e interessantes no ambiente, a situação toda, a despeito da aparente simpatia e descontração, a impedia de estabelecer um diálogo e de desvendar os aspectos interessantes e agradáveis de cada pessoa. Ela tentou entender por que e não conseguiu, e tinha também a sensação de que as conversas ao seu redor começavam e terminavam de acordo com regras sutis, mas muito bem definidas, e às quais ninguém a tinha iniciado. Foi então que avistou Dara, outra amiga de Sandra que não era artista, soberanamente sozinha num canto. Dara tentava se tornar estilista, e naquela noite estava extraordinariamente bonita dentro de um vestido de cetim sem alças que tinha uma mancha dramática na altura da barriga, certamente ocasionada pelo derramamento de algum líquido muitos anos atrás. Stephanie sempre fora uma admiradora de Dara, embora ela não fosse muito amigável e já tivesse lhe tratado mal ao telefone uma vez. Mas Dara parecia contente em vê-la e iniciou uma conversa monótona e longuíssima que tropeçava sem jeito em assuntos como o trabalho de Sandra, o trabalho do marido de Sandra, uma escritora de que Stephanie gostava e um filme. Ainda assim, Stephanie se aferrou à ideia de que Dara era uma pessoa interessante e disse:

— Você parece aquele tipo de pessoa que está à vontade no mundo.

A perplexidade abriu um clarão nos olhos de Dara; ela olhou desapontada para Stephanie.

— Você está redondamente enganada — disse depois do baque. — Duvido que conheça alguém mais deslocada do que eu.

Ficaram em silêncio, o de Stephanie era o silêncio da desilusão. Jurava ter feito uma observação profunda que deixaria Dara impressionada com sua percepção; ao contrário, acabou se revelando uma lunática. Isso acontecia o tempo inteiro.

No dia seguinte, no Christine's, sentiu-se no mundo da lua, especificamente no mundo aluado das charges da *Playboy*, sempre habitado por prostitutas lindas e tapadas em baby-dolls rosa minúsculos esparramadas em almofadas com gatinhos brancos, enquanto homenzarrões sorriam para elas. Teve uma sensação estranha, mas agradável. Aquela tinha sido uma tarde morosa, e as mulheres estavam amontoadas no sofá, sem salto e de pés pra cima, assistindo TV e comendo baldadas de batata frita de quentinhas engorduradas.

Stephanie conversava com Brett, uma chinesa esperta, de cabelão na altura da cintura. Brett estava "no ramo" havia dez anos, desde os dezessete, e disse que já passava da hora de se mandar dali. Contou um monte de histórias para comprovar que os clientes sempre queriam se aproveitar dela, humilhá-la, ou se intrometer em sua vida íntima de modo grotesco. "Foi podre", disse ela, concluindo uma história odiosa em particular. "Só de ouvir dizer, parecia que ele tinha feito aquilo, sabe?" Ela se esticou para pegar uma mãozada de batata frita, enfiou na boca e meditou enquanto pensava. "Quando eu era jovem, tinha mais energia pra lidar com esses caras. Podiam dizer ou fazer qualquer coisa, mas não conseguiam acessar meu verdadeiro *eu*. Mas cada dia é mais difícil, e eu não sei quanto tempo ainda consigo aguentar. Preciso arrumar outra coisa pra fazer. Já deu."

As outras mulheres começaram a contar histórias horríveis das coisas que os homens faziam ou tentavam fazer, e como as haviam prejudicado ou se vingado delas. O que havia naquela sala era uma defesa tenaz do orgulho próprio com o qual Stephanie não se identificava, mas sabia fazer parte daquilo. Pensou que esse orgulho soaria patético para alguém como Sandra, que certa vez descrevera com desgosto o breve período como garçonete de um bar, dizendo ter se sentido "uma puta".

O interfone tocou e o advogado Bernard apareceu com as mãos no bolso, um camarada sofisticado fazendo o papel, por pura diversão, do empresário casual que está em vias de gozar uma rameira. Stephanie sorriu pra ele e se afundou no sofá, sentindo-se uma mulher sofisticada encenando a rameira. Em seguida já estavam no Escurinho.

— Lembra das charges da *Playboy*? — perguntou ela, eles já deitados na cama sem se tocar. — Aquelas com um monte de prostitutas com a mesma cara e o mesmo corpo deitadas em almofadas com camisolas de renda? E os homens de pé segurando ramalhetes de flores e chocolates?

— Claro que lembro.

— O mais engraçado é que eu via essas charges quando tinha lá pelos dez, onze anos e, óbvio, eu não sabia o que significava ser prostituta, mas, pelo que eu via na *Playboy*, eu achava que devia ser uma coisa boa. Todas elas eram lindas e não precisavam fazer nada além de ficar ali esparramadas nas almofadas e ainda eram amadas pelos homens. Aí eu disse pra minha mãe que eu queria ser prostituta quando crescesse.

— Que maravilhoso — ele sorriu como se tivesse ouvido a coisa mais interessante da semana.

— Claro que ela surtou, e meus pais me mandaram para o psiquiatra.

— Meu Deus.

— Mas depois de algumas consultas ele concluiu que eu era normal. Isto é, tirava boas notas, tinha amigos e tal, então não precisei mais voltar — disse ela, com desprezo. — Já a pobre coitada da minha irmã não teve tanta sorte. Ele prescreveu lítio quando ela tinha onze anos.

— Mas o psiquiatra se enganou com você, não?

Ela riu, mas pensou: Ele não estava errado. Sou até muito normal.

— Então é isso. Você está bancando a prostituta — disse ele, acariciando seu rosto e seus cabelos.

Ela achou surpreendente que ele estivesse avaliando a coisa nos mesmos termos que ela, agora há pouco, lá embaixo. Então o imaginou com sua artista de cabelo laranja, fazendo a performance de acender um cigarro no outro, e quase conseguiu enxergar o deleite que ele sentia com aquela mulher educada, que dava voadoras na cara da sociedade ao assumir, de modo deliberado, um papel que ele provavelmente achava degradante, mas que era digno de análise.

— Na verdade, não estou representando um papel. É tudo real. E não vou devolver seu dinheiro.

— Você entendeu o que eu quis dizer — ele a puxou pelo braço e fez carinho em sua cabeça.

— Mas já na infância compreendi que a relação prostituta-cliente era problemática. Porque uma vez, quando tinha uns doze anos, eu estava no escritório do meu pai esfregando o pescoço dele — eu lhe fazia esse favor o tempo inteiro —, aí tinha esse calendário de mesa da *Playboy* com uma gata estampada e eu perguntei pra ele: "Você acha ela bonita?", ele disse: "Claro", eu disse: "Você gostaria de conhecê-la?", e ele ficou sem graça e disse: "Nada, é só um broto desmiolado". E eu fiquei estarrecida.

O sorriso de Bernard quase virou uma risada.

— Mas você sabe que ele estava mentindo. Ele adoraria ter tido esse encontro.

— Não tem graça. Eu fiquei magoada com esse comentário dele. Magoada por ela também.

— Sim, claro, não tem graça mesmo. Desculpa.

Ele se deitou sobre ela e a beijou, aninhando a cabeça dela com as mãos. Eles se beijaram, trocaram carícias e depois se afastaram para conversar mais. Ela contou da conversa com Brett e como havia se sentido depois. Contou da vernissagem da noite anterior, mas não comentou a sensação pavorosa de quase isolamento. Pediu que ele falasse da esposa.

— Ela é inteligente, e muito independente. Sabe se virar com a solidão, diferente de mim. E é um pouco aventureira. Ano passado ela foi pra América do Sul sozinha, algo incomum para uma mulher da idade dela.

— Quantos anos ela tem?

— Trinta e nove.

— E o que ela faz da vida?

— É professora secundária, e adora a profissão. Eu gosto dela, mas não sinto paixão. Dormimos em quartos separados.

— Esse casamento não serviria pra mim — disse ela. — Sem paixão não rola.

— Você é muito idealista.

— Você não é?
— Não. Pra mim, casamento não tem a ver com paixão. Somos ótima companhia um pro outro. E eu não quero ficar sozinho.
Ficaram em silêncio; ela tocou os lóbulos da orelha dele.
— Por que você frequenta esse tipo de lugar? — perguntou.
— O que você acha?
— Não faço ideia. Não compreendo como um adulto pode achar que o que acontece aqui é sexo. Tenho certeza de que você arranjaria um casinho aqui e ali. Mas não parece que é sexo o que você procura aqui. Então por quê?
— Para conhecer criaturas fascinantes que, na vida que eu levo, jamais conheceria. Como você — disse, tocou o nariz dela e sorriu.
Ela já tinha sacado do que ele gostava. Nela e em todas. Adorava a ideia de estar cercado de garotas esquisitas, artistas de vida "boêmia", que não seguiam regras sociais. Era o tipo de coisa que ele mais admirava, mas não queria se envolver demais. Com certeza tivera casinhos com garotas excêntricas e imprevisíveis na faculdade, mas se casou com a mulher mais estável e socialmente desejável que conseguiu encontrar. Essa conclusão não a fez desprezá-lo ou se afastar dele. Ela gostava da visão vicária que tinha de si mesma; ficava excitada e tranquila. Não era uma sem rumo, à deriva numa cidade monstruosa, vagando de transtorno em transtorno, tendo casinhos banais aqui e ali. Era boêmia, queria viver. Ao pensar tudo isso, ouviu um rock tocar dentro de sua cabeça. Beijou Bernard e parecia paixão.
— Mas um dia eu queria trepar com você — disse ele. — Já entendi que sexo não é o que você mais aprecia aqui. E se você não for se divertir, eu nem quero.
Ela sorriu e beliscou o pneuzinho que ele tinha na cintura.
— Mas isso não se aplica a boquetes, certo?

Depois que ele foi embora, o dia de repente ficou movimentado. A maioria dos homens que apareceu era desagradável, e ela buscou refúgio na lembrança do advogado Bernard enquanto encarava aquelas companhias fétidas.

À noite, recebeu um telefonema de Sandra. Stephanie estava sentada na cama comendo sorbet de laranja direto do pote e tentando ver a vida pelo lado positivo, e agradeceu a interrupção.

— Oiê — disse Sandra. — Te peguei escrevendo?

— Não, na verdade estava adiando esse momento.

— De novo?

— Pra você ver...

Sandra respirou fundo.

— Talvez esteja escolhendo a hora errada pra escrever. Em geral as pessoas têm aquelas horas do dia em que são mais produtivas. Já pensou nisso?

— Não, nunca. Mas de todo modo agora eu tenho um trabalho.

— É mesmo, tinha esquecido. Diferente de mim, você não tem pra onde correr.

Sandra era sustentada pelo marido, um pintor que havia ganhado um prédio de presente do pai. Stephanie disse a Sandra que trabalhava de faxineira numa agência que cuidava de vários apartamentos do Upper West Side. Na opinião dela, era o mais próximo que conseguia chegar da verdade e uma garantia de que não seria encontrada por um número de telefone comercial. Ela sacava que Sandra via seu trabalho fictício com um misto de repugnância secreta e respeito, surpresa com o fato de que uma pessoa de seu círculo se sujeitasse a esse tipo de serviço sem demonstrar baixa autoestima.

Sandra começou a falar da exposição. Depois que Stephanie foi embora, apareceu um importante crítico de arte do East Village, e Sandra esperava que ele prestasse atenção nela. Mas ele a ignorou por completo e expôs abertamente a admiração pelo trabalho de uma amiga dela, a Yolanda.

— Sei que é mesquinho de minha parte, mas no fim da noite eu mal consegui trocar uma palavra com ela. E não tem a ver só com esse caso; ela sempre recebe atenção — desde que começou a colocar aquelas miçangas no cabelo e a sair com aquele tal de Serge. Sei que estou chovendo no molhado, mas às vezes acho que as pessoas reagem à presença dela só porque ela é negra e querem provar que não são racistas. Quer dizer, ela é talentosa, mas eu não paro de trabalhar, e ela pinta um quadro a cada três meses. E o trabalho dela é meio qualquer coisa. Sei lá, eu sei que no fundo ninguém é original, todo mundo é meio derivativo, mas você entende o que quero dizer. E me sinto uma merda. Estou sendo má?

— Digamos que... sim — disse Stephanie, que achava o trabalho de Yolanda anos luz à frente do de Sandra. — Mas entendo o que você sente.

Ela contou a Sandra da vez que ficou irritada quando reparou que o nome de um escritor que ela detestava começou a aparecer em destaque em várias colunas sociais.

— Quando eu vi uma foto dele na *Vanity Fair*, num evento no Palladium com Chinna Smith, quase vomitei — prosseguiu Stephanie.

Comentaram como esse meio era falso e superficial, e mais uma vez Stephanie contou a história do balconista de vinte e três anos que a tinha levado ao desespero contando de sua iminente publicação na revista *Esquire* e o subsequente contrato de livro surgido em função disso; até que ela descobriu que ele tinha problemas mentais e tomava lítio e só podia estar mentindo.

Stephanie desligou o telefone se sentindo um pouco humilhada. Pensou no trabalho que tinha no Christine's quase para se sentir ainda pior, mas, para sua surpresa, se sentira estranhamente consolada. Não fazia nenhum sentido, mas ela acolheu o consolo. Gostaria de ter contado a Sandra sobre seu novo trabalho, mas não teve coragem. Talvez ela não ficasse chocada, mas acharia destrutivo e insultante para uma mulher. Talvez fosse, de fato. Ela não tinha escrito nada enquanto trabalhava na prostituição. A ideia de voltar pra casa depois de um dia de trabalho no Christine's e ainda se sentar pra escrever era impraticável; seus pensamentos ficavam coagulados dos clamores dos fantasmas exigentes daqueles caras que tinha encontrado durante o dia. Ela só precisava de um bom prato de comida, ficar em silêncio e se cuidar, como dizia sua mãe. Trabalhar no Christine's era só um sinônimo de ganhar dinheiro e de descansar a cabeça, ela concluiu. A escrita podia esperar.

Imaginou-se no futuro e se viu tão bem-sucedida que poderia falar sobre seu passado como prostituta que ninguém se importaria: "Eu não escrevia muito nessa época", diria aos amigos bem-sucedidos ao seu redor, com drinques nas mãos. "Na maior parte do tempo só tentava aprimorar aspectos da minha personalidade." E todos ririam da adorável reafirmação de sua vulnerabilidade feminina.

A única pessoa que sabia de tudo era uma amiga de faculdade, Babette. Babette, que tentava a carreira de atriz, andava com um bando de amigos do restaurante onde trabalhava; usavam muitas roupas de couro e frequentavam alguns bares S&M do West Village no fim de semana. Não parecia que a prostituição pudesse perturbar Babette, mas quando Stephanie contou de sua primeira experiência anos atrás, ela disse "Stephie do céu! Como pôde fazer isso com você? Como assim?". Stephanie explicou inúmeras vezes que não achava que isso fosse desrespeitoso, mas Babette não se tranquilizou. Stephanie suspeitou que a consternação de Babette tivesse menos a ver com autorrespeito do que com a descoberta pouco confortável de que era amiga de uma prostituta, e não de uma escritora. De todo modo, Babette era uma pessoa frágil que já tinha cheirado muita cocaína, já tinha surtado e cortado os pulsos — corte superficial, mas corte — e agora se consultava com um terapeuta duas vezes por semana, então achou melhor não falar com ela sobre os episódios subsequentes.

Não tinha visto Bernard nos três dias seguintes, mas encontrou uma variedade de pessoas desagradáveis, a ponto de extinguir seu devaneio terno com prostitutas felizes e clientes paternais. Um deles, apesar de ter feito questão de tomar um banho e se secar inteiro, esguichava suor pela ponta do nariz bem no meio da cara dela do mesmo modo e com a mesma intensidade com que esguichava palavras de amor, e havia se mostrado deveras intrigado, inclusive magoado, quando ela virou a cara para os beijos dele. Outro, um sujeito imenso e taciturno que carregava uma corrente dourada de peixes no peito carnudo, ficou deitado comentando que a época mais maravilhosa de sua vida havia sido quando jogava futebol no colégio; e não conseguia discernir por que sua vida desde então tinha sido um saco: "Sei bem o tipo que você era na época da escola", disse, rolando pela cama. "Era do tipo quietinha que nunca saía de casa. Veja só o que aconteceu." Não tinha malícia em sua voz; era um comentário à toa, o que tornava sua exatidão ainda mais deprimente. Por fim, um baixinho de peito escavado insinuando que ela tinha que "chupar as tetas dele" e que a deixou tão ofendida que só conseguiu levantar as mãos e dizer "Não. Não mesmo. De forma alguma", e saiu do quarto e desceu até a recepção sem se importar com uma possibilidade de ser demitida por parte de Christine, o que não ocorreu: "Vou mandar outra garota subir", disse ela a Stephanie enquanto cochichavam na cozinha. "Você já trabalhou demais hoje e eu posso me dar ao luxo de perder a grana daquele nerd se ele for embora."

No quarto dia, quando enfim Bernard deu as caras, ela se atirou nos braços dele.

— Que bom te ver — disse, já prevendo a resposta automática e serena que ele daria. Contou do horror que tinham sido os últimos três dias.

— Aí esse cara ficou meia hora choramingando sobre a época do colégio, falando como ele era popular e que todas as garotas bonitas queriam sair com ele. Foi pavoroso.

Ela notou que Bernard parecia confuso e começou a rir.

— Parece que eu tô exagerando, mas foi horrível mesmo. Por um momento eu mergulhei fundo na vida dele, uma vida abominável.

Sério, ele olhou para ela e disse:

— Tem razão. Você não tinha mesmo que estar aqui. Esse lugar não está à sua altura.

— Eu sei. Vou embora na semana que vem.

— Se for, quero seu número de telefone. Queria muito manter contato com você. Por nenhum motivo em especial. É que acho você uma garota interessante.

Ela não o viu mais antes de sua saída, e tampouco recebeu um telefonema dele. No fim da primeira semana, concluiu que ele tinha mudado de ideia. Ficou desapontada, também aliviada, e depois esqueceu o assunto. Aos poucos começou a voltar para a vida de antes, primeiro passou a procurar emprego, depois tentava escrever todos os dias.

Babette entrou numa fase em que estava cheia de energia e otimismo e voltou a convidá-la para ir a boates. Ela tinha muitos amigos no ramo da diversão noturna, então elas conseguiam transitar sem esforço pelas filas gigantescas de pessoas que tentavam em vão chamar a atenção do host soberbo em questão. Babette, uma criatura minúscula e curvilínea, de olhos alongados e ligeiramente oblíquos, apresentava-se irritantemente bonita com sua jaqueta chinesa de seda e botas de camurça preta, seus quadris magros inclinados para um lado, a cabecinha para o outro. Em comparação a ela, Stephanie sempre se sentiu corpulenta e desgrenhada, como se usasse um chapéu com defeito ou andasse com a bainha da calça pendurada.

Passavam horas e horas vagando pelos *dark rooms*, equilibrando seus drinques e gritando comentários uma pra outra. Muitas vezes encontravam amigos de Babette que as convidavam para cheirar cocaína no banheiro. Noutras, Babette ia pra pista e Stephanie ficava por ali observando as pessoas dançando e se divertindo, rindo e balançando os braços num prazer alucinado; ou se concentrava olhando para o chão enquanto as pessoas esbarravam nela. As luzes piscavam sem parar, o DJ girava um disco atrás do outro num ritmo delirante e apurado. Stephanie vagava pela boate e observava outros não dançarinos que, pasmos, escrutinavam os dançarinos ou ficavam num grupo de pessoas imóveis que riam com uma espécie de animação misteriosa. Passados quinze minutos, chegava a hora de encarar o fato de que ela não aguentava mais estar ali. Então lembrava de sua vida antes de se mudar para Nova York e se dava conta de que na época visualizava a seguinte cena: ela numa boate glamorosa cercada de gente se divertindo ou de pessoas que fingiam não se divertir. Frustrada, concluía que a razão pela qual tudo isso parecia tão entediante era que ela só conseguia ver a camada mais superficial de uma sociedade complexa, que usava sinais engenhosos e impenetráveis para se comunicar com forasteiros que, apesar de conseguirem entrar fisicamente na boate, não chegavam a participar das conversas que tanto divertiam aquelas pessoas. Um pensamento brochante, mas era melhor do que pensar que aquele lugar era só a representação de um tédio disparatado, mas no qual todas aquelas pessoas gostavam de estar.

— Olá — disse um homem de cabelo horrível. — Gostei do seu chapéu.

— Valeu.

— Quer dançar?

— Não, valeu.

Ela olhou bem nos olhos dele ao dizer essa frase para expressar que não o considerava repulsivo, mas que, estando imersa em pensamentos, não conseguia dançar.

Não funcionou muito bem; irritado, ele olhou para o nada e disse:

— Quer ir para o Palladium?

— Não, obrigada.

Ele a olhou com um desprezo teatral e só então ela percebeu que ele era muito bonito.

— Você é francesa? — perguntou ele.

— Não. Por quê? Tenho cara de francesa?

— Sei lá, cara de que podia ser francesa. Você é dançarina?

— Não, por quê?

— Sei lá, alguma coisa você tem que ser.

Parecia que ele estava prestes a cuspir.

— O que você faz? — perguntou ela.

— Sou arquiteto. Quer dar um teco?

— Não, obrigada.

Ele a olhou como se ela fosse completamente louca e foi embora. Ela então saiu correndo e foi para um ambiente cheio de pessoas divididas por grupos, determinada a ouvir pelo menos um pedaço de alguma conversa interessante. Foi abordada por um homem que perguntou se ela era italiana. Ela disse que não e fugiu dele. Caminhava em direção a um grupo elegante de tra-

vestis altíssimas e velhas, que tinha sido o grupo mais acolhedor e sociável da noite, até que um homem negro muito bonito a segurou pelo cotovelo e disse:
— *Bonsoir*. Você é francesa?
— Não.
— Italiana?
— Não.
O rosto dele mudou de cor.
— Você é de onde então?
— De Illinois.
Ele soltou o cotovelo dela com evidente desdém e lhe deu as costas. Foi a gota d'água. Atravessou a boate em direção à rua e saiu sem nem se lembrar de procurar por Babette.

Caminhou dez quarteirões de salto e já estava na porta de casa quando resolveu parar num bar de lésbicas da vizinhança. Pode ser aconchegante, ela pensou, encher a cara na companhia de mulheres joviais. E foi, até que a conversa agradável que ela achou que estava travando com alguém virou, de uma hora para outra, uma discussão nojenta sobre mulheres bissexuais, se eram umas enrustidas covardes. Voltou cambaleando para casa.

No dia seguinte, por volta do meio-dia, atendeu ao telefone e fez a voz mais débil e rouca que conseguiu improvisar para engambelar Babette com uma desculpa esfarrapada. Não reconheceu a voz dele de pronto, nem mesmo quando mencionou o Christine's, e ele já estava ficando ofendido quando ela enfim disse "Ah, oi"; a voz de Stephanie oscilava num ritmo agradável (para o gosto dela) e ela se sentia a clássica gata de filme que acorda com a maquiagem borrada e o cabelo desgrenhado. Ele estava nas redondezas e queria almoçar com ela.

— Poxa, eu adoraria, mas ontem fiz noitada e ainda tô na cama, péssima.
— Ah, que peninha, mas deixa pra outra hora então.

— Peraí, e se de repente... onde você está?

Meia hora depois já dividiam a mesa de um café chiquérrimo especializado em ovos beneditinos, garçons de calça preta davam pinta no saguão enquanto uma sinfonia ao fundo soprava para demarcar o refúgio da civilização ocidental.

— Eu já tinha telefonado para você antes, mas ninguém atendeu, e depois me enrolei em compromissos infinitos. Nossa, alguns quarteirões aqui do Village tão um buchicho só.

— Eu reparei — disse ela. — Não queria que fizessem isso com o Village. Daqui a pouco vai virar terra de ninguém. Terrivelmente infértil.

— É bem provável — concordou ele. — Infértil para não dizer valioso, caso o bairro antigo fosse revitalizado.

— Deixar um lugar em paz não é a mesma coisa que inventar uma sobrevida pra ele. Enfim, é um desenvolvimento apressado e artificial.

Ela teve uma discussão pacífica com ele, e apontou que ele estava contradizendo a afirmação que tinha feito antes, de que o governo tinha que manipular a economia pra proteger os pobres.

— É, você tem razão — disse ele depois de ouvir o breve discurso.

A rendição indiferente dele fez com que o argumento contundente dela avançasse na direção de um alvo que não existia, então ela mudou de assunto, começou a contar sobre a noite anterior. Ele adorou a encrenca de bêbado que ela teve com a lésbica e comentou "fabuloso" três vezes seguidas.

Os ovos chegaram em pratos retangulares. O cântico emanado dos instrumentos de sopro encorajava a decência e a ordem.

— O que tem feito desde que saiu do Christine's? — perguntou ele. — Trabalhando ou escrevendo?

— Nenhum dos dois — disse ela, e pensou: Estou tentando aprimorar aspectos da minha personalidade. Mas prosseguiu.
— Estou procurando emprego, algo burocrático. Meio expediente, talvez.
— Já pensou em tentar uma vaga no mercado editorial?
— Eu tentei quando mudei pra cá e não deu certo.
— Como não?
— Sei lá — disse ela, dando de ombros. — Acho que no fundo eu não queria.

Ela achou que devia explicar melhor a história, mas preferiu comer os ovos. Lembrou-se de quando era uma recém-chegada em Nova York, planejando o futuro com apreensão. Reviu cada evento como tirinhas de história em quadrinho separadas por bordas pretas. Pensou na cena recorrente de sua busca por emprego — lá estava ela, a candidata de ombros largos diante de um chefe mãozudo e repetitivo. Lembrou-se da entrevista que fez com o editor mais respeitado da editora mais prestigiada da cidade:

— Ah, me lembro da Georgia Helman — disse o editor, e revirou os olhos ao mencionar a mulher que tinha lhe indicado Stephanie e que havia trabalhado com ele durante dois anos. — Um caso lamentável, aliás. Só a contratei porque queria fazer um favor a um amigo. Ela vivia metida em confusão com homens e drogas. Quanto a você — disse, como se ela já tivesse passado em seu escritório dezenas de vezes —, se deseja se tornar escritora, não se mude para Nova York. Vai acabar num lixão do East Village com grade na janela e, bem, não sei — interrompeu-se fazendo uma careta e um gesto de desgosto com as mãos.

Ela observou mais uma vez que tinha acabado de se mudar para Nova York e ele disse:

— Bom, nesse caso, você pode tentar uma vaga na *New Yorker*. Em geral só contratam amigos e familiares, mas você tem um quê de, como posso dizer, um frescor, uma aparência insípida que talvez agrade a eles. Eu tenho alguns contatos por lá. Quer tomar um drinque comigo amanhã à noite?

Devia admitir a si mesma que a razão pela qual tentava conseguir um emprego era uma prestação de contas com seus conterrâneos de Illinois que moravam em Nova York e a viam como uma neurótica sem futuro que não sabia fazer nada.

Pensou na última conversa que tinha tido com uma dessas pessoas, uma produtora assistente de cinema em seu intervalo de almoço.

— Stephanie — disse ela —, você precisa cortar esse cabelo. Sei que parece futilidade, mas saiba que essas coisas contam muito. Editores são pessoas ocupadas; eles não vão perder mais que vinte minutos com você, então precisam se basear nessas primeiras impressões, e o estilo faz diferença. Cabelo comprido lembra faculdade — ideais, busca de si, essas coisas. Ninguém nessa cidade tem cabelo comprido — concluiu ela, escavando sua montanha de *frijoles*.

Pensou no Jackson, um ex-namorado que ela fizera de tudo para impressionar, e que sentia uma alegria perversa por ela nunca ter conseguido um posto no "mercado de trabalho". Lembrou-se do alívio curioso de seu primeiro trabalho num bordel, onde um emprego de verdade não tinha importância nenhuma, e onde homens e mulheres executavam a dança ancestral, primeva e profundamente elementar da cópula, de modo suave, previsível e com hora marcada.

— Que foi? — perguntou Bernard.

— Nada, lembrei de uma pessoa — hesitou. — Um cara que eu conheci na faculdade. Tínhamos um relacionamento horrível e não consegui transar com mais ninguém até um ano depois do término. A primeira vez que trepei depois dele foi com o primeiro cliente que tive na primeira casa em que trabalhei.

— Tá brincando!

Ela riu.

— Cafona, né? Garotas se desiludem com canalhas e entram pra prostituição.

— Sua vida é puro drama — disse ele, cordial.

— Nem é tão dramática. Essas coisas acontecem. Mas já superei.

Bernard a acompanhou até a porta do prédio onde morava, mas, para a surpresa dela, não quis subir, embora ela quisesse. Na verdade, não treparam antes do segundo jantar a dois. Foi uma transa calma e carinhosa ("Não quero machucar você", disse ele, fazendo menção ao seu tamanho descomunal, ao se deitar em cima dela, segurando-a com firmeza pelos quadris). A noite só desandou quando, antes de ir embora, lhe deu cem dólares.

Ela olhou para ele, em choque.

— Não quero — disse ela. — Não é por isso que estou saindo com você.

Ele parecia constrangido.

— Eu sei que não é por isso. Também não é por isso que estou saindo com você. Mas acho que você podia aceitar.

— Eu não quero.

Ele se sentou na cama.

— Stephanie, a coisa é simples. Eu tenho muito dinheiro. Você não. Você precisa de dinheiro. Eu posso dar. Aceite.

— Você não me deu dinheiro quando saímos pra jantar.

Ele tentou ensaiar uma explicação.

— Então da próxima vez que formos jantar eu vou te dar dinheiro.

— Eu não vou aceitar.

— Se não aceitar eu mando pelo correio.

Aceitar passou a ser menos incômodo que discutir. Olhou para o dinheiro em cima da cômoda depois que ele saiu e pensou: eis minha vida real. E se levantou e guardou-o na carteira. Nos poucos encontros seguintes, a questão do dinheiro deixou de ser incômoda. De alguma forma um tanto perversa, mas glamorosa; pensou numa amiga de Babette, a Natalia, uma morena linda que queria ser atriz. Babette sempre contava a Stephanie, com certo fascínio, da quantidade de homens que Natalia mantinha ao seu redor e que lhe davam dinheiro, roupas e drogas. Se ao menos Bernard lhe comprasse um vestido ou um presente, talvez parecesse menos suspeito, mas ela gostava da companhia dele, o sexo era bom, e ela adorava a novidade daquela situação, provavelmente tanto quanto. Disse às amigas que estava saindo com um homem casado que "às vezes lhe dava um dinheirinho".

— Stephanie, isso vai te fazer bem — disse Sandra. — Às vezes é bom ter alguém que vai te visitar e te trata bem.

— Eu gosto disso — havia dito Bernard ao abraçá-la. — De ser o cara que vem te visitar e te mimar um pouco.

Além do mais, já tinham se passado três semanas desde que saíra do Christine's e ainda não tinha encontrado um emprego, então o dinheiro caía bem. Às vezes cem, noutras duzentos, até trezentos dólares, tudo dependia do humor dele.

Os dias de Stephanie passaram a ser um gaguejo inerte e compacto de cinema à tarde, visitas a galerias e noitadas em boates. Babette perguntava se ela já tinha começado a escrever alguma coisa e ela respondia que ainda estava fazendo anotações, o que era verdade. Contentava-se em estar à deriva, e confiava que seu inconsciente trabalhava coletando informações involuntariamente.

Numa dessas tardes estava tomando um café no Soho quando Jackson entrou no estabelecimento. Aquele mesmo andar afetado e contido de sempre, a pélvis rígida, o nariz arrebitado. Eles se entreolharam. Ela prendeu a respiração. Ele a mediu com pressa, da cabeça aos pés, e se sentou do outro lado do saguão sem responder ao aceno que ela fez com a cabeça.

Ela pensou nas palavras que Babette havia lhe dito quando contou de sua primeira experiência na prostituição: "Ah, Stephie, não tá lembrada que o Jackson disse que você faria isso em breve? Como você acatou essa ideia horrível que ele tinha de você?".

Ela já tinha dito francamente a Babette que isso não tinha a ver com Jackson, e que ela tinha certeza disso. Mas se sentiu mal ao pensar na reação que Jackson teria se soubesse. Tinha ligado para ele da última vez que se viram em Nova York. Combinaram de se encontrar para almoçar, mas o almoço acabou virando um suco de laranja no copo plástico num café de esquina enquanto ele esperava a roupa sair da lavanderia. Estava sem tempo, disse. Ia conhecer os pais da noiva às cinco da tarde. Preencheram quarenta minutos de conversa com olhares cabisbaixos e silêncios.

— As pessoas aqui em Nova York são muito ocupadas — disse ele. — Eu tento dividir meu tempo com sobriedade entre o trabalho e a vida social. E acabo fazendo amizade com jovens profissionais.

Ela contou a Bernard que tinha acabado de ver Jackson num café enquanto eles tomavam drinques e comiam um sanduíche de bacon, alface e tomate.

— Que romântico — disse ele. — Duas pessoas se cruzam num café lotado, mas não se cumprimentam.

— Foi horrível.

— Mas o que aconteceu de tão ruim entre vocês dois?

Ela deu de ombros.

— Difícil explicar. Acho que é basicamente aquela cafonice que já te contei. Eu o amava, confiava muito nele, que se mostrou um tremendo cafajeste.

Ela percebeu que Bernard estava prestando atenção numa loira rechonchuda de brinco de argola e botinha branca. Stephanie ficou em silêncio, esperando que ele voltasse sua atenção de novo para ela.

— Era uma complicação. Ele tinha muito poder sobre mim. Ele era bissexual — não se preocupe, meu teste deu negativo — e saía com um tal de André enquanto saía comigo. Às vezes ele saía da minha cama para ir pra cama do André. Aí ele chegou à conclusão de que André e eu tínhamos que ser amigos e que deveríamos sair os três juntos.

— E por que você aceitou? Era bom?

— Era, em parte sim. Eu queria ser uma pessoa aberta. Queria experimentar tudo. E eu amava o Jackson, ou achava que amava. Por fim, fui parar na cama com os dois, e aí a coisa desandou geral. Eu surtei, e o Jackson disse que eu era uma chata e me deu um pé na bunda. Fim.

Bernard olhou pra ela com atenção redobrada, e a intensidade do olhar formava uma sombra altiva que ela não conseguiu decifrar. Ele segurou a mão dela embaixo da mesa e apertou com força.

— Mesmo depois que ele se mudou de Evanston, parecia que todo o tempo que vivi ali era regido pelo meu relacionamento com ele. Todo mundo lá sabia do nosso trisal. Aonde eu fosse, recebia olhares de confirmação. Jackson tinha muitos amigos, e eles não eram as pessoas mais compassivas do mundo e aí... tudo foi muito doloroso.

— Mas será que esse caso amoroso complexo não fez de vocês pessoas ainda mais misteriosas e interessantes?

— Sei lá. Eu tava cagando pra ser interessante ou misteriosa. Só queria que ele me amasse.

No intervalo de um segundo, a feição dele indicou que ela tinha dito algo muito esquisito. Então ele ficou mais tranquilo, recuperou sua ternura paternal e acariciou a bochecha dela.

— Você é do tipo convencional — disse ele. — Não parece, mas é.

Três semanas depois que começou a sair com Bernard, e um mês depois de ter saído do Christine's, uma coisa inesperada aconteceu. Alguém de uma revista na qual ela tinha participado de um processo seletivo quando chegara a Nova York, três anos antes, ligou pra falar de uma vaga de assistente editorial. Tinham encontrado o currículo dela e trechos de trabalhos publicados no jornal universitário de Evanston num arquivo antigo e queriam saber se ela tinha disponibilidade. Era uma publicação de arquitetura — um assunto que não a interessava muito, mas lembrava que a revista era muito bem escrita e bem diagramada. Além do mais, já estava quase desesperada para conseguir um emprego, então topou a entrevista e foi contratada dois dias depois.

Babette e Sandra davam a impressão de achar que aquele era o emprego mais maravilhoso do mundo. (Agora Sandra não precisaria mais forçar o vínculo de Stephanie com o *Voice* e podia apresentá-la como "editora".) Stephanie não sabia se no fundo seria muito melhor do que trabalhar no Christine's; também não se importava mais em ser, nas palavras de Jackson, uma "jovem profissional".

Enquanto isso, o relacionamento peculiar que tinha com Bernard estava começando a incomodá-la. As conversas que tinham, embora eles tivessem muitos assuntos, pareciam mais polidas e só serviam para beneficiar as fantasias que tinham um pelo outro. Sexualmente, eram nivelados. Ela não sabia dizer se isso o decepcionava ou não. E a questão do dinheiro tinha voltado a incomodá-la, por causa do emprego na revista. Ele não é só o cara que vem me visitar e me mimar, ela pensou deitada na cama. Ele é alguém que me paga pra trepar com ele. Ela tinha uma imagem de si, arreganhada na cama do Christine's, com a cabeça pendurada e olhando seu próprio rosto no espelho enquanto algum pangaré metia na boceta dela. Essa visão se embaralhou à imagem dela sentada em sua mesa na redação da revista, e ela não conseguiu separar uma da outra.

Apesar da ambiguidade, curiosamente relutava em terminar o caso dos dois. Só se encontravam duas vezes por semana, ele não exigia nada, gostava dos escritores preferidos dela e no fundo era uma presença muito reconfortante. A que se devia esse aconchego, ela não sabia, mas tinha a ver com uma sensação já antiga, a de que ele a considerava uma das representantes inspiradoras da vanguarda — mas, se ele tivesse alguma coisa na cabeça, em breve perceberia que ela não passava de um ser humano confuso.

— Eu acho que sei por que você procura esses lugares, tipo o Christine's — disse ela.

— Sou todo ouvidos.

— Uma vez, quando eu estava lá, fiquei observando aquela tal de Marissa, uma garota bem magrinha, não muito bonita, de olhos castanhos vazados. Já era quase fim de noite e ela estava agachada no chão com a saia levantada na altura da cintura contando seu dinheiro com o olhar parado de um bicho de pelúcia, e eu pensei na impressão que ela passa a alguém como você, além da personalidade bronca que ela tem — uma besta-ferinha que se pode jogar pra cima, afagar, usar e abusar e depois botar de volta no chão.

— Fabuloso — disse ele, muito entretido. — Você se expressa de um jeito muito especial.

Ela pensou: Se ele disser "fabuloso" mais uma vez essa noite eu vou dar um soco na cara dele.

Era uma noite fria de outono. Folhas parecidas com garras de rapina, com cheiro de poeira, raspavam o chão e escapuliam pelas calçadas enquanto eles caminhavam em direção ao apartamento dela.

Andavam em silêncio, e ela não estava confortável com isso. Voltavam de um jantar que podia ter sido agradável, mas acabou não sendo. Bernard estava distraído e (ela sentiu) de saco cheio dela. Tinha flertado sutilmente com a garçonete, o que a deixou um pouco desapontada, com um ciúme frio e sem vida. Enquanto subiam as escadas, ela sentiu que compartilhavam aquele destino porque seria ainda mais trabalhoso evitá-lo.

Mas, quando já estavam acolhidos dentro do apartamento, ela se sentiu melhor na sua presença, e notou melhora semelhante no humor dele. Eles se aninharam na cama e trocaram historietas íntimas. Ele contou de uma paixão fulminante da época da faculdade por uma dançarina obstinada de cabelos compridos e ruivos, e de como enfim conseguiu seduzi-la uma noite depois de uma festa.

— Foi uma das experiências mais emocionantes da minha vida. De última hora ela surtou e disse "Não, prefiro que enfie na minha boca".

— Mas por que ela não quis trepar?

— Porque estava se sentindo muito vulnerável e não queria que eu penetrasse o corpo dela.

— E aí?

— E aí que a gente fodeu muito — ele fez uma pausa. — E foi assim que começou um relacionamento longo e intenso.

— Você chegou a pensar em se casar com ela?

Mas que disparate, disse a cara dele.

— Não, claro que não, eu nem pensava nisso na época.

— Acha que viveu uma paixão assim com a sua esposa?

— Não, de forma alguma. Ela era, de longe, a mulher mais bonita que eu já tinha conhecido, mas eu não sentia tanta atração por ela quanto sentia pelas outras — ele tateou o nariz de Stephanie. — Você se preocupa muito com esse assunto, né?

Eles se beijaram e trocaram carícias, e a cama ridícula que ela tinha rangeu. Em seguida se soltaram e voltaram a conversar. Ela contou da vez em que o namorado de sua irmã tinha tentado seduzi-la no calor do término deles.

— E aí? — ele sorriu.

— E aí nada. Eu não quis. Na verdade, não me sentia atraída por ele e é claro que ele só estava fazendo isso pra hostilizar minha irmã.

— Que nada. Provavelmente não tinha a ver com isso.

— É, talvez não. Acho que ele ficava intrigado comigo porque me via como uma variação dela.

— Exatamente! — disse ele, com muita ênfase, como se ela tivesse feito uma grande descoberta. — Uma vez quase consegui seduzir a irmã da minha esposa na primeira vez que nos separamos, mas nós dois pulamos fora no último minuto, mais ela do que eu. Estávamos sentados à mesa da cozinha, tomando gim. — Ele sorriu. — É claro que o namorado da sua irmã queria você. Os homens desejam todas as mulheres.

Ela começou a contar de um ex-namorado que lembrava Bernard, mas enquanto contava só conseguia imaginar Bernard num chão ladrilhado bem limpo metendo na irmã loira de sua esposa. Então lembrou das histórias que lia na *New Yorker* sobre profissionais respeitados que tinham casos extraconjugais. Quanto mais ela contemplava esse quadro, mais difícil era se imaginar trepando com esse homem... esse cliente. Sentiu uma pontada de compaixão pela esposa dele, deitada na cama de solteiro de seu quarto, e no quarto ao lado um homem que desejava todas as mulheres. Então começou a sentir uma coisa muito semelhante a culpa e, para tentar se livrar dessa responsabilidade, começou a beijá-lo. A cama rangeu e ele abriu as pernas dela.

Daí em diante, a mesma insatisfação que sentira no restaurante a dominou. Depois do sexo, voltaram a conversar, mas a conversa também não foi boa. Até chegaram a discutir, de modo quase sarcástico, se Nabokov era ou não um bom escritor. Pela frequência dos silêncios, ela sacou que ele tinha percebido sua insatisfação súbita. Ficou um pouco triste, porque gostava dele, mas sentiu alívio quando ele se levantou para ir embora. Quando ele disse "Se cuida", ela sabia que nunca mais ia ouvir essa frase de sua boca.

Só meia hora depois é que percebeu que, pela primeira vez, ele não tinha deixado dinheiro. E esse ato surtiu um efeito inesperado; ela se sentou na cama e chorou.

Não sabia dizer qual era o motivo do choro. Se era o Christine's, Brett, Jackson, o primeiro ano miserável e solitário em Nova York, ou Bernard, o advogado; tudo parecia ter uma parcela de culpa, mas não sabia dizer se estava só tentando achar motivos para aumentar sua tristeza. Ela chorou até ter certeza de que não restava uma só lágrima. Então se levantou da cama, calçou o sapato e foi dar uma volta a pé.

Fazia uma noite bonita, parecida com as noites de Halloween, e a rua estava repleta de seres exuberantes. Estava animada, admirando rostos e cortes de cabelo. Observou as pessoas, os cachorros, os carros e prédios, e tudo lhe parecia muito agradável. Parou numa mercearia coreana e contemplou as frutas. Ficou encantada com o apuro e a beleza do método de empilhamento tradicional. Imaginou-se ali, todas as semanas, comprando frutas, vegetais, pão, cereais, leite, e achou a ideia maravilhosa. Comprou uma maçã e voltou para casa comendo pela rua.

Secretária

AS AULAS DE DATILOGRAFIA e secretariado aconteciam numa saleta no subsolo do prédio comercial da escola profissionalizante comunitária. A professora era uma senhora de cabelos que flutuavam como nuvens em torno das têmporas, que atochava lenços de papel na manga do vestido para eventuais e iminentes apuros nasais. Com uma das mãos idosas, segurava o cronômetro e declinava o quadril ao nos observar com um olhar severo e imperioso, sem se preocupar com a pendência de sua barriga. A moça que se sentava na minha frente era loira cacheada, mas usava o cabelo batidinho e bem acomodado nos ombros magros. Alguns fios se desamparavam da cabeça quando o tempo estava frio e seco.

A aula tinha duas horas de duração e dez minutos de intervalo. Aí todos iam para o saguão tomar café ou pescar doces na máquina. As moças se reuniam em rodinha e conversavam, e os dois únicos datilógrafos andavam pra cima e pra baixo no corredor, ombros curvados, segurando copinhos descartáveis, enquanto passavam espiando pelas fendas de luz da porta do curso de escrituração.

Eu ia contemplar a janela que dava para o estacionamento e fixava o olhar no reflexo dos postes de luz cintilando nos capôs dos carros.

Depois da aula, eu voltava pra casa e colocava meus livros sobre a mesa da sala de jantar em meio aos restos de comida: bolinhas de guardanapo, copos d'água, um prato de vagem sobre um descanso de panela. O prato do meu pai estava sempre lá, com ossinhos roídos e respingos de molho de pimenta. Ele estava na sala de pijama, com o cabelo arrepiado e uma tigela de sorvete no colo.

— Quantas palavras você conseguiu datilografar por minuto hoje? — perguntava.

Não era um disparate, mas a previsibilidade e a inquietação dessa pergunta eram irritantes. Refletiam sua mania de colecionar detalhes sem importância e o medo obsessivo de que eu seguisse os passos de minha irmã. Ela trabalhava numa casa para deficientes mentais havia oito anos. Usava calça jeans e uma japona camuflada para ir ao trabalho todos os dias. Quando chegava em casa, subia para o quarto e deitava na cama. De vez quando descia e fazia uma gracinha ou outra, ou assistia TV, mas era raro.

Mamãe me encorajava a procurar emprego. Primeiro dávamos uma olhada nos anúncios do jornal, ora fazendo círculos, ora marcando um X. Então colocávamos o jornal desfigurado e dobrado na mesa do jantar e começávamos uma discussão.

— Eu não sou uma pessoa comunicativa nem apresentável. Não vou responder a um anúncio que espera alguém com essas descrições. Não faz sentido.

— Você consegue ser amigável. E bem-apessoada, quando não está entretida se depreciando.

— Eu não estou me depreciando. Você que prefere pensar assim só pra ter assunto depois.

— Você está se encurralando, Debby.
— Mas que merda — peguei um papel de bala e comecei a torcer até ficar disforme. Minhas mãos eram vermelhas e ásperas. O creme que eu passava não servia pra nada.
— Calma, vamos recomeçar com o pé direito.
— Cala a boca.
Minha mãe cruzou as pernas.
— Bem — disse ela. E abriu o jornal no caderno "Estilo de vida", ajeitou a postura, inclinou a cabeça pra trás e estreitou os olhos. Seu lábio superior foi ficando retesado enquanto lia. Deu um gole no chá verde.
— Eu sou confiável. Atendo a esse anúncio que deseja uma pessoa confiável.
— Você é mesmo.

Acabamos dentro do carro. Meus dedos inchavam dentro do sapato de salto. Mamãe e eu tirando lenços da caixa florida sobre o painel e descartando num saquinho marrom que ficava na corcova entre a marcha e os bancos. Muito trânsito nas duas pistas. Passamos pela loja de donuts Amy Joy. Ainda não tinham recolocado o Y de Amy no letreiro.

Fizemos a primeira parada no Wonderland. Tinha uma vaga no administrativo da rede de lojas de departamentos Sears. O homem que me atendeu tinha um narigão sentencioso e mantinha as mãos cruzadas no meio da mesa. Olhou o tempo inteiro para as próprias mãos. Disse que telefonaria, mas eu sabia que não.

Na volta para o estacionamento, passamos por um pet shop. Só tinha hamsters, peixes e passarinhos amarelos exaustos. Paramos para olhar aquelas faíscas prateadas de peixe enxameando a caixa-d'água lodosa. Eu conheci essa loja quando tinha dez anos de idade. O shopping era recém-inaugurado e sempre vínhamos dar uma volta. Minha irmã, Donna, quis porque quis entrar na loja. Estava abafada e úmida, tinha cheiro de pelo de animal e hamster. Quando saímos, parecia inverno. Eu disse que estava com frio e Donna tirou sua jaqueta branca de couro sintético e colocou em cima dos meus ombros, e ainda deixou a mão esquerda em cima deles por um minuto. Ela nunca tinha encostado em mim direito e nunca mais o fez.

A próxima parada foi num escritório de contabilidade, no vão de um edifício com acabamento em verde. Eles me aplicaram um teste de QI que só contemplava ortografia e "O que está errado nesta frase?". A mulher saiu da sala segurando meu teste e sorrindo: "Você teve a pontuação mais alta de todos os entrevistados", ela disse. "Mas você é qualificada demais para esta vaga. Não há desafios para você. Morreria de tédio."

— Eu quero morrer de tédio — respondi.

Ela riu.

— Ah, mas eu duvido.

Tivemos um papo legal sobre o que as pessoas esperam de um emprego e depois fui embora.

— Eu só espero que você não tenha ficado surpresa com a pontuação alta — disse mamãe.

Fomos à padaria francesa da Eight-Mile Road e compramos um biscoitinho chamado orelha de elefante. Comemos o saco inteiro na volta pra casa. Eu estava tão tranquila que poderia ter passeado de carro o dia inteiro.

Em seguida fomos a um escritório de advocacia na Telegraph Road. Era um predinho recuado, de tijolo laranja. Não tinha nada em volta, só um estacionamento e alguns pinheiros empertigados que pareciam ter sofrido uma escovação. Minha mãe ficou esperando no carro. Sorriu, pegou uma palavra cruzada e se concentrou, o sorriso estilhaçando seu rosto.

O advogado era um baixinho de olhos escuros e brilhantes, de ombros obtusos e imóveis. Apertou minha mão com indiferença e agressividade. Parecia que tinha enfiado a mão nas minhas costelas, agarrado meu coração, apertado um pouco para sentir a pulsação e depois tirado.

— Venha à minha sala — disse ele.

Nos sentamos e ele cravou os olhos em mim.

— Não é lá grandes coisas — disse ele. — Eu tenho um assistente jurídico que me ajuda com pesquisas e o trabalho braçal, e a revisão é feita por uma firma de serviços editoriais. Eu só preciso de uma datilógrafa apresentável que atenda ao telefone e seja pontual.

— Sou eu — respondi.

— É um trabalho maçante — disse ele.

— Adoro um trabalho maçante.

Ele ficou me encarando, os olhos encapuzados de pensamento.

— Tem alguma coisa em você... — disse ele. — Você é fechada, enrijecida. Você parece uma parede.

— Eu sei.

Ele ficou surpreso com a resposta e seus olhos se desencapuzaram. Ele inclinou a cabeça pra trás, olhou pra mim, o brilho de seus olhos à mostra mais uma vez.

— Alguma vez você já conseguiu relaxar?

Os cantos da minha boca tremeram, um quase sorriso.

— Não sei — respondi, minhas mãos suavam.

A secretária dele, que estava deixando o escritório, me ligou no dia seguinte e disse que ele queria me contratar. Tinha uma voz serena, estável e sem qualquer inflexão.

— Aquele curso de datilografia enfim valeu a pena — disse meu pai. — Foi um bom investimento.

Ele perambulava pela sala de jantar muito animado, segurando seu copo de cerveja.

— Um escritório de advocacia pode ser um lugar fascinante — concluiu, ao levantar o queixo e coçar a garganta.

Donna até desceu do quarto, fez pipoca e colocou numa tigela amarela na mesinha de centro para todos comerem. Ela comeu sem vontade, a mãozona vadiando na pipoca.

— Pode ser bom. Sempre aparece alguém interessante. Mesmo que esse advogado seja um cuzão.

Minha mãe ficou quieta, satisfeita por ter cumprido seu papel de corretora de empregos, mordiscando os cachos de pipoca que lhe caíam pelos dedos.

Naquela noite coloquei minhas roupas novas de trabalho em cima da cadeira e fiquei olhando para elas. Uma saia marrom, uma blusa bege. Aquela feiura insossa me atraiu, mas não sabia quanto tempo o encanto ia durar. Olhei para elas sob o contraste cinza da luz da noite e rolei em direção ao canto escuro da minha cama.

O entusiasmo da minha família me fez encarar o emprego com ironia — de um modo geral, eu sentia isso em relação a qualquer tipo de esforço. Diante do entusiasmo deles, a reação mais acertada era a inércia e a insolência. Mas na manhã seguinte, enquanto comia meus ovos poché com torrada, só consegui me sentir curiosa e empolgada. A expectativa aumentou enquanto ia de carro com minha mãe até o prédio laranja recuado. O sentimento era de realização. Eu queria me sair bem. Quando passamos pela Amy Joy avistei, do outro lado da fachada de vidro, pedreiros com suas botas pesadas e casacos, sentados em banquetas giratórias de vinil, esperando seus cafés e saquinhos de donuts. Sempre romantizei trabalhadores e a decência com que executam sua labuta irrefletida. Tinha vontade de ser parte deles, e de certo modo já era. Retribuí o sorriso de minha mãe quando saí do carro e respondi "obrigada" quando ela disse "boa sorte".

— Olha quem chegou — disse o advogado, e bateu palminhas com a mão curta e parruda, fazendo um barulho danado.
— Pontualíssima. Bom dia!

Ele deu início ao meu treinamento e assim prosseguiu até o fim da semana. Nenhuma pessoa interessante apareceu no escritório. Quase ninguém entrou no escritório, na verdade. No decorrer da primeira semana apareceram três pessoas. Uma delas, uma coroa nervosa com um corte de cabelo todo irregular e que usava galochas infantis lilases. Sentou-se num canto da sala de espera de pés juntos e ficou arrumando a bolsa. Depois teve uma gorda que usava um vestido balonê brilhante, cujo branco do olho era amarelado, os olhos estreitos e selvagens, e que carregava a bolsa como se fosse uma arma. Por fim, um homem que girava a cabeça sem parar, como se quisesse desatarraxá-la do corpo. Ouvi quando levantou o tom de voz na sala do advogado. Ao sair, o advogado veio à minha mesa e disse "Esse cara é maluco", e me pediu que datilografasse uma conta de quinhentos dólares em nome dele.

Todas as pessoas que passavam pela sala de espera pareciam aleatórias e inoportunas. Todas eram impacientes. As poltronas, antigas e elegantes, e o sofá de estofado bufante não casavam com a modernidade tensa da sala de espera. A mesona de carvalho que eu ocupava destoava da parede emassada com gesso bege. As plantas carrancudas à minha frente demonstravam um peso excessivo para plantas em geral, embora uma delas fosse até leve e frondosa.

Me admirava que um sujeito como esse advogado, que parecia ter a mente organizada e equilibrada, tivesse um escritório desses. Mas eu me sentia confortável ali. A natureza confusa daquele ambiente era como um ninho de farrapos bem trançados que proporcionavam acolhimento. As primeiras duas semanas foram serenas. Eu gostava da monotonia dos dias, da previsibilidade das petições, dos termos, das interações polidas que eu tinha com o advogado. Ele dizia "Bata esta carta", e minha sensibilidade se contraía ao extremo das abstrações de produção e realização, que logo encontravam seu deságue no ato de datilografar a carta. Eu era útil.

Minha mãe me buscava todos os dias. No caminho pra casa, costumávamos parar no A&P para comprar baguete, cerveja e linguiça polonesa para meu pai. Na chegada, eu subia para o meu quarto, tirava a saia, a blusa e arremessava tudo no chão. Deitava na minha cama amarfanhada de calcinha e meia-calça e ouvia meu pai berrando com minha mãe até eu pegar no sono. Acordava quando Donna batia na minha porta e gritava "Jantar na mesa!".

Eu descia com ela e me sentava à mesa. Comíamos assistindo ao noticiário. Minha mãe sempre retraída e absorta. Meu pai curvado sobre o prato como um animal.

Depois do jantar eu subia e ficava ouvindo discos, escrevia no meu diário ou jogava Ludo com Donna até a hora de dormir. Deitava contemplando a saia e a blusa que usaria no dia seguinte. Acordava de cara para o meu poodle meteorológico de cerâmica, que deveria ficar rosado, azulado ou esverdeado, a depender do tempo, mas até hoje só tinha ficado cinzento e assim permaneceu. Ouvia os barulhos do meu pai no banheiro, a chiadeira modulada do rádio, a água corrente, o tinido de um copo sobre a pia, o rangido e o estalo quando ele fechava o armarinho da pia. E a Donna no corredor, esperando que ele desocupasse o banheiro, resmungando "merda" ou "cacete" na porta do meu quarto.

Olhando pra trás, não sei dizer por que fui tão feliz naquela época, mas fui.

No primeiro dia da terceira semana, o advogado saiu da sala mais tenso do que nunca, seus olhos cintilavam, mas à espreita, com um brilho peculiar. Segurava uma das cartas que eu tinha batido à máquina. Colocou na mesa, bem na minha frente, e disse "Veja". Reli.

— Reparou?

— O quê? — perguntei.

— Essa carta tem três erros de datilografia e um deles, creio, é um erro de ortografia.

— Perdão.

— E não é a primeira vez. Nas outras deixei passar porque eram suas duas primeiras semanas aqui no escritório. Mas francamente. O que você acha que os destinatários dessas cartas vão pensar de mim?

Olhei pra ele, envergonhada. Uma catástrofe escondida nas dobras do meu contentamento inicial e eu nem sequer tinha sido avisada. Me pareceu injusto, mas, quando pensei melhor, consegui entender a relutância dele, até mesmo seu constrangimento, em chamar minha atenção para uma estupidez desse nível.

— Bata novamente.

Foi o que fiz, mas, de tão apavorada, cometi muitos outros erros. "Você está me fazendo perder tempo", ele disse, e me entregou a folha mais uma vez. Na terceira tentativa acabei batendo direitinho, mas ele ficou de ovo virado pelo resto do dia.

Coisas semelhantes ocorreram ao longo de toda a semana. E a cada vez a irritação e a desconfiança dele aumentavam. Além do mais, senti que algo se espichava dentro dele, uma espécie de gavinha íntima que rastejava nas trevas de seu ser e se alimentava da sensação de que tinha feito uma descoberta a meu respeito.

A situação me deixou num desalento profundo. Quando cheguei em casa à noite, nem consegui cochilar. Fiquei deitada, olhando para o poodle cinza, e imaginei uma conversa que eu teria com o advogado para esclarecer tudo, na qual eu dizia que tentava dar o melhor de mim. Mas ele dava a entender que eu cometia erros de propósito.

No fim da semana ele começou a reclamar do modo como eu atendia ao telefone.

— Você parece um robô — disse ele. — Parece que vive no mundo do seriado *Além da imaginação*. Você nem pensa nas coisas que diz às pessoas.

Quando me chamou à sua sala no fim do expediente, achei que ia ser demitida. A ideia era um alívio, mas do tipo paralisante. Sentei e ele me encarou com um olhar especulativo, mas bondoso, para o feitio dele. Acomodou-se na cadeira, uma das mãos pendulando do pulso. Para minha surpresa, começou a falar sobre minhas deficiências, e o modo como as enxergava.

— Já percebi que você é uma pessoa boa, mas complexa, com severas variações de humor, insondáveis. Você parece o tipo de pessoa que tranca a porta e depois age como se não tivesse ninguém em casa.

— É verdade — respondi. — Eu ajo assim.

— Mas por quê? Por que não tenta se abrir um pouco? Surtiria efeito até na datilografia.

Isso não é da conta dele, eu pensei.

— Você devia tentar se comunicar mais. Eu sei que sou seu chefe e que nossa relação tem seus limites, mas fique à vontade para desabafar seus problemas.

A hipótese de desabafar meus problemas com ele era inconcebível.

— Pra mim é difícil até imaginar ter uma conversa dessas com o senhor — disse, e hesitei. — O senhor tem uma personalidade forte e... quando esbarro numa personalidade assim, minha tendência é recuar, porque eu não sei lidar com isso.

Ele expressou profundo contentamento com a resposta, mas disse:
— Não precisa ser tão tímida.
Depois, quando pensei melhor sobre essa conversa, por um lado achei que esse advogado era só um cuzão. Por outro, seus comentários tinham sido de certo modo comoventes, e o efeito que surtiram em mim só me deixou mais sensível. Ninguém nunca tinha feito comentários tão íntimos a meu respeito antes.
No dia seguinte, cometi outro erro. A intimidade compartilhada no dia anterior parecia tornar o erro mais repulsivo aos olhos dele, porque ele ficou ainda mais irado. Eu queria que ele me mandasse embora. Eu queria ter feito essa sugestão, mas fiquei petrificada. Fiquei sentada olhando pra carta enquanto ele gritava no meu ouvido "Qual é o seu problema?".
— Perdão — murmurei.
Ele ficou em silêncio. E disse em seguida:
— Na minha sala já. Com a carta.
Fui atrás dele.
— Ponha essa carta na minha mesa — disse ele.
Eu pus.
— Agora se debruce sobre ela. Cotovelos à mesa e rosto colado na carta.
Chocada e confusa, obedeci.
— Agora leia a carta em voz alta. Leia e releia e releia.
Li: "Prezado Sr. Garvy: Expresso aqui minha gratidão pelo direcionamento...". Ele começou a me estapear quando eu disse "direcionamento". Engraçado que nem fiquei surpresa. Continuei lendo a carta, embora não compreendesse nada. Comecei a chorar em cima da carta, o que borrou a tinta. A palavra "humilhação" pipocou na minha mente com tanta força que parecia que mais nenhuma outra palavra existia. Mais tarde, compreen-

di que a ideia que essa palavra representava foi, no fundo, o grande motor de minha vida por um longo tempo.

Ele me estapeou durante uns dez minutos, acho. Acabei lendo a carta inteira só cinco vezes, sobretudo porque a parte borrada era ilegível. Quando parou de me bater, disse:

— Agora componha-se, e vá bater a carta novamente.

Voltei pra minha mesa. Ele fechou a porta da sala. Sentei, assoei o nariz e limpei o rosto. Fiquei minutos e minutos olhando para o nada, e vez ou outra pensava no formigamento que sentia nas minhas nádegas. Bati a carta novamente e voltei à sala dele. Ele não olhou pra mim quando coloquei a carta em cima da mesa.

Saí de lá, sentei na minha cadeira e planejava entrar num estado de inconsciência profunda. Mas um cliente apareceu e logo despertei. Tinha que discar o ramal do advogado e avisar que o cliente estava à espera.

— Pede pra ele esperar — disse, ríspido.

Quando pedi ao cliente que esperasse, ele se aproximou da minha mesa e começou a conversar comigo.

— Eu já estive aqui antes, umas duas vezes — disse ele. — Não se lembra de mim?

— Lembro — disse. — Claro.

Era um coroa baixinho e tenso, que gesticulava sem parar, e que tinha uma cicatriz que escorregava dos lábios para o queixo. A cicatriz não assomava em rigor; estava ansioso demais para demonstrar qualquer apuro.

— Nunca imaginei que ia me acontecer uma coisa dessas — disse ele. — Nunca pensei que um dia pisaria num escritório de advocacia, e já é a terceira vez que piso aqui. E até agora nada aconteceu. Sempre detestei advogados — concluiu, e parecia que esperava que eu ficasse ofendida.

— Muita gente detesta — comentei.

— Mas era isso ou teria que rasgar aqueles meus vizinhos rastaqueras de uma figa na bala e mesmo assim ainda teria que arranjar um advogado pra me defender. Você sabe o que aconteceu, não sabe?

Eu sabia. Estava processando os vizinhos porque eles tinham um cachorro que "latia todo santo dia, o dia todo". Mas ouvi a história de novo. O que me deixou surpresa foi que essa conversa à toa foi capaz de restaurar minha sensibilidade. Tudo parecia na mais perfeita ordem quando o advogado saiu da sala para receber o cliente. Percebi que minha carta estava na mão dele. Antes de se virar para conduzir o cliente, me entregou a carta, sorrindo:

— Agora sim — disse ele.

Naquela noite, ao chegar em casa, estava tudo normal. Minha vida não tinha sido abalada por aquele acontecimento, exceto por uma distância crescente e ligeira entre mim e minha família. Minha bunda nem estava lanhada quando olhei no espelho do banheiro.

Mas, quando me deitei na cama, pensei melhor no assunto e fiquei animada. Era uma animação que até então desconhecia. Tampouco fiquei surpresa com isso. Senti dormência; cheguei à conclusão de que nunca mais teria uma conversa normal com qualquer pessoa. E comecei a me masturbar, bem devagar, para adiar ao máximo o orgasmo. Mas não gozei, apesar da persistência. E não consegui dormir.

Voltou a acontecer mais duas vezes nos dias que se seguiram. E na semana subsequente, quando cometi mais um errinho de datilografia, ele não me bateu. Mandou que me debruçasse à mesa, olhasse para o erro e repetisse "Sou burra" durante alguns minutos.

Fora isso, nosso relacionamento não tinha mudado. Ele continuava alegre e amistoso pela manhã. E, como parecia tão seguro de si, tive que me comportar como se ele ainda fosse o chefe dominador, mas afável. Mas desde então nunca mais tinha me convidado a desabafar meus problemas.

Comecei a ter sonhos recorrentes com ele. Num dos sonhos, o mais rotineiro, caminhávamos num campo de enormes papoulas vermelhas e luminosas. Um dia quente e magnífico. Trocávamos sorrisos, pairava sobre nós uma sensação fantástica de alívio e entusiasmo. Ele olhava para mim e dizia "Eu compreendo você, Debby". E dávamos as mãos.

Teve uma vez em que fiquei incomodada com o que estava acontecendo no escritório. Ocorreu logo antes do jantar, e meu pai estava chateado com uma situação que tinha acontecido com ele no trabalho. Pude ouvi-lo gritar da sala enquanto minha mãe tentava consolá-lo: "Prefiro trabalhar no circo! Enfiar a cabeça num buraco daquelas parafernálias em que as pessoas pagam pra jogar lixo na nossa cara!".

— Nem no circo isso acontece mais — disse minha mãe. — Para com isso, Shep.

Quando desci pra jantar, tudo já tinha voltado ao normal. Olhei para o meu pai e tive uma sensação repugnante de amor misturado com desprezo e pânico.

Na última vez que cometi um erro datilográfico e o advogado me chamou na sala dele, duas coisas incomuns aconteceram. A primeira foi que, depois de me estapear, ele pediu que eu levantasse a saia. O medo fisgou meu estômago e o puxou em direção ao peito. Eu virei a cabeça pra tentar olhar pra ele.

— Por acaso está achando que vou estuprar você? — perguntou ele. — Não vou. Não estou nem um pouco a fim de fazer isso. Levanta a saia.

Parei de olhar pra cara dele. E pensei: não preciso fazer isso. Posso acabar com tudo agora. Posso me recompor e ir embora. Mas não foi o que fiz. Eu levantei a saia.

— Puxa a meia-calça e a calcinha pra baixo.

Senti uma dedada de náusea no estômago.

— Já disse que não vou meter em você. Agora me obedece.

A pele do meu rosto e minha garganta queimavam, mas as pontas dos meus dedos sobre a coxa, enquanto eu puxava a meia-calça e a calcinha, estavam geladas. A carta à minha frente ficou distorcida e ininteligível. Achei que ia desmaiar, ou vomitar, mas nada aconteceu. O que me mantinha de pé era uma espécie de suspensão vertiginosa, a mesma que sinto quando sonho que posso voar, mas somente numa determinada e estranhíssima posição.

A princípio, parecia que ele não estava fazendo nada. Em seguida senti um frenesi de energia em movimento atrás de mim. A impressão de que um animalzinho feroz cavava a terra desesperado, com suas garras e dentes minúsculos. Meus quadris receberam o jato de lama quente e pegajosa.

— Agora vá se limpar — disse ele. — E bata aquela carta mais uma vez.

Levantei devagar e senti a saia passar em cima da imundície gosmenta. Ele abriu a porta num solavanco e eu saí da sala sem levantar a meia-calça e a calcinha, afinal estava indo ao banheiro. Ele fechou a porta e então aconteceu a segunda coisa incomum. Susan, a assistente jurídica, estava na sala de espera e me olhou com uma expressão insolente. Ela era loira, usava suéteres curtos e bijuteria dourada no pescoço. Quando estava amigável, sua voz era queixosa e rude. Agora, mal conseguiu dizer olá. Seus lábios escrotamente carnudos enfim se abriram para a especulação.

— Oi — disse a ela. — Só um segundinho.

Ela notou que havia algo de estranho no meu jeito de andar, por causa da meia-calça ainda baixada.

Fui ao banheiro e me limpei de cima a baixo. Não senti vergonha. Senti automação. Queria era despachar aquela advogadinha de uma vez e voltar ao banheiro para me masturbar.

Susan fez o que tinha que fazer e foi embora. Eu me masturbei. Bati a carta mais uma vez. O advogado ficou trancado na sala o dia inteiro.

Quando minha mãe veio me buscar no fim da tarde, perguntou se eu estava bem.

— Por quê?
— Sei lá. Você tá estranha.
— Estou como sempre estive.
— Isso é preocupante.

Não falei mais nada. Minha mãe deslizava as mãos pra cima e pra baixo no volante, que apertava com ânsia.

— Que tal parar na padaria francesa pra comprar umas orelhas de elefante? — sugeriu.

— Não quero orelha de elefante nenhuma — disse, e minha voz saiu num tom desagradável. Quase chorei por isso.

— Tá certo — disse mamãe.

Quando me deitei pra tirar um cochilo, senti que meu corpo estava opaco, pesado, como se fosse quase impossível recuperar os movimentos, o que achei ótimo porque não estava com vontade de me movimentar. Quando Donna bateu na porta e gritou "Jantar!", eu não respondi. Ela colocou a cabeça na fresta da porta e perguntou se eu estava dormindo, eu disse que estava sem vontade de comer. Sentia uma inércia tão grande que achei que ia cair no sono, mas nem isso consegui. Fiquei acordada ouvindo barulhos de discussões e da TV e de cada um entrando no banheiro. Chegou a hora de todos se recolherem para dormir, sons de gaveta abrindo e fechando, portas batendo, meu pai adormecendo com o zumbido do rádio. Os dígitos alaranjados do relógio marcavam uma e meia da manhã. Pensei: melhor eu tirar essa meia-calça e ir pra baixo das cobertas.

Mas me sentei na cama e fiquei olhando a rua, cinzenta e gelada. Os arbustos no gramado da outra calçada pareciam petrificados e tristíssimos. Lembrei daquela época, do ano anterior, quando não conseguia dormir achando que alguém ia invadir nossa casa e matar todos nós. Depois esse medo passou e voltei a dormir normalmente. Deitei-me na cama sem tirar a roupa, olhando para o teto, e fiz um ninho com uma manta. Uma hora ou outra, pensei, vou cair no sono. Era só esperar.

Mas não consegui, embora tenha experimentado uma incoerência mental bastante longa e medonha. As horas passavam; o quarto ficou cinza. Ouvi os ruídos do dia que começava: o banheiro, a tosse, os resmungos hostis de Donna. Antigamente, eu sempre acordava bem cedo e ficava deitada na cama ouvindo os movimentos desajeitados da minha família tentando se organizar para começar o dia. Mas eram raras as vezes em que esses sons me faziam sentir uma fúria irracional. Nesta manhã, senti desespero e saudade deles, a certeza de que nunca mais nos reaproximaríamos na vida. Minhas cavidades nasais se encheram de lágrimas, mas elas não chegaram aos olhos.

Mamãe bateu na porta.

— Filha, você não está atrasada?

— Não vou trabalhar hoje. Estou me sentindo mal. Vou telefonar pra avisar.

— Deixa que eu telefono, fica deitadinha aí.

— Não, eu vou telefonar. Deixa comigo.

Não telefonei. O advogado não telefonou pra minha casa. Não apareci no dia seguinte nem telefonei para avisar, tampouco nos dias subsequentes. O advogado também não telefonou. Fiquei um pouco magoada por não ter recebido um mísero telefonema, mas o alívio que sentia era maior que minha dor.

Depois de quatro dias em casa, meu pai perguntou se eu não ficava preocupada em tirar uma folga tão longa. Respondi que ia me demitir, na frente da minha mãe e de Donna. Ele ficou chocado.

— Não me parece certo — disse ele. — O que vai fazer agora?

— Dane-se — respondi. — Aquele advogado é um cuzão.

Para o desconforto de todos, comecei a chorar. Saí da sala e eles ficaram me olhando enquanto eu subia a escada pisando duro.

No dia seguinte, no jantar, meu pai disse:

— Não desanime porque o primeiro emprego não deu certo. Há muitos lugares para se trabalhar.

— Nem quero pensar em arrumar outro emprego agora.

Ao redor da mesa, pairava a descrença.

— Ah, Debby, deixa disso, você não vai jogar aquele curso de datilografia pela janela — disse meu pai.

— Estou com ela — disse Donna. — Também não aguento mais trabalhar pra babacas.

— Mas que merda — disse meu pai. — Se eu tivesse largado todos os empregos que tive por causa disso, vocês teriam morrido de fome. Antes eu tivesse feito isso.

— O que houve, Debby? — perguntou minha mãe.

Eu respondi:

— Não quero falar sobre isso — e saí da sala mais uma vez.

Depois dessa conversa, acho que perceberam, dado o tino que têm para a desgraça, que alguma coisa horrível tinha acontecido. Porque nunca mais tocaram no assunto.

Recebi o último cheque de pagamento do advogado pelo correio. Tinha também uma carta. Dizia assim: "Lamento muito o que aconteceu entre nós. Me dei conta do erro terrível que cometi. Espero que você compreenda e não piore a situação ainda mais comentando a respeito com outras pessoas. Tudo de bom pra você". No PS ele garantia que eu podia contar com ele para excelentes cartas de recomendação. Um cheque de trezentos e oitenta dólares, cerca de duzentos a mais do que ele me devia.

Cheguei a pensar em rasgar o cheque ou devolvê-lo. Mas não fiz nenhuma das duas coisas. Duzentos dólares valiam muito mais do que valem hoje. Junto com o dinheiro que eu tinha no banco, dava pra dar a entrada num apartamento e ainda sobravam uns trocados. Subi para o meu quarto e anotei "380" na página de depósitos da minha caderneta. Não me senti uma puta nem nada do tipo. Senti que fazia a coisa certa. Olhei para o montante do meu saldo com satisfação. Depois desci e perguntei pra minha mãe se ela toparia sair pra comprar umas orelhas de elefante pra mim.

Nas duas semanas que se seguiram, esqueci a ideia de um emprego e de sair da casa dos meus pais. Não acordava mais com as manhãs barulhentas, dormia até o meio-dia. Aí me levantava, comia meu cereal e ligava a máquina de lavar louça. Assistia ao desfile completo de seriados antigos na TV. Me dedicava às palavras cruzadas. Deitava na minha cama amarfanhada, um bololô de colcha e cobertores felpudos, e me masturbava duas, três, quatro vezes seguidas, sempre pensando naquilo tudo.

Fiquei um tempo nessa até que meu pai enfiou o jornal na minha cara e disse: "Já sabe o que seu antigo patrão anda aprontando?". Era um artigo pequeno sobre as eleições para prefeito de Westland. Ele ia concorrer. Peguei o jornal das mãos do meu pai. Pela primeira vez senti uma repulsa pura e simples pelo advogado. Westland era só um fim de mundo cheio de shoppings, lojinhas de donuts e um teatrão horroroso com um vulcão artificial na frente. Que tipo de idiota gostaria de ser prefeito de Westland? Mais uma vez, saí da sala.

Na semana seguinte, recebi um telefonema. Voz de homem, uma voz suave, indagadora e condolente.

— Miss Roe? — disse ele. — Perdoe esta ligação inesperada. Me chamo Mark Charming, trabalho na *Detroit Magazine*.
Eu não disse palavra. A voz prosseguiu, oscilando.
— Se importa de dar uma palavrinha comigo, Miss Roe?
Não tinha ninguém na cozinha, e minha mãe estava passando o aspirador em outro cômodo.
— É sobre o quê? — perguntei.
— É sobre seu ex-patrão.
O tom de voz ficou ligeiramente áspero quando disse essas palavras, mas logo retomou seu tom condolente.
— Não se assuste, por favor, nem se aborreça. Imagino que esse telefonema seja desagradável para você, e é certo que pode soar inconveniente.
Ele fez uma pausa e deu espaço para que eu risse ou algo do tipo. Mas fiquei muda, e sua voz logo ficou temerosa.
— O motivo da minha ligação é que estamos fazendo uma reportagem sobre a candidatura a prefeito de seu ex-patrão. Por baixo, achamos que ele nem deveria se candidatar a um cargo público. Que seria péssimo para toda a Detroit. Ele tem uma reputação péssima, Miss Roe... E isso não deve ser surpresa para você.
Houve mais uma pausa cuidadosa, mas não me manifestei.
— Miss Roe, está na linha?
— Sim.
— Bem, tudo isso para dizer que temos motivos para acreditar que você tenha informações a respeito de seu ex-patrão que podem prejudicá-lo. Seu nome não será citado nem mencionado. Usaríamos um pseudônimo. Garantimos total proteção à sua privacidade.
O aspirador de pó foi desligado, me vi cercada de silêncio. Senti um aperto na garganta.

— Gostaria de pensar melhor antes de responder, Miss Roe?

— Não posso falar agora — respondi, e pus o telefone no gancho.

Não conseguiria passar pela sala sem que minha mãe perguntasse com quem eu estava falando, então fui para o porão. Sentei no sofá embolorado e me aninhei, nem lembrei das lacraias. Apoiei o queixo no joelho e fiquei olhando para as caixas de livros de bolso antigos do meu pai e aquele monte de apetrechos de plástico da Barbie com que Donna e eu brincávamos na varanda da frente. Um pé de plástico branco e duro e uma panturrilha despontavam de uma caixa azul-celeste, indefesos e imóveis de dar dó.

Não sei por que me lembrei da vez, anos antes, em que minha mãe me levou ao psiquiatra. Uma das perguntas mais óbvias que ele me fez foi: "Debby, você já teve a sensação de estar fora de si, quase como se conseguisse se ver de outro lugar?". Na época eu não tinha tido, mas agora sei do que se trata. Nem é tão ruim assim.

Outros quinhentos

CONSTANCE FICOU DESCONCERTADA quando encontrou Franklin no East Village, em parte porque apenas dois anos antes ele havia passado uma semana tentando a todo custo seduzi-la, para em seguida dispensá-la do nada e se casar com uma noiva até então desconhecida. Mas aí são outros quinhentos.

— Constance! — gritou ele. — Meu Deus, que bom revê-la! Você está ótima! Linda, na verdade!

Tinham se visto pela última vez na festa de casamento dele; ele dublava o Grandmaster Flash e dançava abanando os braços de um jeito que perigava rasgar o sovaco do terno alugado. Desde então, seu nariz parecia estar maior e mais adunco, o rosto mais largo e os olhos mais propensos a navegar atabalhoadamente pelo rosto de sua interlocutora. Mas ainda era um homem gentil e preservava aquele ar de que — não importava sobre o que ou com quem estivesse falando — aquelas eram as pessoas e os fatos mais importantes do mundo. Ela se lembrou de uma coisa que ele havia lhe dito certa vez: "Fica tranquila, Connie. Daqui a quinze anos farei minha retrospectiva no Whitney Museum e você será colaboradora da revista *New Yorker*". Fez uma pausa. "Mas até lá seremos dois decrépitos."

Ela sorriu para ele no meio da rua movimentada e os dois conversaram animados, aos gritos. Ele andava ocupado, muito ocupado, escrevia críticas de arte para três publicações, dava aulas e pintava. Ela era uma jornalista frila e se esgueirava numa brecha de estabilidade como editora de um suplemento literário engomadinho. Deram os braços e foram tomar um café.

— Nossa — disse ele, debruçando na xicrinha marrom de expresso —, como é bom ver um rosto diferente. Há semanas não via ninguém, exceto as amigas da Emily que chegaram de Dallas... assim, mulheres fascinantes, todas pintoras e na casa dos quarenta, inteligentíssimas... e, acredite se quiser, todas *solteiras*. Elas são ótimas, mas tenho que ficar o tempo inteiro dizendo a elas o quanto são charmosas e talentosas... e elas são muito charmosas! Charmosíssimas!... porque assim, quarentonas e tal, não se casaram e não são bem-sucedidas.

— E por que você acha que tem que lembrá-las do quanto são magníficas?

— Acontece. Alguém precisa dizer — disse, e levantou a xicrinha marrom com suas mãos grandes e enfiou a pontinha da língua, largou a xícara e ficou manuseando o guardanapo.

— Se a quarentona fosse eu, não esperaria isso de você.

Ele não respondeu, mas fixou o olhar num dos cantos da loja por algum tempo e só então disse:

— Mas me conta, qual coração você anda destroçando atualmente?

— Você quer dizer quem está destroçando o meu coração hoje em dia, né? Sou cada vez menos passional, Franklin.

Franklin sorriu com perspicácia e satisfação, daquele jeito dele, contrafeito com a resposta ao mesmo tempo lisonjeira e ridicularizadora dela.

— E agora eu tenho uma namorada — ela pegou o croissant meio que para se esconder atrás dele. — Estamos juntas há um ano e meio. Moramos juntas.

— Connie, que maravilha. Adorei. É uma nova predileção?
— Não, sempre existiu. Mas é mais sério do que nunca.
— Olha, se ela fosse um cara, eu ia ficar com ciúme. Onde vocês se conheceram?

Eles se embrenharam numa conversa que ignorava o tempo presente, depois escavaram um túnel que desembocava numa época de cinco anos atrás, quando se conheceram numa baia de revisão, onde uma Connie exausta e letárgica dormia embaixo de sua mesa e usava o suéter enrolado de Franklin como travesseiro. Haviam se aninhado naquela baia por todos os fins de semana durante meses, cercados de suplementos literários, embalagens de delivery, caixas de biscoito e cadernos que usavam para escrever feito loucos nos intervalos do trabalho. Ali também havia sido o palco das longuíssimas e excessivamente detalhadas conferências sobre suas relações sexuais. Franklin chamava de "O pesadelo dos 2001 encontros", ou talvez ela tenha inventado a parte do pesadelo, mas não se lembrava. O túnel ficou ainda mais profundo quando entraram num reino densamente populoso de velhos amigos, conhecidos, bafafás e memórias que pareciam feras assustadas e frágeis que paravam para encará-los, piscavam os olhos e depois fugiam.

Connie fez uma pausa enquanto Franklin falava e levantou a cabeça para olhar a rua; o café onde estavam era escuro e lotado de jovens com seus casacões e sapatos asseados e elegantes. Uma garota de beleza grotesca usava uma roupa de couro cor-de-rosa e parecia não tirar os olhos deles. Pareciam coroas descolados e patéticos? Algo de errado com o cabelo dela? Estavam falando muito alto? Franklin quase gritava sobre a conversa desagradável que havia tido com outro crítico de arte num clubinho. Ela se contraía cada vez mais, então tentou recobrar sua força na fonte aparentemente inesgotável de confiança que ele tinha dentro de si e entrou no túnel de novo. E foi aí que os outros quinhentos apontaram na mesa.

— Ah, semana passada jantei com a Alice e o Roger — disse ele, mordiscando seu pão de ló.

Constance pausou sua escavação.

— Achei que não tinha mais contato com eles.

— Eu? Por quê?

— E aquele arranca-rabo que você teve com o Roger?

— Que arranca-rabo?

— Por causa do artigo que você escreveu sobre ele para o *Art in America*.

— Ah, *tá*. Foi só uma rusga. Estou sempre com ele. Você tem que ver o loft novo deles. É inacreditável.

Essa pessoa, Connie pensou, não tem uma relação profunda com nada nem ninguém. Sentiu-se uma mulher amarga, enganchada em sua xícara de café como um caracol bambeante.

— Você podia dar um alô pra Alice... ela sempre pergunta de você.

— Não sei se você se lembra, mas foi ela que parou de me telefonar.

— Connie, a Alice adora você. Pode acreditar.

— Conversa, Franklin! Ela me apunhalou pelas costas.

— Deus meu, vocês mulheres... só vocês, viu. É inacreditável.

A conversa andou, mas, a partir daí, Constance começou a ficar inquieta e não se sentia mais a mulher que entrava na fase mais bem-sucedida de sua carreira, feliz no amor e segura perante a sociedade. Sentiu-se, em vários momentos, como a pessoa reclusa, solitária e insegura que fora havia apenas três anos, uma desajeitada, um pé de meia perdido no guarda-roupa dos desajustados, incapaz de emplacar um artigo para uma revista ou de saber que roupa usar. Componha-se, ela pensou; nem foi tão ruim assim.

Mas tinha sido horrível. Contraiu o corpo enquanto caminhavam para o caixa, crente de que todas as pessoas do café olhavam para eles e reviravam os olhos com desprezo.

— Depois de amanhã vou dar uma festa — disse Franklin, quando saíram. — É aniversário da Emily. Espero você. Leva sua gata.

— O Roger e a Alice vão estar na festa.

— Ah, para com isso!

— Tá. Talvez eu vá. Me dá seu endereço.

Ele providenciou um pedaço de papel — a bordinha rasgada de um envelope — e rabiscou o endereço com uma caneta roxa, enquanto o vento de março fazia de seu cabelo um cocar elegante e multidirecional. Passou um rapaz de roupa de couro preta, o cabelo descolorido raspado, uma única tira no meio da cabeça, encerado nos mínimos detalhes e esculpido como se fossem as costas de um dragão. Ela sentiu uma rajada de afeto e conforto ao perceber que os jovens ainda faziam as mesmas coisas de antigamente; e outra rajada de incredulidade ao descobrir que não tinham tido a capacidade de inventar uma coisa nova.

— Pronto — disse Franklin, olhando para ela enquanto apertava o papel dentro da palma de sua mão. — E, Connie, eu quero que você saiba que — aqueles mesmos olhos vagos, mas com o olhar sincero e generoso que lançava quando falava sobre arte ou etc. — eu pensei muito em você nos últimos tempos. E sempre quis reencontrá-la.

— É?

— É. Mesmo.

Seu olhar era de uma vagueza profunda, tão sincero e tão generoso, no entanto, que ela teve a sensação de que as íris castanhas de seus olhos iam se desgarrar do centro e vagar por todo o globo ocular, bem devagar, com majestade, e cada movimento expressaria as profundezas de sua sinceridade.

— Ah, você podia ter me telefonado.

— Eu sei. Mas fiquei com vergonha — disse ele, baixando os olhos, e pareceu sincero por alguns segundos.

Ela segurou o rosto dele com as duas mãos e beijou sua bochecha.

— Para de besteira — disse ela.

Deram as mãos, apertaram, confirmaram a camaradagem sexual, a gentileza, e cada um foi para o seu lado.

Muito bem, ela pensou, foi bom rever o Franklin, mas com certeza não iria à festa dele. Seria muito deprimente. Era estranho perceber que a parte deprimente não estava atrelada à lembrança que tinha daquela tentativa vertiginosa de sedução dele — afinal nunca havia se interessado por ele em termos românticos —, mas à presença de sua ex-amiga Alice. A simples menção desse nome a tinha arrastado para uma pocinha de rancor. Ela olhou com despeito e desdém para os estranhos que passavam bem-vestidos com suas botas, um exército de cabelos tingidos e bem hidratados marchando em sua direção.

Alice e Roger foram os primeiros nova-iorquinos que ela conheceu em Manhattan. Haviam se conhecido por acaso, quando Constance sublocou o loft deles com mais duas amigas. Tinha ficado muito impressionada com eles. Eram tão lindos — Roger, alto e loiro, tinha uma simetria quase irritante, mas que se salvava pelo topete teimoso no cocuruto da cabeça, e Alice, pequenina e morena, com um cabelo curto que cintilava como asas plissadas de besouro, usava roupas combinantes e muitos acessórios, portentosa e aparentemente segura. Alice fizera uma série de perguntas sobre os planos que ela tinha em sua nova cidade, e parecia examinar cada resposta para julgar se eram aceitáveis, enquanto Roger só sorria e recebia cada resposta de maneira afável. No início, Constance ficou ressentida, mas logo, e para seu constrangimento, se viu lisonjeada com a aprovação total que recebera de Alice. E Alice havia sido muito gentil quando Constance foi expulsa do apartamento que tinha acabado de alugar com uma colega psicótica, e fizera questão de socorrê-la com conselhos e um saco enorme de roupas do Exército da Salvação.

— Não vá embora de Nova York por causa disso — disse ela.
— Todo mundo passa aperto nos primeiros meses.

Constance subiu bufando os cinco lances de escada do prédio onde morava, deixou a chave cair no chão, praguejou e, ao abrir a porta do apartamento, reparou que a calefação estava ligada no máximo, os gatos corriam de um lado para o outro num desembestar misterioso, e Deana não estava em casa. Os gatos ronronaram num tom altíssimo e se enroscaram em suas pernas, enquanto ela se digladiava com uma lata e um abridor; eles também se digladiaram quando ela começou a jogar a gosma de carne fria de segunda com fubá no pote deles.

— Ah, peraí, rapaziada — disse ela. — Que fome é essa? Parecem porcos.

Foi para a sala de estar, ligou o rádio na estação sem jabá de sua preferência e foi agredida pelo otimismo disparatado de um violino. Pensou: deve ser o caça-níquel da música folk. Estalou a língua, desligou o rádio e ficou andando de um lado para o outro. O vizinho de baixo estava assobiando no repique urgente que a tirava dos eixos, mas que agora soava acolhedor e reconfortante graças à familiaridade daquele som. Ela começou a fazer uma lista mental de todas as coisas ruins que Alice já tinha lhe feito ou dito. Por exemplo, a vez em que Constance sentiu uma dor de dente severíssima, que tinha a ver com uma inflamação da raiz, e elas tiveram que sair do cinema no meio de um filme. Alice insistiu muito para acompanhá-la, mas na volta reclamou o caminho inteiro por ter perdido o filme: "Adorei esse passeio de metrô", alfinetou, enquanto Constance cambaleava em direção ao prédio segurando o queixo.

Mas Alice não era só uma tremenda filha da puta. O buraco era mais embaixo.

O vizinho matraqueou suas castanholas com insistência ameaçadora. Constance desabou no colchão velho e esfarrapado que ela e Deana usavam como sofá, haviam forrado com uma manta e colocado uns travesseiros em cima. Aquele colchão-sofá a deixava deprimida porque era o tipo de coisa que os hippies tinham em casa, e porque era o mesmo colchãozeco que, em outra vida, guinchava e balançava em meio às duas mil e uma atividades de seus encontros amorosos. Mas tinha apego a ele, embora fosse tão mole que, ao se sentar, ela quase sentiu o baque e o desmoronamento de todos os órgãos internos. Colapsada sobre ele, encravada por um dos cotovelos, mapeou os tufos de poeira acumulada debaixo da mesa e das cadeiras. Não importava a quantidade de vezes que Deana e ela varriam a casa, essas coisas quase vivas rastejavam de um canto a outro e deixavam seus rastros grudados nos bigodes dos gatos. A luz do poente peneirou a sala, misteriosa e desbotada, numa nuvem de poeira, e revelou uma perspectiva estranha, ao menos do ângulo que via, tornando a sala mais comprida e árida. O chão lascado parecia uma cadeia de escarpas desolada, com a vegetação de tufos de poeira.

Os gatos, atinando um alerta, correram para a porta. Passos, uma chave na fechadura: Deana entrou em casa, mas foi obstruída pelos gatos.

— Cara, o vizinho de baixo tá pirando hoje — disse ela, tirando o cabelo da testa com seu tique nervoso de sempre. — Você não alimentou essa rapaziada aqui?

— Sim, há dois minutos estavam com a cara no pote.

Connie rolou pelo colchão e levantou da maneira mais graciosa possível, passou os braços na cintura de Deana e pôs a cabeça em seu ombro.

— Que foi? — disse Deana, tateando os caroços da coluna vertebral de Connie e futucando os espaços entre os ossos.

— Nada. Tava aqui deitada viajando e de repente a sala começou a parecer o cenário de *O ataque das formigas gigantes*.
— Como assim?
— Sei lá, eu tava esquisita.
— Tô vendo — disse Deana, que deu um esfregão no corpo de Connie e se afastou em direção à geladeira. — Tô faminta. Acho que vou comer umas cenouras.
— Vai querer jantar o quê? — Connie pôs o pé sobre o joelho e ficou parecendo uma aborígene de livro didático.
— A gente podia pedir comida chinesa do Empire. Tô irritada demais pra cozinhar. E você parece estar esquisita demais pra cozinhar qualquer coisa — ela tirou um saco de cenouras da gaveta de vegetais e começou a raspar as cascas alaranjadas e cintilantes em cima da pia.
— Por que você tá irritada?
— A mesma merda de sempre. Se eu soubesse que ia trabalhar com um clone da minha mãe, nunca teria aceitado esse emprego.
Deana enxaguou as três cenouras despeladas com muito apuro, depois foi até o banheiro, arrancou um pedação de papel higiênico, forrou a bancada e botou as cenouras pra secar. (Uma de suas idiossincrasias, que ainda deixava Connie encantada, era a aversão que tinha a comer frutas ou vegetais molhados; ela tinha o costume até de secar os pedaços das frutas antes de mergulhá-las no cereal.)
— E você, que que tá pegando?
Connie não soube dizer e desabou mais uma vez no colchão.
— Hoje encontrei uma pessoa na rua... não é alguém que eu deteste, mas é uma pessoa que me causa ansiedade.
— Quem?
— Uma pessoa que eu não via há anos. Lembra de um tal de Franklin Weston?

Deana deu uma dentada na ponta da cenoura.

— Não é o cara que trabalhava com você na revisão, o tal que virou um crítico de arte quase famoso e tal?

— Ele mesmo.

Traíra, o gato, começou a se esgueirar em sua direção, e Constance pôs o animal no colo como se fosse um coelhão de pelúcia; ele arregalou os olhos, as patinhas indefesas se agitaram no ar.

— Então, ele é amigo de umas pessoas que eu conheci antes de você. Uma delas... uma pessoa que me magoou, que me rejeitou. Eu já te contei sobre a Alice?

— Por alto — disse Deana, mastigando baixinho.

— O nome dela veio à tona na conversa e eu fiquei mal. Foi isso.

Traíra resmoneou e se debateu, eriçou o rabo, que estalou no ar, pulou no chão e atingiu o nariz da gata.

— Faz três anos que Alice e eu conversamos pela última vez. Foi uma época horrível pra mim, tudo dava errado, eu vivia um desastre com a escrita, mal conseguia respirar, e fiquei tão deprimida que nem conseguia comer. Eu tinha medo de desabafar minha situação pra qualquer pessoa, e aí decidi confiar na Alice e contar pra ela. Hoje o Franklin ficou repetindo "Connie, a Alice *adora* você", com aquele jeito bobão dele, e eu pensei "Será?"; quando já tínhamos dois anos de amizade e abri o jogo com ela, tudo o que ela conseguiu me dizer foi "Connie, ninguém gosta de ficar perto de uma pessoa infeliz". Disse também que eu deveria procurar ajuda terapêutica e nunca mais me telefonou. Nem retornou meus telefonemas.

— E você não telefonou pra ela e falou umas poucas e boas?

— Sei lá. Acho que não tive coragem. Eu tava muito arrasada.

— O que parece é que *ela* estava com medo de ser infeliz — disse Deana.

— Mas ela não tinha motivo pra isso. Tinha, e ainda tem, um marido rico, um apartamento lindo, uma vida social bem forjada...

— Ah, corta essa. Todo mundo tem lá suas tristezas. E a maioria teme justamente isso. Ela é um ser humano como qualquer outro.

— Aquele mundaréu de roupa, viagens e viagens pra Europa... é a máscara do medo absoluto, pode crer.

— Olha, em todo caso, não acho que ela fosse sua amiga de verdade. Você se livrou de uma.

— Concordo — Connie levantou o corpo no colchão, mudou de posição e escolheu outro ângulo para afundar seu peso. — Mas é que... a conversa como um todo me fez reviver aquela época. Também tudo o que rolou entre mim e o Franklin. Não lembro se cheguei a te contar isso, mas antes de rolar esse lance com a Alice, ele se declarou pra mim de forma assustadora, dizendo que me amava, que eu era linda, especial e perfeita, enquanto tentava me arrastar pra cama dele, literalmente... eu fiquei desconcertada, não conseguia acreditar em nada do que ele falava, e acabou que no fim das contas eu tava certa. Uma semana depois ele desapareceu, e quando consegui falar com ele, mais duas semanas depois, ele disse que ia se casar com uma moça chamada Emily, e se casou mesmo.

— Mais um ser humano clássico.

— Mas o lance todo com o Franklin foi que, até ele se declarar pra mim, éramos amigos. Foi por causa dele que eu consegui publicar na *New Yorker*. E foi por isso que me senti tão mal. Foi como se ele e Alice estivessem mancomunados...

Deana largou as cenouras, pôs os dedos nos lábios de Connie e se deitou ao lado dela no meio do colchão.

— Meu Deus, acho que você está deprimida mesmo. Há anos não vejo você assim.

Ela acariciou os cabelos de Connie, as sobrancelhas. O colchão esganiçava e rangia enquanto elas se embolavam como duas gatinhas numa caixa de sapatos.

— O Franklin me chamou para uma festa, e a Alice vai estar lá. Não sei o que fazer.
— Você ainda tá pensando nisso?

Tinham acabado de comer o jantar chinês. Potinhos brancos espalhados pela mesa, os cabos dos garfos espetados; rastros de bolotas de arroz duro no caminho entre os potinhos e os pratos; os gatos transitavam nos restos com passos ardorosos, decididos. Deana ainda comia lentamente suas costeletas de porco e tomava seu Vita-C.

— Connie, se essa mulher te traz tanta coisa ruim, por que não tenta esquecer que ela existe? Por que insistir nisso? Ela não faz mais parte da sua vida.

Connie ficou espiando os ramalhetezinhos luminosos de brócolis frios que enfeitavam a beirada de seu prato.

— Mas Alice e eu dividimos momentos maravilhosos. Íamos ao cinema, depois saíamos pra tomar um café e comentar o filme, ficávamos horas analisando cada personagem, cada gesto, a trilha sonora e tudo mais. Lembro da vez em que ela pediu um sanduíche de anchovas e um daqueles drinques doces com amêndoa e disse: "Quando estou com você tenho vontade de experimentar coisas muito bizarras, que me fazem muito mal".

— Hum — disse Deana.

— Também teve a vez em que ela e o Roger compraram uma passagem de avião pra eu visitá-los na casinha de campo que eles tinham na Pensilvânia.

— Então por que não vai à festa do Franklin encontrar com ela?

— Porque houve ocasiões em que achei que ela não era minha amiga de fato. Como no dia em que ficou me contando de um festão que tinha dado, mas pro qual eu não tinha sido convidada. A preocupação dela era chamar o mesmo número de homens e mulheres muito bem-sucedidos, mas reclamou que não tinha tanta mulher bem-sucedida no seu círculo. E aí de repente se deu conta de que tinha sido rude falar assim na minha frente, sobretudo porque não tinha me convidado. Aí o que ela disse foi "Eu não pensei em te chamar porque você não é do métier e achei que ficaria entediada. Eu sei que você sabe se virar e se destaca no que faz, mas aquelas pessoas eram de alto nível, talvez você não conseguisse dialogar com elas". Consegue imaginar o que é ouvir isso?

— Connie, você não era apaixonada por essa mulher?

— Quê?

— Será que não tinha uma quedinha pela Alice?

— Não. Claro que não. Por quê?

— Pelo jeito como você fala dela.

Connie ficou em silêncio e admirou a graciosa interação entre três macarrões de gergelim que restavam em seu prato.

— Amor eu sei que não foi, pelo menos não do tipo romântico. Acho que eu sempre fui suscetível às traições das mulheres. Pros homens sempre fiz o tipo vulnerável, porque é isso que se espera no fim. Agora, com as mulheres, consigo ficar vulnerável sexualmente, mas em termos de amizade, a coisa complica. Foi o que eu fiz com a Alice, e ela me rejeitou.

Deana chupava uma costeleta de porco como se meditasse, e piscou seus olhões num susto.

Connie enroscou uma perna na cadeira e se sentou no tornozelo.

— Uma vez fomos ver um filme sobre uma garota bobinha e ingênua que se envolve com um psicopata ranheta e hediondo que a tortura até a morte e a mata no final.

— Que filmão.

— Queríamos ver por causa da atriz, que tinha colocado silicone e estávamos curiosas pra ver como era. No fim, Alice ficou irritada com o filme. E disse: "Aquela garota era muito burra, tinha que morrer mesmo. Impossível ter pena dela, fracote demais".

— E essa nem é uma reação incomum...

Deana tirou outra costeleta formosa e vermelha da embalagem branca e começou a descascar fiapo por fiapo, delicadamente, com os dentes.

— É, acho que não, mas ela ficou tão obcecada com isso, que parecia que estava aterrorizada pela simples ideia de que às vezes uma pessoa é só a vítima.

— É assustador mesmo.

A voz de Deana assumiu o tom de incômodo e pânico que ela sempre usava quando a sujeitavam a situações desagradáveis.

Connie se virou e olhou pela janela estreita, cuja paisagem era um duto de ar, uma parede de tijolos e um basculante precário tampado com um pedaço de papelão imundo e com os farrapos escabrosos de uma cortina nas últimas. E os habituais pombos gordos, de olhar turvo e suspeito, se amontoavam no parapeito da janela da frente como cafetões incorrigíveis. Quando se mudaram para esse apartamento, Constance se esforçou muito para encontrar naquela vista algo além de uma paisagem decrépita: "Só fica olhando", dizia a si mesma, "Para de julgar".

— Sabe, você tem mania de esfregar sua vulnerabilidade na cara das pessoas. Ou ao menos o que você chama de vulnerabilidade. E às vezes você faz isso assim que as encontra pela primeira vez. Impõe que elas lidem com isso.

Deana falava com entusiasmo, mas era precisa, suas palavras eram como lascas perfeitas de coco.

— Deana...
— Não, presta atenção. Eu não quero que fique chateada comigo por isso; você já melhorou bastante. Mas fazia isso o tempo todo, e é meio estranho ser confrontada com a fragilidade alheia de maneira tão agressiva. Algumas pessoas vão querer te proteger, como eu quis, mas outras vão fazer de tudo pra te magoar. Tem aquelas que vão sentir medo, porque é óbvio que associarão isso com a própria fragilidade, e esse parece ser o caso da sua amiga Alice.

Connie puxou as pernas, se sentou, apoiou os braços sobre os joelhos e voltou a olhar pela janela. Era incontestável que no verão o duto de ar encarnava uma aura bizarramente poética. Nos dias em que a atmosfera do apartamento ficava pesada e sufocante como um pântano, ruídos e aromas flutuavam pelo duto feito nuvens de calor, misturas líricas de vozes com o rascante das ondas do rádio, conversas à deriva e suspiros amorosos, a sombra de fritura do jantar de alguém, um microcosmo que entrava desbotado no apartamento delas e as aparentava com todos os outros vizinhos do prédio. É claro que essa relação instituída podia ou não ser agradável, a depender do estado de espírito dos envolvidos, mas já eram outros quinhentos; no verão anterior, o apartamento do andar de baixo fora sublocado por um rapaz que, quando bebia, imitava as vozes que elas faziam durante o sexo.

— Você ficou chateada comigo? — perguntou Deana.
— Não fiquei, não — disse Connie olhando pra cima. — Eu entendo o que você diz, mas acho que não era o caso da Alice. Nunca demonstrei vulnerabilidade perto dela. E sinceramente não concordo com você. Posso ter feito isso com você porque tinha a ver com sexo, mas em geral não faço isso.

Deana deu de ombros.
— Olha, só posso falar do que vivi. E estou só tentando te ajudar a encontrar uma saída porque você parece muito angustiada.

Ela se levantou e recolheu os pratos. Os dedos e as mãos dela, Constance pensou, são protuberantes e exprimem a frieza de sua receptividade, como o nariz de um cachorrinho. Enquanto observava Deana limpar a mesa e levar a louça para a cozinha, entreviu os inúmeros defeitos e qualidades de sua namorada avançarem e recuarem com timidez a cada movimento; seus braços austeros e obstinados, a curva suave e recatada de seus ombros fortes, o queixo duro, a testa brilhante, o jeito estranho que tinha de se deter e em seguida se libertar com delicadeza — tudo dizia respeito às gradações radiais de sua ternura, sua melancolia, e da ventilação clemente, radiante, de sua inteligência.

Constance acordou no meio da noite, sonolenta, pensando em Franklin: "*Eu amo você*", ele dizia, "*Como nunca amei ninguém*"; "*Eu não sei do que você está falando*", dizia ela; "*Ele tá doido*", disseram os amigos dele, "*Sandices do Franklin, não muda nunca*". O que aconteceria caso fosse a sua festa? Ele passaria meia hora na orelha dela dizendo o quanto estava feliz em vê-la e depois sumiria pela festa? Ela ficaria chateada com isso? Imaginou Alice em pé ao lado de uma mesa de canapés devastada, com um copo de plástico cheio de bebida na mão, um chapeuzinho bem acomodado no topo dos cabelos escovados. Era boato que Alice desconhecia o infortúnio. A mãe dela era uma esquizofrênica que morava num hospital psiquiátrico do estado (a família de Alice não tinha grana) e às vezes não reconhecia a filha. Ela não se sentia aceita como artista no círculo que frequentava, e às vezes ficava tão possessa com isso que começava a berrar e a quebrar coisas: "Me sinto um lixo", disse uma vez para Connie.

Connie se virou e encostou a barriga e os peitos nas costas quentes de Deana. Lembrou-se da primeira mulher por quem teve uma queda na vida, uma stripper muito gata de cabelo preto e olhos azuis amargos. Chegou a visitá-la no clube de stripper e ficou impressionada com seu giro de queixo resignado e arrogante, com o jeito com que ela oferecia e recusava o corpo no palco e com a lingerie preta e cafona que usava.

Certa vez, uma mulher gay disse a ela: "Você não gosta de mulher. Só está em busca de uma fantasia pornô inventada pelos homens e encenada com os adereços mais bregas do mundo".

Ela se virou novamente e encaixou as costas nas costas de Deana. Quando era criança, sua mãe uma vez lhe dissera: "Quando os meninos ficam com raiva uns dos outros, eles caem na porrada e fim. Mas as meninas não, são perniciosas. Fingem ser amigas e falam mal pelas costas". Ela se lembrou de quando era a aluna nova do primário e tentava entrar para o grupinho das magrelas que viviam mastigando chiclete e tagarelando coisas que ela nunca conseguia compreender. Então se viu sozinha, sentada na lanchonete do segundo grau, comendo batata frita e barrinha de cereais.

Abriu os olhos e mal conseguiu enxergar o contorno das orelhonas do gatinho siamês de cerâmica que sua tia lhe dera quando tinha doze anos. Na época, chegou a achar que esse gatinho e toda sua ninhada de cerâmica eram o suprassumo do bom gosto e da elegância e, embora ele tenha perdido um pedaço do rosto, que foi colado com Super Bonder, até hoje ainda parecia imponente e glamoroso. Era um dos objetos em que Alice pensava quando olhou para a cômoda de Connie e disse: "Um dia você vai acordar, olhar pra esses cacarecos e dizer 'Nada disso tem a ver comigo', e vai jogar tudo fora".

Mas tem a ver comigo. E muito, Connie pensou.

No dia seguinte, saiu mais cedo do trabalho por causa de uma dor de dente repentina e devastadora. Achou que estava reprisando e psicossomatizando o episódio da raiz inflamada com Alice no cinema, mas o dentista lhe garantiu que não.

— Não, não e não. Vou te dizer a verdade. Você tem uma boca que é uma belezura. Cada coisa a seu tempo. Nem vai precisar fazer canal, é só uma obturação profunda e malfeita — disse ele, e cutucou o dente dela, fazendo-a engasgar de dor. — Muito estranho não ter incomodado antes. A cárie quase bate no seu umbigo — prosseguiu, e futucou mais uma vez; ela urrou e tentou fechar a boca. — Mas não se preocupe, ainda dá tempo de consertar.

Ele girou a cadeira com agilidade e começou a manipular seus instrumentos precisos e pontiagudos. O dr. Frangelli tinha antebraços imensos e cobertos de pelos; as mãos pareciam ter sido estranhamente encaixadas nos pulsos, e os dedos espaçados e desiguais sugeriam que exercia atividades indevidas em direções contrárias. Não era um homem alto, mas quando andava, parecia que seus braços e ombros rolavam como esteira de tanque de guerra e requisitavam, de uma hora pra outra, mais espaço que o previsto.

— Muito bem, agora uma injeçãozinha — o rosto dele deu um zoom no dela, e lhe ocorreu o pensamento inquietante de que aquela proximidade alegre e porosa poderia desconjuntar sua mandíbula, pelo simples desejo exposto e exagerado de escancará-la.

— E o nitrogênio? — perguntou ela.

Ele se afastou.

— Ah, esqueci que você adora. Já falei que devasta suas células cerebrais, mas se você quer tanto... — ele rodopiou para longe. — Carla! Carla, traz o óxido nitroso pra mim?

Carla, uma morena de nariz pequeno, cílios encrustados de rímel, entrou empurrando aquele bom e velho maquinário cinza, e uma máscara de plástico meio suja foi colada em cima do nariz de Connie.

— Segura! — disse o dr. Frangelli. — Pode aumentar, Carla. Você vai sair daqui flutuando. Carla, pega o amálgama de prata.

Connie fechou os olhos. Um balão de ar quente se alargou dentro de sua cabeça. Pensou nos comerciais de pão Wonder que via na infância, no qual um garotinho muito sortudo era levado por borboletas amigáveis para conhecer o mundo encantado do Wonder Bread, um lugar cheio de flores, nuvens e pães.

— Mas me conta, Connie, já se casou? — perguntou o dr. Frangelli.

— Não.

— Não? Estou chocado. Quantos anos você tem?

Arreganhada na cadeira como uma estrela-do-mar, supôs o som da voz dele, o tilintar dos instrumentos e o rangido das cadeiras a penetrarem seu corpo como raios de luz que perfuravam os ossos e transitavam com alegria por toda a extensão de seu esqueleto. Supôs que toda a força vital do universo, em sua acachapante complexidade, penetrava cada poro e enchia seu corpo de raios minúsculos. Ela suspirou e aspirou profundamente; adorava uma anestesia.

— Eu sei que fizemos você levantar voo. Que maravilha, hein, Connie?

Ela tentou dominar a saliva na boca e conseguiu emitir um ruído afirmativo. Também podia afirmar, pela nota escorregadia que supôs na voz do dr. Frangelli, que ele ficava muito satisfeito em ver seus pacientes desamparados e boquiabertos na cadeira, assim se sentia poderoso, e digamos que nessa hora ele *tinha* certo poder. Sem problemas. O universo precisava abrir espaço para a circulação do poder. O universo adorava e valorizava esses espaços.

— Agora só uma picadinha... um, dois e — ele apertou o lábio dela e sacudiu. — Está no céu, hein, Connie? Podia até arrancar todos os seus dentes hoje e você nem tchum. Mas é claro que não vou fazer isso — disse, dando um tapinha no ombro de Connie. — Isso aqui é vapt-vupt, coisinha de nada.

O problema era que, deitada ali como uma estrela-do-mar, na vazante do universo a escorrer pelos poros, todo tipo de coisa podia acontecer. Como se blindar dos imprevistos? "*Basta de cristianismo*", disse Franklin, "*as coisas não são boas ou ruins, elas são o que são.*" Bem, essa era outra linha de pensamento. Imaginou-a como um organismo arroxeado tentando penetrar em seu espaço, e o rejeitou com força. Tentou imaginar um campo de energia, molecular e cinza, se dirigindo para cada área sobrecarregada de seu corpo e forçando passagem. Ficou confusa. Franklin não estava totalmente errado. Budistas e outras pessoas concordavam com ele. Mesmo assim, ao discordar dele, como distinguir as coisas ruins? A mangueirinha de borracha que sugava o cuspe de sua boca era ruim, e o som da broca também. Mas a ruindade não era inerente a elas, que eram só coisas ásperas e estridentes. Como traduzir a aspereza e a estridência em termos universais? Certamente esses elementos estavam influenciando a experiência dela com o óxido nitroso, mas de que maneira?

O dr. Frangelli fez uma pressão agradável e consistente no dente dela.

— Carla, pode me passar a outra broca?

Havia também outros pensamentos essenciais. Ela pensou no abraço macio e um tanto carnudo de Deana, a palidez da pele, a boca carrancuda, os olhos enviesados, os óculos de armação pesada que compunham e dignificavam seu rosto à beira do absurdo. Outras maravilhas basilares: deitar-se no escuro debaixo do cobertor e nos braços de uma amante delicada, partilhar das sensações dela e de seu entourage emocional que fora nomeado como "sexo". Era algo que ela admirava quase como um alívio, à semelhança de uma pessoa exausta que avista um travesseiro enorme, de uma lealdade sem limites. Você sabe do que se trata, todo mundo sabe. Assim como sabe do que se trata "o trabalho" e "o sucesso". As pessoas que almejam o sucesso estão agindo de modo primitivo. Uma vez lera sobre ratos de laboratório se digladiando pela dominância, mesmo sob condições em que a cooperação seria necessária à sobrevivência. Pensou em si mesma à mesa do trabalho revisando manuscritos. Viu-se ao telefone, conversando com o editor de um artigo que ela tinha terminado de escrever havia pouco tempo. Teve uma sensação de descolamento enquanto via essas imagens, que pareciam mais abstratas do que retratinhos num projetor de slides. Eram como lembretes esboçados nos quadrados em branco de um calendário. Lembretes do tipo "ligar Frangelli/ marcar consulta", emblemas perceptíveis, símbolos toscos de algo muito mais complexo e impossível de ser descrito num espaço delimitado. A imagem de si mesma sentada à mesa do trabalho, datilografando, tornara-se então o rabisco de uma anotação que designava "trabalho", mas trabalho por si só já era outra anotação para algo que ela só conseguia intuir como uma zona sombria e entremeada de outros elementos que se cruzavam e recruzavam numa trama ilegível.

Então se esforçou para sair do diagrama "trabalho" e se viu almoçando com sua amiga Helen, no diagrama "vida social". Helen falava sobre o namorado, Patrick, que a enforcara de leve na noite anterior: "Só não quero ouvir você dizer que eu não mereço isso", disse Helen. "No ano passado, quando o George desceu a mão em mim, me lembro de ter contado pra uma garota que não parava de repetir 'Helen, você não merece isso', que é a coisa mais estúpida que alguém pode dizer, afinal, o que esse conselho significa?" Connie tentou lembrar se tinha sido a pessoa que disse isso a Helen; era algo que poderia ter dito. Talvez fosse mesmo um conselho estúpido, mas *alguma coisa* devia ser dita nesse caso. Helen ainda exibia hematomas leves e arroxeados no pescoço: "Depois eu disse pra ele assim: você queria me machucar ou o quê?".

Esta imagem congelada — Helen segurando um garfo e um cigarro — a fez recuar para outra zona sombria da fluidez de seu campo mental, e assim outras imagens se colaram a essa. Lá estava Connie, às vezes com Deana, às vezes sozinha, numa boate, e um homem dizia a ela "Com esse chapéu na cabeça, parece que você está com o mundo nas mãos", ou nos bares e nas festas, cercada de estranhos muito bem-vestidos que sustinham suas personalidades como se fossem armas e escudos — drinques em punho — quando se aproximavam dela.

Confusa, tentou se afastar de todas essas imagens, que eram afinal a essência de sua vida, e conseguiu avistá-las ao longe. Trabalho, vida social, relacionamento. Era só isso que ela vivia todos os dias? Onde estava agora, qual havia sido a distância necessária para enxergar o espanto de tudo isso? Sentiu-se uma lacuna em branco, silenciosa e vazia, e tão solitária que, caso não tivesse lembrado que estava sob efeito do óxido nitroso, teria caído no choro.

Abriu os olhos e viu a juba espetada e preta no queixo do dr. Frangelli, em seguida olhou para seus olhos acinzentados, plácidos, devaneadores. Logo atrás, o maquinário de cor previsível que lhe parecia ameaçador, mas provavelmente familiar e aconchegante para ele. Desviou o olhar e esbarrou nos olhos bondosos e castanhos de Carla, o brilho dos olhos de um esquilo. Será que as funções que Carla assumia neste consultório também lhe pareceriam um diagrama de símbolos, ou um quadrante encerrado em si, uma enumeração eficiente de mo-

vimentos e interações que emergiam de seu corpo como consequência total e natural de suas necessidades e habilidades, tipo um buquê de flores, recebido quando menos se espera?
— Tudo bem, minha flor? — perguntou Carla.
Connie soltou um gemidinho afirmativo.
Carla soltou uma risadinha marota e gutural.
— Essa daí tá nas nuvens! — disse ela.
— E falta tão pouco — disse dr. Frangelli. — Só um segun...
— e fez algum movimento à toa mas doloroso, que lhe deixou um gosto horrível na boca.

Voltou para o escritório num estado de quase confusão mental, agressiva e insegura. Parou no banheiro feminino para se olhar no espelho e, abalada, viu que um lado de seu rosto estava caído, parecia à beira de um colapso, que seus olhos pareciam exaustos e tristes. Passou mais uma demão de maquiagem e entrou no escritório enfim. Para seu alívio, só havia três pessoas no ambiente, dois assistentes e o editor de quem gostava.
Em cima da mesa lhe aguardava a cópia de uma história que estava sendo avaliada para publicação. Leu e releu o documento e foi até a sala do editor-chefe.
— Steve — disse —, você acha isso bom?
— O que você tem na boca?
— Nada! Parece que tive paralisia cerebral, mas só estive no dentista. Você acha isso bom?
— Acho, gosto. Acho que...
— Tô falando sério. Seja sincero. Você acha isso bom?
Steve parecia exasperado, depois acuado, enfim se posicionou.
— Acho, Connie, eu gosto. É sucinto, inventivo, o leitor acha que está em casa e quando vê está à beira de um precipício.

— Exato, é igual a tudo o que já publicamos aqui.
— Connie, o que você quer que eu diga? Eu sei que você fica frustrada com o que publicamos, mas é disso que Fulford gosta. E eu não me incomodo.
— Eu achei que você tinha gostado do texto que te mostrei recentemente.
— Eu gostei! Adorei! Mas o Fulford não.
— Ele não gosta de nada que eu gosto. Não sei por que me contratou.
— Você também não gosta de nada. Se você escrevesse contracapas de romances, lá estaria: "Medíocre!, esbraveja Constance Weymouth".
— E você gosta de tudo.
— Confesso que tenho predisposição a gostar.
Ele se recostou na cadeira e jogou a cabeça pra trás como se estivesse num talk show sendo entrevistado por um zé-mané pau no cu. Então voltou à posição normal e sorriu.
Conversaram durante um tempo; Steve disse que a qualidade de um texto diz muito mais respeito às referências usadas para julgá-lo. Connie discordou. Fizeram algumas piadinhas e Connie voltou para o seu cubículo. Ficou em silêncio até desaparecer a dormência do queixo, enquanto observava as costas do suéter grosseiro de uma assistente que não parava de se mexer. Outra assistente, mais jovem e mais bonita, que achava que sabia o que estava fazendo, fez Connie se distrair ao andar de uma ponta a outra do escritório, e Connie se pegou pensando que, num estado melhor de consciência, se sentiria mais confortável com a visão lenta e previsível de pessoas empenhadas em tarefas significativas. Essa visão a induziu às reverberações esfrangalhadas da experiência com o óxido nitroso, e ela teve um flashback pesado no qual seu *eu* extenuado arrastava pedaços de sua vida separados em pacotes com cores chamativas

etiquetados como "Constance, a escritora", "Constance, um ser social", "Constance, metade de um casal" — e todas essas partes se sobrepunham a Constance sozinha em seu apartamento, esperando por Deana no escuro, debaixo de um cobertor, abraçando-se a si mesma. Viu cada pacote desses como pesos que carregava nas costas de um lado para o outro, parando em qualquer lugar para trocar um pacote por outro e sair cambaleando noutra direção.

Deitou a cabeça em cima da mesa.

No caminho do trabalho para casa decidiu que ia à festa de Franklin.

— Como assim? — perguntou Deana. — Depois de tudo o que conversamos?

— Sinto que preciso fechar um ciclo, não sei. Talvez eu fique bêbada e encha a cara da Alice de porrada.

— Tá brincando.

— Tô. Mas posso ficar encarando ela...

— Bom, se for amanhã, eu não posso te acompanhar. Marquei de jantar com a minha mãe às nove e depois não vou ter energia para viver em sociedade.

Ao que parece, o auge da festa tinha sido duas horas antes da chegada dela. Parecia que as pessoas tinham se agrupado de acordo com quem agarrasse antes o braço de quem no caminho para o banheiro, quase todas encostadas nas paredes, as mulheres assentindo com a cabeça o tempo todo. Algumas olhavam para ela e sorriam com uma boa vontade indistinta quando ela cruzava a sala. Pensou ter reconhecido o casal solitário que dançava num canto, olhos baixos numa espécie de concentração inofensiva, enquanto equilibravam o peso de um lado a outro do quadril e trocavam carícias na região da cintura. Ela reconheceu o homem com olhos azuis de um brilho histérico que saracoteava pelo apartamento com um pote de amendoim na mão e desviou o olhar.

— Ei, Connie! — disse Franklin, surgindo em sua frente com o cabelo em cima dos olhos e os poros do rosto florescendo com magnificência. — Você veio!

Eles se apalparam e trocaram beijinhos, emitindo inúmeros tons de "mmmmm!".

— Cadê sua namorada?

— Ah, ela tinha um compromisso familiar.

Eles se aproximaram e Connie ficou examinando o fundão da sala enquanto os olhos de Franklin giravam no topo de sua cabeça.

— Ei, Dave, preciso falar com você antes de você ir embora! Connie, a birita tá logo ali, ainda tem bolo e uns petiscos na cozinha. Não suma! Quero apresentar uma pessoa pra você!

Ele apertou o ombro dela e saiu, e ela se embrenhou na multidão para chegar no canto penumbroso onde parecia haver garrafas de vidro e torres tombadas de copo descartável. Quando enfim se aproximou da mesa e alcançou o gargalo fino de uma garrafa de vodca, uma mulher se virou e ela deu de cara com Alice. As proporções nítidas de surpresa, receptividade e compaixão ressoaram numa só palavra — Connie! — e parecia evidente que Alice já tinha ensaiado esse momento. Ela fez um movimento hesitante com a parte superior do corpo que sugeria o primeiro estágio de um abraço; Connie fez um meio movimento em resposta e se deteve; Alice também se deteve e elas ficaram se olhando, tentando recuperar a distância entre elas. Connie chegou a pensar que talvez Alice estivesse medindo seus pés de galinha.

— E aí, como você tá? — perguntou ela. — E seus quadros, e a pintura?

— Tudo ótimo! Sou muito mais produtiva hoje do que quando conheci você. Hoje em dia não perco tanto tempo me descabelando à toa.

— Você ainda se ressente com o sucesso do Roger?

Os olhos de Alice correram de um lado a outro e se voltaram numa espécie de aceleração ascendente, semelhante ao rasante de um pássaro; a pergunta se referia a um antigo debate que sempre tinham sobre o sucesso de público de Roger e a consequente amargura de Alice.

— Sim, muito, mas tô aprendendo a lidar. Não sou mais uma escrota. A produtividade que venho desenvolvendo facilitou os ânimos. (Havia entre elas uma membrana tênue e viva de intimidade retomada.) — Ouvi dizer que você está se dando bem como escritora...

— Sim, é verdade.

Connie listou tudo o que havia conquistado naquele ano, representando, de maneira incômoda, a forasteira que tentava impressionar sua amiga da metrópole, a imperiosa Alice. A conversa foi bem diferente do que havia planejado; conversavam à moda de simples conhecidas numa festa, o que de fato eram.

— No começo, tive bons momentos na revista — concluiu. — Mas hoje ando descontente com o trabalho. Não tenho o prestígio que achei que teria. E pagam muito mal.

— Mas é um lugar bom de se trabalhar, né? Fazer contatos e tal?

— Ah, sim.

As duas começaram a olhar em direções um tanto opostas enquanto o tecido conjuntivo aos poucos se dissolvia e dava origem a uma anomalia feita de música e tagarelice. Connie olhou de esguelha para o rosto de Alice; notou rugas suaves e uma secura remota que davam à sua pele um aspecto frágil, mas a estrutura óssea e a postura ainda aparentavam a majestade impenetrável de uma modelo que passara a vida inteira olhando para as câmeras.

— E como vai sua mãe? — perguntou Connie.

Novamente a expressão do rasante do pássaro.

— Ela morreu já faz alguns anos. Logo depois que nos falamos pela última vez.

Outro fiapo de vínculo se esticou entre as duas, mas Connie não sabia apurar a origem.

— Deve ter sido uma barra. Meus sentimentos.

Então Alice se virou para ela, e Connie avistou a gradual emersão de outro rosto sobre aquele carão de festa cheio de maquiagem e segurança. Ela não sabia como definir esse rosto, mas parecia a expressão de uma jovem que tinha passado muito tempo escrutinando modelos em revistas de moda.

— Sim, foi muito pesado. Você lembra como as coisas eram antes. Por um lado, fiquei aliviada. Mas nossa, foi horrível.

Alguém aumentou a música, que passou a circundar seus corpos.

— E seus pais, como estão?

— Ótimos — assentiu Connie. — Estão juntos de novo e parece que a separação deu uma leveza. Até voltaram a se amar.

— É mesmo? Que demais.

Alice se virou para a mesa, pegou uma batata frita gigante e mergulhou num pote de patê esverdeado. Connie enfim conseguiu encontrar um copo descartável sem nada pegajoso no fundo e despejou vodca. Tateou a mesa em busca da caixa gordurenta de suco de laranja e uma conversa paralela as afastou; Connie se viu entretida com um jovem que puxou assunto sobre a revista onde ela trabalhava, e Alice acabou empalada pelo olhar verde-azulado do comedor de amendoim de quem Connie tinha se escamoteado. Ficaram aliviadas quando se reencontraram num outro canto da sala.

— Mas, então, o Franklin me disse que você está morando com uma mulher.
— Estou.

Os olhos de Alice se acenderam, uma luz sobre a clareira; nunca tinha sido capaz de compreender os casinhos loucos que Connie arranjava aqui e ali nem o modo como rejeitava categoricamente os homens que Alice lhe apresentava, e agora enfim tudo estava explicado: Connie era lésbica.
— Tá gostando?
— Sim, é demais, sou louca por ela.
— Que bom, fico feliz.
— Você e Roger estão bem?

Alice olhou ao longe, deu de ombros.
— Tudo o.k., acho eu. Estamos um pouco afastados. Ele tá saindo com outra pessoa, na verdade. Inclusive acho que hoje saiu com ela.
— Nossa!
— Sem crise. Acho que pode ser bom pra gente. Adoraria viver um casinho também, mas não estou interessada em ninguém. Roger vive cercado de garotas solteiras. Ele é o famoso, bom partido, garanhão.

Alice tornou a mudar de rosto, e Connie achou esse rosto muito semelhante ao que tinha visto no espelho na noite anterior, logo depois da consulta no dentista — metade em alerta, contemplando o mundo com expectativa e confiança, enquanto a outra metade segurava o peso dessa predisposição. Os olhos expressavam o cansaço extremo e o rancor de uma pessoa ínfima como todas as outras, carregando a vida nas costas e arrastando diagramas de simbolismos e circunstâncias das quais tentava se afastar e reorganizar a seu modo.
— Você acha que o casamento de vocês vai durar?

— Ah, sim. Quer dizer, o meu casamento com o Roger é uma espécie de... projeto que nunca vou abandonar. E quero ter filhos em breve.

Connie notou a tristeza que sobrevoava o queixo de Alice, seus olhos cansados, e quis lhe estender os braços, abraçá-la e consolá-la. Em seguida ou Alice mudou de rosto ou Connie de percepção, mas voltou a ver aquela mulher belíssima, segura e rica, de olhos corteses, impenetráveis, mas curiosos.

— Soube que mudamos de casa? Compramos um apê incrível no Soho. Em breve vamos fazer uma festa. Vou te convidar.

— Alice! — disse um homem vestindo uma jaqueta com uma estampa de bandana ao se aproximar delas e agarrar o cotovelo de Alice.

— Ah, deixa eu te apresentar, esse é o Alex.

— Olá — disse a Connie.

— Você também é pintora?

Connie respondeu que não, e Alice lhe deu um adeusinho e foi conversar com o tal Alex. Connie, com o drinque na mão, foi para o cômodo ao lado, pegou um pedaço de bolo de chocolate e ficou em pé, comendo com a mão e deixando os farelos caírem no chão. Um cara perguntou se ela era escritora e ela teve mais duas ou três conversas de bêbado infrutíferas com pessoas aleatórias. A última conversa foi interrompida pela aparição de Franklin, olhos siderados, que a puxou pelo braço.

— Você precisa conhecer essa mulher. Ela é inteligentíssima e escreve para a *New Yorker*. Cathy! Cathy, essa é Constance Weymouth, uma escritora fabulosa, uma das mais brilhantes que eu conheço. Vocês duas têm muito o que conversar.

Uma mulher bonita, de cabelos grisalhos, lhe dirigiu um olhar desconfiado, mas corajoso. Connie apertou a mão dela e as duas fofocaram sobre o mundo editorial das revistas, mas logo ficou claro que, embora uma grande amizade pudesse nascer dali, as circunstâncias não ajudavam.

Outros dois casais bamboleavam e ondulavam num canto da sala, e Connie ficou observando seus movimentos com uma concentração pesarosa e dispersa. Coreografavam passinhos chatos, desprovidos de graça e dinamismo, mas a boa vontade era evidente, infundia os gestos desajeitados — como estender a mão para apertar a mão do parceiro, ou o contato visual súbito — da meiga encenação de um romancezinho barato que despertou em Connie a vontade de ir pra casa e se aninhar em Deana.

Encontrou Franklin conversando com dois grupos diferentes sobre escultura e a Líbia e se despediu às pressas. Enquanto colocava o casaco, Alice olhou para ela e sorriu, atropelando o rosto de seu interlocutor estampado com o dedo.

— Já vai? — disse ela, correndo pela sala. — Não quer ficar mais um pouquinho? Daqui a pouco vou também.

Connie sentiu o brilho da expectativa nos olhos dela, que logo se dissolveu. Ela hesitou.

— Ah, mas se você tá com pressa, tudo bem. Mas, ó, toma aqui o meu cartão.

Alice já estava com o cartão de visitas a postos, na palma da mão.

— Aí tem nosso número novo. Me telefona?

Disseram que tinham adorado o reencontro, ensaiaram outros abraços mirrados e acabaram por se contentar com um aperto de mão.

Connie cruzou três quarteirões antes de acenar para o táxi. "Você acha que tem tudo sob controle, mas não tem, não", informou-lhe um bêbado caído na calçada. Deu a ele uma nota de um dólar e seguiu em frente, concordando em silêncio. Por que não havia esperado Alice? *"Connie, a Alice adora você"*, Franklin já tinha dado o aviso. Do outro lado da rua, um casal dava uns amassos numa parede de tijolos corroídos; a mão do cara debaixo da sainha de couro da mulher. Porque estava decidida a encerrar um ciclo, e aquela amizade já tinha acabado, Constance pensou. Parou em frente a um latão de lixo atulhado e tirou o cartão de Alice do bolso. Já estava quase jogando fora quando mudou de ideia. Nunca se sabe. Dia desses esbarra nesse cartão e conclui que adoraria conversar com alguém que não vê há anos. Guardou o pedacinho de cartolina no bolso e acenou para um táxi que fremia rua abaixo, como um animal desesperado.

Paraíso

QUANDO VIRGINIA PENSOU NA VIDA que haviam levado na Flórida, a lembrança ficou encoberta por uma névoa tropical azul e verde. A água do mar lambia a areia branca da praia. Uma estrela-do-mar repousava e lagostas saçaricavam na costa. Tinham uma casa branca de telhado azul. Na varanda da frente, latas com mexilhões fedorentos e lagostins atarantados pincelando as antenas nas laterais das latas; tudo isso tinha sido feito pelo filho dela, Charles, para que ele e o irmão, Daniel, pudessem se agachar e bisbilhotar o movimento dos moluscos e dos crustáceos de vez em quando.

Pensou nas filhas mais novas, de shortinhos vermelhos combinantes, os cabelos loiros presos com elástico. Os músculos das pernocas latejando enquanto pulavam corda ou brincavam de esconde-esconde, e, a cada passo, as partes traseiras dos chinelos de dedo batendo em seus calcanhares sujos e miúdos. Um piquenique familiar no jardim da frente da casa, sobre uma velha colcha de retalhos. O suco de melancia escorrendo pela manga da camiseta delas.

Jarold segurava Magdalen dentro do mar, para que aprendesse a bater os pés e a mergulhar sem medo. Ele ria, corado de sol; o cabelo dele escorria em cristas molhadas do alto de sua cabeçorra linda.

Vinte anos depois, Virginia pensava na Flórida com um espanto ressentido e supersticioso, mas reverente, como se fosse um paraíso que abandonara sem perceber. Pensava nisso quase toda noite ao se deitar no sofá em frente à TV que zumbia e zoava na sala de sua casa em Nova Jersey. Deitava a cabeça em cima de uma almofadinha dura e, pela janela, divisava o brilho tênue da grade da churrasqueira em meio à escuridão do quintal. Pensou que, se tivessem ficado na Flórida, seu filho ainda estaria vivo. Sabia que esse pensamento não fazia sentido, mas não lhe saía da cabeça.

Quando Virginia conheceu Lily, sua sobrinha de quinze anos, Lily lhe disse:

— A vovó sempre falava de você. Dizia que você colhia laranjas do próprio quintal. Que uma vez encontrou uma lagosta andando no meio da sala. Disse que se tivesse um tornado, sua casa ia inundar e que ia entrar um monte de cobra peçonhenta. Você parecia tão exótica. Eu não entendia como podia ser nossa parente.

O carro estava abafado, usavam os cintos de segurança. Virginia tinha acabado de buscar Lily no aeroporto de Newark porque Lily estava se mudando para a casa deles.

Virginia ficou encantada com o comentário dela.

A mãe de Lily fez uma visita a Jarold e Virginia. Já fazia oito anos desde a última vez que Virginia passara tanto tempo com a irmã.

Anne era a irmã baixinha e morena entre duas irmãs altas e loiras, uma criança nervosa e detalhista de dar dó, que parecia estar o tempo todo passando ou lavando roupa, e andando de um lado a outro com um catatau de livros. A boca pequena parecia uma linha circunspecta. Os olhões acinzentados eram orvalhados e vazios. Muitas vezes parecia que estava prestes a dar com a cara na parede.

Como Anne era cinco anos mais velha que as irmãs, a mãe lhe impôs a responsabilidade de cuidar de Virginia e Betty nos fins de semana, quando tinha que ir a Lexington faxinar as casas dos ricos. Anne abraçou a responsabilidade com esmero. Levantava cedo para buscar ovos e leite para o café da manhã, punha a mesa com um cuidado primoroso e enfeitava os pratos com coroas de trevo. Virginia e Betty chiavam quando ela as tirava da cama para comer; zombavam dos rituais exigentes que fazia no café da manhã. E se recusavam a ajudá-la com a louça.

Anne só namorava rapazes cultos. Levava a sério as horas infinitas que passava com eles na varanda, de mãos dadas, falando da vida. Depois subia a escada, os olhos cheios de intensidade, o rosto leve e ruborizado de tanto contentamento. As irmãs provocavam, às vezes tanto que ela caía no choro.

Agora, aos quarenta e oito anos, Anne era uma mulher rechonchuda, caseira e estável. A pele da região dos olhos era flácida e ela usava oclões beges. As sobrancelhas estavam mais grossas, mas a pele branca ainda era bonita e jovial.

Durante a visita, era Anne quem fazia questão de manter uma conversa encantadora e animada com Jarold e Magdalen. Também era ela quem ria e os fazia rir nos passeios de canoa e nos churrascos. Virginia ficava sentada, tímida e taciturna, observando a irmã com interesse e carinho. Sabia que Anne estava dando uma força. Ela soubera que Virginia não tinha se recuperado da morte de Charles e apareceu para trazer um pouco de luz àquela casa sombria. Estava determinada a encorajar Virginia, assim como sempre estivera pronta a limpar o chão ou obrigar as irmãs a tomar café da manhã.

Virginia tinha se aproximado de Lily com o mesmo desejo inabalável de reparação.

A presença da sobrinha na vida de Virginia começou com uma série de telefonemas noturnos e cartas indóceis enviadas por Anne. As cartas eram cheias de pontos de exclamação triplos, travessões e vírgulas descabidas no lugar dos pontos-finais, palavras sublinhadas com fúria e letras maiúsculas gigantescas que se espiralavam em caudas e atravessavam inúmeras linhas seguidas: "Lily é muito retraída e deprimida", "Lily anda com umas pessoas muito *esquisitas*", "Lily é hostil", "Talvez esteja usando drogas...", "Acho que precisa de ajuda — George não está convencido —, de ajuda psicológica profissional".

Virginia imaginou a fedelha confrontando sua irmã tão gentil. Mais uma filha mimada e bonitinha que se achava uma princesa cigana, descalça, cheia de colares brilhantes, a arrogância de não usar sutiã, a cavaleira apaixonada. Igualzinha a Magdalen.

— Quero me casar com o Brian num casamento cigano — disse Magdalen. — E quero que seja no outeiro aqui atrás de casa. Nossos amigos vão abrir uma roda em volta da gente e cantar. Eu vou usar um vestido de seda pura e um véu discreto. E depois, um banquete.

— Por acaso o Brian quer se casar com você? — perguntou Virginia, com indiferença.

Magdalen tinha dezessete anos. Acabara de voltar para casa depois de um ano fora. Carregava um mochilão de lona verde. Os pés imundos.

— Voltei pra casa pra espairecer as ideias — disse ela.

Tomava um café da manhã farto, com ovos e bacon, assava uma braçada de pão de banana e depois se deitava na sala para jogar tarô. A vida familiar girava em torno de sua postura de lótus indolente. O cabelão loiro caído na cara. Ela esvoaçava com uma graça irritante, arrastando a barra da calça jeans pela casa, e cantando cantigas de mulheres que viviam em ilhas desertas.

Seis meses depois, "decidiu" se casar com Brian, e foi a Vancouver lhe dar a notícia.

Virginia ficou feliz quando ela foi embora. Mas, logo depois da partida, os fantasmas insistentes de Magdalen se espalhavam por toda parte: Magdalen aos treze, os cotovelos fincados à mesa do café da manhã, o corpo encurvado dentro de um suéter de caxemira três números maior, a boca emburrada e macabra cheia de batom branco — "Ai, mãe, que saco, todo mundo usa isso"; a Magdalen de doze anos, radiante, triunfante, mostrando uma redação pela qual tirou nota A; Magdalen na sala do diretor, as pernas branquelas e ossudas e os pés juntos — "Sua filha é brilhante, Mrs. Heathrow. Pode até pular uma série, talvez duas"; Magdalen preguiçosa, empurrando o carrinho do supermercado de má vontade, usando um short amarelo felpudo e uma sandália de plástico, o queixo empinado, os olhos verdes felinos e indiferentes ao perceber que os meninos da estocagem olhavam para ela; Magdalen aos quinze anos flagrada no sofá, as pernas e os braços compridos entrelaçados com os de um calouro cabeludo de faculdade; Magdalen calada na mesa do jantar, remexendo a comida do prato e tremulando as narinas com desdém; Magdalen com cara de chapada, agarrada às pernas da mãe e implorando "David, David, por favor, faz amor comigo"; Magdalen no consultório do psiquiatra, os dedos brancos e vagarosos batendo a cinza do cigarro no chão; Jarold, a boca parecendo um pedaço de arame farpado, arrastando uma Magdalen uivante pelos cabelos escada acima enquanto Charles e Daniel assistiam a tudo, constrangidos e aflitos.

Durante anos e anos Magdalen tinha ofuscado a existência de dois garotos maravilhosos e de sua irmã, Camille. Camille ficara paralisada por anos a fio, assistindo de camarote aos escândalos da irmã mais velha. Depois que Magdalen fugiu, Camille veio à tona, uma garota de ombros estreitos e graciosos, pernas compridas, que prendia os cabelos castanho-claros num rabo de cavalo alto e frouxo. Era enérgica. Gostava de usar blusas e saias feitas sob medida, e certa vez, na aula de economia doméstica, costurou para si mesma um macacão verde e amarelo de estampa de cobra, e fazia desfiles pela casa inteira. Encantava a mãe com comentários sagazes: "Quando os garotos dizem que eu sou pudica, eu digo: 'Tem toda razão, é de propósito'". Não era particularmente bonita, mas o olhar atento e cândido e a inteligência incontestável a tornavam mais atraente do que a maioria das garotas bonitas. Quando Virginia começou a prestar atenção em Camille, não compreendia como havia permitido que Magdalen a tivesse sugado por tanto tempo. Mesmo assim, os fantasmas continuavam rondando.

Magdalen já estava fora de casa havia mais de um ano quando Anne telefonou. Era verão e tarde da noite. Virginia e Jarold estavam na sala assistindo *Rebeldia indomável* na TV. O cômodo estava na penumbra, à exceção da luz branca e oscilante da TV. A janela estava aberta. O ar fresco da noite enevoava, farfalhava, insetos sibilavam. Virginia usava um suéter rosa folgado sobre os ombros, recostada no braço de Jarold. Os drinques tremeluziam na mesinha de centro. O cigarro de Virginia fulgurava dentro do cinzeiro de metal. A costelinha de porco do jantar estava divina.

Charles disse que o telefonema era para ela, ela sentiu o calafrio da obrigação. Que será que Lily tinha aprontado dessa vez? Pegou o drinque, o cigarro, abandonou a generosidade da penumbra, caminhou pelo corredor e cruzou a porta vaivém de acesso à cozinha. A luz estava estourada e havia um aroma sereno de comida velha. Enxotou Charles, que comia um pote de sorvete de limão no balcão, e se sentou na banqueta vermelha, ao lado do telefone, apoiando os cotovelos no joelho.

— Que houve, querida?

Lily tinha acabado de receber alta do hospital psiquiátrico.

— Ela só quer ficar deitada, parece um montinho, não para de comer pão com manteiga e toma chá que nem louca. Acho complicado ela voltar pra escola, até porque foi expulsa. Já tentamos mandá-la estudar fora, mas também não deu certo. Não sei mais o que fazer.

Magdalen andava pelas bandas do Canadá. Camille estava na faculdade. Charles e Daniel passavam o dia brincando no quintal.

— Por que não manda Lily vir estudar aqui? — perguntou. — Não tenho mais filha em casa, né? Manda pra cá.

Voltou para o escritório quarenta minutos depois. Jarold estava todo troncho, já na beirada do sofá, com a mesma expressão desesperada de quando aparecia um liberal estridente na TV. Mas de tão entretido com o *Rebeldia indomável*, nem perguntou sobre o telefonema. Ela se aninhou nos braços dele em silêncio.

Queria contar da vinda de Lily depois do final do filme, mas acabou não contando. Planejou contar pelos dias subsequentes. Aí se deu conta de que estava adiando a notícia porque sabia que ele não ia permitir. Então decidiu não contar nada. E passou a semana fantasiando a chegada de Lily, e como seria tê-la em casa.

Uma semana depois, buscou Lily no aeroporto. Enquanto escudava os olhos para fazer uma varredura nos passageiros que desciam do avião, se deu conta de que quase esperava que Lily se parecesse com Magdalen. Ficou um pouco chocada quando avistou aquela menina baixa, branquíssima, de cabelos castanhos. Até mesmo ao tentar recalibrar suas expectativas, Virginia ficou surpresa com a aparência de Lily. Nunca imaginou um rosto tão sério. No tempo em que Lily vinha caminhando em sua direção, misturada aos outros passageiros, Virginia atinou na garota um quê de solidão. Os olhos cinzentos, arregalados e intensos, mas enevoados, como se ela tentasse vasculhar o mundo sem autorizar que o mundo a vasculhasse de volta. A boca e a mandíbula rígidas, desconfortáveis. Virginia ficou surpresa e espantada.

Comprou uma lata de refrigerante de uva para Lily e foram buscar o carro. Era um dia úmido; os bancos do carro estavam quentes e grudentos. Abriram todas as janelas, Virginia ligou o rádio numa estação de rock. Lily quase não falou antes de entrarem na rodovia. Aí fez o comentário sobre a Flórida. Virginia ficou admirada. Ela riu e disse:

— Olha, a gente caçava umas lagostas pela casa, sim, mas não basta para sermos chamados de exóticos. É que é impossível deixar as portas e as janelas todas fechadas.

— Talvez exótico não seja a palavra certa — disse Lily. — Vocês só eram muito diferentes de nós. Minha mãe sempre mostrava fotografias suas e sempre achei você muito segura de si. Lembro também de uma fotografia da Magdalen e da Camille. Elas estavam em pé com as mãos na cintura e uma delas — Magdalen, acho — estava com o pé em cima de alguma coisa. Tão loiras e seguras.

Virginia pensou nas fotografias que tinha visto da família de Anne. Sempre em roda, todos meio amontoados, mas calmos, até quando sorriam de orelha a orelha. Pareciam estranhos ao mundo exterior à família, como se tivessem sido jogados ali num piscar de olhos e quisessem demonstrar o amor e a felicidade que partilhavam, amparando-os como um presente tímido.

As filhas de Anne eram bonitas, mas diferentes de Magdalen e Camille. Lembrou de uma fotografia na qual Lily e a irmã Dawn estavam dentro de uma caixa de areia usando um biquininho vermelho de babados. Os cabelos castanhos na altura do ombro, e os sorrisos acanhados que brotavam de seus lábios finos e brilhantes eram de partir o coração, de uma fragilidade quase ameaçadora.

— Mas enfim, vocês todos eram encantadores para nós — disse ela. — De uma doçura sem fim.

Virginia saiu da rodovia e levou Lily para um passeio nas montanhas. Foi até o topo de uma colina que tinha vista para um lago e um pinheiral verde-claro. Estavam do lado de um convento, e nos bosques se viam margaridas brancas e florezinhas roxas. Desceram e caminharam até Virginia começar a suar. Então se sentaram para descansar num banco de pedra próximo ao convento e trocaram histórias familiares. Virginia gostou de Lily. Estava intrigada com a garota. Não entendia como uma menina tão inteligente se saía tão mal na escola.

Chegaram em casa e Virginia serviu o chá.

Charles e Daniel chegaram da escola. Ficaram surpresos com a presença de Lily e com a informação de que ela ia passar a morar com eles. Sentaram-se à mesa e Virginia serviu torta de coco para os dois. As três crianças tiveram uma conversa curta, mas educada. Charles disse: "Que mochila maneira. Minha irmã Magdalen tem uma igual".

Quando os meninos subiram para o quarto, Virginia começou a ficar preocupada. Jarold estava prestes a chegar e ela ainda não sabia o que diria a ele.

Resolveu tomar um banho e colocar uma blusa bonita. Disse a Lily que ficasse à vontade e subiu. Quando desceu, Jarold estava na cozinha; tinha saído mais cedo do trabalho. Estava encostado na mesa, o rosto vermelho e uma certa amargura nos olhos. Olhou para Virginia como se fosse sua inimiga. Lily também olhou para ela, seu rosto estava paralisado e confuso. Jarold saiu da cozinha.

Jarold e ela conversaram sobre o assunto antes de dormir. Para além da intrusão, Jarold não gostava de Lily: "— Ela é estranha — disse ele. — Não sabe se comportar. Fica o tempo todo olhando pra você". Estavam deitados na cama, com seus pijamas de verão e o corpo esparramado por causa do calor. O ventilador era muito barulhento.

— Ela é tímida, Jarold — disse Virginia. — E não anda muito bem. Passou por situações difíceis nos últimos meses.

— E a culpa é de quem, Virginia? Somos nós que temos que ajudá-la nesse momento difícil? Me diga.

Virginia ficou em silêncio, olhando para os pés descalços na beirada da cama. Não sabia o que dizer.

— E ela ainda tem aquela cara de fuinha — prosseguiu Jarold. — Parece que acabou de sair de baixo de uma pedra.

— Jerry, por favor — a voz abafada pelo ventilador.

— Acho que o Jarold não gosta de mim — disse Lily no dia seguinte.

Virginia estava lavando a louça. Lily estava ao lado dela, encostada na parede e apoiada numa perna só.

— Ele vai se acostumar com você. — Virginia vasculhou a pia à procura de talheres, tentou ganhar tempo para saber o que dizer. — Ontem ele me disse que você lembra a Magdalen. E ele era louco por ela.

Virginia sentiu que Lily mudava de expressão.

— Mas você sabe que Magdalen o magoou demais. É uma lembrança dolorosa para ele.

— Deve ser — disse Lily. — Ele me disse que pareço uma coisa que saiu de baixo de uma pedra.

Jarold era um homem alto e bonito que vendia seguros para empresas. Tinha uma beleza máscula e severa. Seus olhos azuis, luminosos, eram afiados e diretos, e as sobrancelhas finas, arqueadas, lhe davam um ar demoníaco que dissonava de sua voz áspera e carregada. Raramente fazia movimentos excessivos ou desastrados, embora se arrastasse um pouco ao caminhar. Logo cedo se tornou bem-sucedido. Nunca tiveram que morar em apartamentos apertados com paredes descascadas. Virginia sempre achou que Jarold superaria qualquer dificuldade. E superou, até o problema com Magdalen.

Jarold era apaixonado por Magdalen. Ficava olhando para ela durante o café da manhã, enquanto a menina, soturna, brincava com os ovos dentro do prato e as outras crianças não paravam de tagarelar; era como se aquele rosto pálido e entediado lhe desse forças para ir para o trabalho. Lia todas as lições que ela fazia para a escola. Sempre queria tirar fotografias dela. Era capaz de tudo por ela. Deixava-a passar a noite fora; quando fez quinze anos, deixava que passasse os fins de semana em Nova York. Onde quer que estivesse, mesmo quando viajava num ônibus cheio de hippies e negros pelo Canadá, se telefonasse para casa pedindo dinheiro, Jarold mandava na hora. Quando tentava ser mais rígido, ela o engambelava ou adulava. Nas poucas vezes em que perdeu a paciência e a castigou, Magdalen o castigava com seu silêncio. Quando a arrastou escada acima e deu uma coça nela, ela fugiu de casa.

Telefonou uma semana depois e falou com Virginia, mas desligou quando Jarold pegou o telefone. Foi a primeira vez que Virginia viu Jarold chorar.

— Magdalen é encantadora — disse Jarold para Lily. — Encanta até os pássaros distraídos nas árvores. Você não é encantadora. Você não tem personalidade.

Virginia ficava surpresa com a intensidade da antipatia de Jarold por Lily. Embora Lily não se manifestasse abertamente, Virginia sabia que ela também o odiava. Nunca discutia com ele; mal percebia sua presença. Quando tinha que lhe dirigir a palavra, sua voz ganhava um tom entrecortado e quase condescendente, como se tentasse provocá-lo.

Certa noite, Lily e Virginia estavam sentadas nas cadeiras do jardim, no fundo do quintal, quando Charles e Daniel chegaram com um pedaço de pau. Eles tinham matado e esfolado quatro esquilos, e tinham pregado as peles no pedaço de pau. Exibiam aquilo com orgulho, e Virginia fez um elogio. Lily não disse nada enquanto estavam presentes. Então comentou que achava aquilo uma barbaridade.

— Eu sei, parece uma coisa horrível mesmo — disse Virginia. — Mas são meninos, isso pra eles tem importância. Fazem isso para impressionar o pai.

Virginia ficou irritada com o olhar de desprezo repentino no rosto de Lily.

— Sei — disse ela.

A estada de Lily foi se tornando cada vez mais desagradável, e acabou por se tornar uma lembrança desconcertante que pairou sobre a casa durante um bom tempo. Mas havia um lado bom, que sobressaía àquele dissabor de maneira tão vívida que parecia oriundo de uma fonte diversa.

Virginia passava as tardes com Lily, depois que ela chegava da escola. Mudavam de roupa — vestiam jeans e camiseta — e iam para as montanhas que haviam visitado no dia da chegada. Às vezes paravam no Dairy Queen para comprar sorvete de copinho submerso em poças de calda de caramelo. Sentavam-se no capô do carro balançando as pernas lentamente, e comiam os sorvetes com colherinhas de plástico cor-de-rosa, e conversavam sobre uma menina mandona que Lily conhecera na aula de economia doméstica, ou sobre o garoto que ela achava "diferente". Virginia contava sobre seus tempos de escola, do quanto era bonita e popular e como todas as meninas queriam ser amigas dela. Aconselhava Lily sobre como fazer novas amizades.

Quando chegavam às montanhas, desciam do carro para fazer uma caminhada. Ficavam quietas e concentradas no trajeto. Descobriam trilhas, quebravam galhos das árvores para servir de cajado e abrir passagem. Lily parava para observar plantas ou insetos, a testa tensa e intrigada. Ela catava muitas coisas e guardava no bolso, sobretudo castanhas. Escolhia uma das castanhas, que guardava nas mãos durante toda a caminhada, e ficava apalpando ou esfregando, pensativa, nos lábios.

Noutras vezes, sentavam-se à mesa da cozinha para tomar chá. Virginia ficava atônita com as coisas que dizia a Lily em tardes como essa. Lily sabia coisas sobre ela que pouquíssimas pessoas sabiam. Virginia não sabia por que confidenciava tanto a ela. Talvez porque se sentisse muito solitária. Durante a tarde, a cozinha ficava ensolarada e aconchegante. Lily ouvia tudo com atenção. Fazia perguntas. Perguntava sobre Magdalen.

— Mas você não gosta da Magdalen? — perguntou certa vez. — Não era legal quando ela era criança?

— Magdalen era a criança mais adorável e encantadora do mundo — quando queria. Era capaz de tirar a roupa do corpo para dar a alguém necessitado — quando estava de bom humor. *Se* estivesse de bom humor. Mas respondendo à sua pergunta, não, eu não gosto da Magdalen. Eu amo Magdalen — amo de paixão — porque sou mãe dela e não tenho outra opção. Mas eu não gosto dela.

Lily olhou para Virginia, pálida e perplexa.

— Nunca diga isso a ninguém. É segredo. Se Magdalen vier me dizer "Mamãe, a Lily falou que você não gosta de mim", eu vou dizer que é mentira sua.

Enquanto conversavam, Lily apoiava os cotovelos numa pilha de livros didáticos. Ela ia e voltava da escola com eles todos os dias. Um deles, o de capa verde, estava rasgado e deixava à mostra o papelão encardido, e a lombada estava remendada com durex sujo. Sempre que Lily ouvia Jarold chegar em casa, recolhia os livros e saía da sala. Jarold entrava e via a xícara de Lily sobre a mesa, a crosta de açúcar recente no fundo. Nunca dizia nada, mas sua boca expressava sarcasmo.

Virginia se esforçava para que Jarold fosse mais legal com Lily.

— Ela tem um encanto particular — disse. — É gentil e discreta. E sabe ouvir, faz comentários inteligentes.

Às vezes, parecia que Jarold lhe dava ouvidos.

Mas Lily não revelava, ou não conseguia revelar seus encantos a Jarold. Só conseguia expor seu lado mais irritante. E era irritante às últimas consequências. Quase nunca abria a boca nas refeições em família; ficava de cabeça baixa, mastigando, ou encarando as pessoas à mesa. Ignorava Jarold, e às vezes ignorava também Virginia. Fazia críticas; sempre comentava as coisas ruins do mundo. Nunca ajudava a lavar a louça ou a tirar a mesa. Sempre comia o último pedaço de bolo ou de torta ou do que restasse da sobremesa. Falava coisas estranhas, e quando lhe pediam mais explicações, dizia apenas "Ah, deixa pra lá".

E ia se sentar em outro lugar, como se tivesse acabado de tomar uma surra de vara. Ficava de cara pra parede. Era deprimente.

Durante todo o mês de setembro, Lily ficava sentada no chão da saleta de TV com os livros espalhados ao redor até tarde da noite, lendo e sublinhando frases com traços grossos de tinta azul-turquesa. Virginia se sentava no sofá e lia o jornal com seus óculos marrons de armação grossa na ponta do nariz. A TV sempre estava ligada, em geral num talk show a que nenhuma das duas queria assistir. Na mesinha de cabeceira, era comum ter um potão de azeitona que dividiam. Às vezes trocavam algumas palavras, e Virginia se regozijava que sua presença silenciosa estimulasse Lily a estudar.

No fim do mês, Lily tirou boas notas nas provas da escola. A professora de arte elogiou seus desenhos. Tirou nota máxima em estudos sociais, e o professor leu seu trabalho em voz alta para a turma. Virginia telefonou para Anne e fez o mesmo.

Em outubro, Lily parou de estudar no chão da sala de TV. Deixava livros esfarrapados no sofá, ia para o quarto e fechava a porta. Virginia ouvia o rádio ligado por horas e horas. E se perguntava o que tanto Lily fazia lá dentro.

Nos fins de semana, seus amigos cabeludos apareciam e ela passava o dia inteiro na rua. À noite, ouviam o barulho da porta da varanda batendo, e Lily atravessava a sala de TV, as calças boca de sino sacolejando, o rosto cálido e aéreo. Flutuava pela casa sem dizer uma palavra.

Na segunda semana de outubro, Mr. Shin, o orientador escolar, telefonou para Virginia. Disse que Lily tinha um comportamento rude na sala de aula e que usava linguagem chula para se comunicar. Duas semanas depois, telefonou mais uma vez e disse que achava que Lily estava usando drogas.

Virginia achou a voz de Mr. Shin repulsiva. Achou que estava perseguindo Lily por motivos alheios à linguagem chula ou ao uso de drogas. Lily já tinha comentado que ele havia lhe dito que seu QI era abaixo da média, que ela deveria ser internada numa clínica psiquiátrica e que não culpava seus pais por não quererem cuidar dela. A princípio, Virginia ficou zangada. Pensou em pedir ao Jarold que telefonasse para o orientador solicitando que deixasse Lily em paz. Mas logo se deu conta de que Jarold daria razão a ele. Sentiu vergonha. No fim das contas, Mr. Shin tinha razão, Lily usava linguagem chula o tempo inteiro. E usava drogas.

Era aniversário de Lily. Jarold estava viajando a trabalho. Daniel e Charles lhe deram um baralho de tarô e um par de brincos. Havia um bolo de aniversário na geladeira. Virginia perguntou a Lily o que gostaria de jantar, mas, quando ela chegou em casa, estava chapada demais e não conseguiu responder. Tentou agir normalmente, mas não pôde disfarçar. Disse coisas esquisitas e não parava de rir. Lily quase nunca ria; o som de sua risada era muito desagradável.

Virginia despachou os meninos para a casa do vizinho e confrontou Lily:

— Você é um estorvo — disse ela. — Nunca vou perdoar Anne por ter desovado você na minha casa, embora a coitada devesse estar desesperada para se ver livre de você.

Não se lembrava do que disse depois disso. Estava irada, então é certo que não tenha sido nada muito simpático. Lembrava só que Lily não tinha dito nada, ficara o tempo todo encolhida, feito um tatu-bola, puxando o cabelo pra dentro da boca e tampando o rosto.

Era muito diferente do modo como Magdalen reagia quando Virginia a flagrava drogada. Virginia gritava com a filha, e a xingava de tudo o que era nome. Magdalen andava atrás dela pela casa a passos largos, olhos flamejantes de ódio, gritando:

— Mãe! Mãe, você está fazendo uma tempestade em copo d'água. Na sua época...

Mas Lily só ficou ali sentadinha, mais e mais sem reação ou expressividade.

Naquela noite, Virginia dormiu na cama de Lily. Foi ao quarto dela, já menos zangada, mas se sentindo responsável, preocupada em demonstrar seu cuidado, deixar claro que Lily não passaria por essa experiência com drogas sozinha.

Encontrou Lily deitada na cama, vestida de cima a baixo, olhando para o nada. Virginia a fez vestir a camisola e ir pra debaixo dos cobertores. Apagou a luz e se deitou ao lado dela. Lily se enroscou e virou o rosto para a parede. Virginia teve a impressão de que ela não sabia o que Virginia estava fazendo ali. Então Virginia disse:

— E aí? Não quer conversar?

Lily ficou em silêncio durante muito tempo. Em seguida disse:

— Sobre o quê?

— Sobre o que você quiser falar.

Outro silêncio longo.

— Não tenho nada pra falar.

As palavras dela pareciam nulas, e não só as dela, mas as de ambas. Virginia de repente passou a querer que ela voltasse para casa, para Michigan. Seria fácil. Era só dizer ao Jarold que ela estava usando drogas.

— Surpreendente. Magdalen falava pelos cotovelos.

— Sobre o quê? Sobre o que ela falava? — disse, e parecia de fato interessada.

— Ah, sobre os rapazes. Tinha um de quem ela sempre falava, um tal de David. Lembro do nome porque ela não parava de repetir e se queixar — ela não queria parecer sarcástica, mas não conseguiu se controlar.

Lily continuou muda.

Ficaram deitadas em silêncio, sem se tocar ou mudar de posição. Toda vez que uma delas engolia saliva, era evidente que tentava fazê-lo em silêncio. A camisola de Virginia era quente e seus pés estavam ressecados. Achou que nunca ia conseguir pregar os olhos. Lembrou das tardes de conversa e das caminhadas pelas montanhas. Agora, nada parecia fazer sentido — pareciam vidros coloridos num caleidoscópio. Sentiu um arrepio frio.

Virginia virou para o lado e os cobertores esganiçaram no silêncio profundo. Num movimento repentino e feroz, estreitou seu corpo ao de Lily e jogou os braços em torno dela. E esperou, quase assustada.

Por alguns segundos, Lily não reagiu. Então Virginia sentiu que cada músculo do corpo de Lily se contraía de leve. O corpo da garota se enrijeceu. Ela começou a suar.

E assim ficaram, desconfortáveis, durante muito tempo. Tendo se aproximado, foi difícil para Virginia se afastar.

No dia seguinte comeram o bolo de aniversário em pratos de papelão enquanto assistiam TV. Jarold disse:

— Que tal fazer quinze anos?

— Não sei — respondeu Lily.

E parecia mesmo não saber. Aparentava estar muito abalada. Jarold não disse mais nada. Charles parou de comer o bolo e ficou olhando para Lily por um longo tempo. Parecia intrigado e confuso; pra começo de conversa, Lily adorava bolo, mas não tinha sequer beliscado o pedaço que estava em seu colo.

✴

Virginia não contou a Jarold sobre as drogas, mas ele deu um jeito de se livrar de Lily. Ela tinha passado a noite na gandaia com os amigos, e quando voltou para casa, de manhã, ele já tinha deixado as coisas dela empacotadas. Uma hora depois já estavam no aeroporto e a deixaram lá, aguardando por um assento no voo, ao lado de todas as suas roupas atulhadas numa sacola branca de compras. Virginia se despediu com um beijo, sem mais reações.

À noite, Anne telefonou. Lily não tinha chegado em casa. Tinha pegado um voo para o Canadá.

— Acho que não devemos ir atrás dela dessa vez — disse Anne. — Não serviria de nada. Até hoje nada serviu.

— Não se culpe, Anne.

Nos dias que se passaram, Jarold comentava o quanto tinha sido péssima a temporada de Lily em casa. Depois esqueceu o assunto. Charles não tocava no nome dela. Mas depois que Virginia recebeu um telefonema de Magdalen, ele resolveu se manifestar.

— Você e o papai agiam como se a Lily e a Magdalen fossem a mesma pessoa. Mas não tinha nada a ver.

Por um breve tempo, a vida seguiu nos eixos. Magdalen continuava agindo como uma cretina, mas parecia ter se estabilizado de modo inofensivo; trabalhava como garçonete num restaurante de comida natural na Carolina do Sul e, quando falavam ao telefone, comentava sobre viagens astrais e medicina alternativa. Camille fazia direito em Harvard. Estava noiva de um estudante de medicina bonitão e sorridente. Mandava cartas esplêndidas de dozes páginas para a mãe, escritas num papel colorido em tinta roxa e azul-turquesa. Detalhava as novas amizades e os professores. Dizia o quanto amava Kevin, que era louca para ter filhos e uma carreira. Mencionava os sonhos que tinha à noite e as exposições de arte que visitava. Virginia imaginava Camille sentada na sala de aula. As pernas cruzadas e relaxadas, o corpo todo troncho, numa postura feminina arrogante, mas de pescoço empinado e olhões arregalados, atentos. Imaginava Camille sentada num café de calçada, os joelhos infantis colados embaixo da mesa, as mãos compridas dependuradas na xícara de café quente, enquanto inclinava o corpo para a frente, gargalhando com os amigos. Imaginou Camille atravessando o campus ao lado de Kevin. Ela usava o paletó marrom dele, que ficava um pouco largo nos ombros e servia de proteção.

Daniel e Charles cresceram tranquilamente. Perambulavam pela casa com um bando de garotos cujos braços eram ágeis e vibrantes, vozes agudas e desagradáveis. Às vezes, lançavam olhares entediados e brutais. Contavam piadas cruéis e violentas e matavam animais. Eram maus com as outras crianças. Mas abrigavam uma doçura e uma vulnerabilidade que se revelavam em situações inesperadas. E ainda eram seus menininhos amados. Ela sabia disso pelo modo como Charles a chamava, "Mamãe", quando não conseguia pegar no sono. Passava pelo quarto dele e ouvia sua voz flutuar, melancólica, na escuridão. Espiava e lá estava ele, com seu pijama listrado de branco e cinza, magro e esguio, sentado na cabeceira da cama, o cabelo loiro todo espetadinho. Ela se sentava ao lado dele por pelo menos uma hora. Às vezes tirava a camisa do filho e lhe coçava as costas. Ele adorava.

Quando Daniel fez quinze anos, arranjou uma namorada. Ela tinha catorze, era baixinha, de cabelos pretos e mãos delicadas. Uma menina doce, de rosto arredondado e olhar aflito. Vivia preocupada com a ecologia, por exemplo. Depois da escola, se sentava à mesa da cozinha com Daniel para comer os sanduíches que Virginia preparava e desembestava a falar sobre o trabalho da Agência de Proteção Ambiental dos Estados Unidos ou sobre as baleias. Os pezinhos, dentro de tênis velhos, mal tocavam o chão. Daniel contemplava a beleza dela enquanto comia o sanduíche. Já tinha parado de matar esquilos com a espingarda de chumbinho.

Quando Charles fez doze anos, participou de uma peça de teatro da escola. Naquela montagem, fazia o papel do Piuí, um dos Garotos Perdidos da ilha encantada de *Peter Pan*. Era um papel secundário, que ele tratava com indiferença, mas adorava usar aqueles trapos mambembes e pintar os olhos de preto para ficar com cara de mau. Sempre chegava do ensaio ainda todo paramentado. Virginia via uma luz de farol apontar na garagem, ouvia a porta bater e um vozerio abafado. E lá vinha Charles, altivo e lépido, com sua calçola esfarrapada e a manga da camisa esvoaçante. Pegava alguma coisa para comer na cozinha e zarpava pra saleta de TV, gritando suas falas num tom de voz apalermado.
— Veja bem, meu caro, minha estimada mãe não faria gosto que eu fosse um pirata. Gostaria a tua que fosses um, Barrica?
Virginia foi à estreia da peça e se sentou na primeira fileira do teatro ao lado de Jarold e Daniel. Charles estava esfuziante no palco. Seus movimentos suaves demonstravam mais autoridade do que qualquer outra pessoa do elenco, à exceção do protagonista. Ela não conseguia tirar os olhos dele. A menininha pálida que fazia Wendy estava de camisola e desfalecida

aos pés de Charles, os cabelões castanhos esparramados pelo chão. Ele dizia assim:

— Quando donzelas me apareciam em sonho eu dizia "Mãezinha, Mãezinha". Mas quando ela enfim me apareceu em carne e osso, atirei nela.

Virginia caiu no choro. Olhou para Jarold e viu que ele sorria e piscava os olhos sem parar. Charles repetia a fala de cor:

— Sei que não passo de um Piuí, não valho nada. Mas o primeiro que não agir como cavalheiro diante de Wendy vai sangrar até a morte.

Quando a peça acabou, Virginia foi ao camarim. Era uma sala de aula abandonada com espelhos velhos encostados na parede e caixas e mais caixas de papelão cheias de maquiagem e de creme sobre as mesas. A garotada pulava pela sala, tagarelava sem parar e cantava as músicas da peça num tom de voz sarcástico. Vistos de perto, tinham olhos abrasados e um aspecto demoníaco. Virginia avistou Charles. Viu quando ele enfiou a mão num pote de plástico e esfregou o creme no rosto de uma menina que aparentava ser tímida. A menina sorriu com algum sofrimento, e tentou rir. Outra garota apontou para o rosto dela e caiu na gargalhada. Charles deu as costas e saiu.

Virginia sonhou que conversava com Lily. Estavam sentadas à mesa da cozinha tomando chá e ela dizia:

— Quando o Daniel nasceu, os médicos me disseram que eu não devia mais ter filhos. Disseram que podia ser arriscado. Eu ainda estava no hospital quando eles entraram no quarto e disseram "Já que você ainda está aqui, vamos ligar suas trompas". E eu disse "Não vão, não". Não permiti e no ano seguinte o Charles nasceu — ela sorria sem jeito para Lily.

A Lily onírica sorria de volta.

— Charles é tão lindo — dizia. — Acho que ele é um gênio, mas as pessoas ainda não estão prontas para compreender o gênio dele. Nunca comente com o Daniel ou com o Jarold isso que vou dizer, mas Charles é o meu preferido. Ele é precioso e especial. Só de imaginar que alguém possa lhe fazer mal... a qualquer filho meu, na verdade, mas sobretudo a Charles... eu me vejo transformada numa tigresa, vou pra cima. Eu faria qualquer coisa para protegê-lo.

— Mas por que tentariam fazer mal pra ele? — perguntava Lily. — Assim, do nada?

Ela acordou se sentindo culpada, assustada e com raiva de Lily. Tentou colocar a cabeça em ordem. Por que sentia e pensava essas coisas? Os médicos não tinham tentado ligar suas trompas. Aquela conversa com Lily não tinha ocorrido. Voltou a dormir.

Quando Daniel tinha dezesseis anos, arrumou outra namorada. Também era baixinha de cabelos castanhos. Escrevia poesia e falava muito sobre feminismo. Virginia ainda tinha uma fotografia deles no dia do baile de formatura. A menina parecia constrangida e chateada em seu vestido de corpete. Daniel, como sempre, estava bonito.

Charles se tornou um adolescente delicado e bonito. Olhões verdes, cílios longos, pescoço esguio. Caminhava feito um gatinho arrogante. As garotas caíam de amores e telefonavam desesperadas para falar com ele, tinham vozes agudas e temerosas. Ele era grosseiro com elas e desligava. A única de quem gostava era uma garota sem graça e arredia que usava jaqueta de couro e descoloria o cabelo. Mas o romance acabou quando ela foi mandada para um reformatório.

✳

Camille se casou um mês depois da formatura em Harvard. Kevin e ela escolheram fazer a cerimônia em Nova Jersey. Posaram para fotografias na sala de TV. Estavam radiantes em meio ao caos de jornais e sapatos espalhados por toda parte.

Os convidados saracoteavam pela casa conversando, rindo e comendo fatias do bolo branco de casamento. O pai de Kevin cumprimentou Jarold. A mãe de Kevin ajudou na cozinha.

Camille e Kevin foram passar a lua de mel na Espanha. Na volta, se mudaram para Nova York e começaram a trabalhar. Camille escrevia cartas em papel cinza-escuro, cujo cabeçalho trazia impresso "Mr. e Mrs. Kevin Spaulding".

Magdalen se casou na primavera seguinte com um advogado sulista que conhecera quando trabalhava de garçonete no restaurante natural.

— Está surpresa? — comentou Anne. — Deve ter feito isso para afrontar você. Ela nunca permitiria que Camille fosse o centro das atenções.

— É tudo o que ela sempre quis — disse Betty. — Um papaizinho.

John era dez anos mais velho que Magdalen. Tinha ombros largos e o passo vagaroso, olhos cinzentos e um olhar preguiçoso. Magdalen se aninhou no peito dele, a mão pousada na lapela.

Jarold aprovou o casamento. Ficava tranquilo só de falar no casal, ou contente em observá-los.

Virginia estava satisfeita que Magdalen tivesse encontrado uma pessoa normal para tomar conta dela. Estava orgulhosa da bela cerimônia de casamento e do marido bem-sucedido da filha. Desfrutava do sentimento de revanche ocasionado pelo rumo tão convencional que Magdalen havia tomado na vida.

O casal foi morar na fazenda de John na Carolina do Norte. Magdalen assava pães e cuidava da casa. Teve um filho, um bebê gordo chamado Griffin. Virginia tirou fotografias de Magdalen com Griffin nos braços, embolado em inúmeros cueiros; os olhos arregalados dela irradiavam um brilho incomum, um sorriso enorme nos lábios. John aparece a seu lado, de pé, queixo empinado, sorrisinho sob os olhos preguiçosos. Magdalen pedia conselhos à mãe, a voz encabulada e aflita.

Virginia telefonou para Anne.

— Tô achando o máximo — disse ela. — Ele não deixa passar nada. Se ela perde as estribeiras, ele faz com que se emende. E ela *adora*.

Daniel se formou no segundo grau e entrou na faculdade de engenharia. Saiu de casa carregando pulôveres grossos, meias e caixas de discos de vinil. Virginia tirou uma fotografia dele na estação de trem, posando com seu pulôver gigantesco, cor de creme. Os pés juntos, de tênis, os ombros curvados. Sorria paciente, para o nada, enquanto uma mecha loira de cabelo lhe escorria pela testa e lambia os cílios de um dos olhos.

Virginia estava na cozinha lavando louça. Usava um blusão de moletom, calça larga e meias cinza grossas. O cabelo preso num rabo de cavalo fininho no topo da cabeça. O sol da tarde aquecia o cômodo, e suas mãos se esquentavam na água salpicada de restos de comida. O rádio estava ligado, tocava música romântica, canções sobre lares e bebês. Enquanto esfregava a louça, Virginia cantava as rosas e os pássaros e a emoção da alegria. Sabia que as letras eram estúpidas, mas lhe faziam bem. Canções que registravam coisas da maior importância e mistério, que jamais caberiam numa cançoneta de rádio.

Faziam churrasco toda noite. Comiam carne, batata e salada gordurosa de folhas verdes. Fartavam-se de comida sentados nas cadeiras do jardim e contemplavam o vasto quintal arborizado. Charles e Jarold debatiam os rumos da vida de Charles depois do colégio, ou se Nova York era uma cidade feia ou bonita. Charles dizia "Ah, depois eu vejo isso", e continuava a comer. Quando terminava, ia dar uma volta no riacho que corria no pequeno bosque atrás de casa. Virginia e Jarold ficavam sozinhos, satisfeitos, casacos jogados sobre os ombros.

Ela foi até a cozinha mal-iluminada e ligou a máquina de lavar louça, raspou os ossos dos pratos e jogou os guardanapos usados no latão preto de lixo. Um ruído de TV emanava da sala, junto do farfalhar das páginas do jornal que Jarold lia. Charles voltava, olhar distante, o casaquinho aberto. Virginia enlaçava a cabeça do filho com os braços e começava a beijá-lo sem parar, antes que ele se desvencilhasse dela e sumisse pela casa.

Certas vezes Virginia se sentava no sofá com um monte de álbuns de fotografia. Abria um deles no colo e avistava uma horda de pessoas com roupas de neve, árvores de Natal, dezenas de bonecas sorridentes e crianças altas, bonitas e alegres sorrindo para a câmera ou desenhando. Também fotos da Páscoa, cestas cheias de chocolate decoradas com grama. Aparecia alguém varrendo o quintal. Alguém recebendo um troféu. Casamentos e formaturas. Muitos buquês com fita.

Então lhe veio à mente que Anne e Betty também tinham famílias boas, mas por outros motivos; uma das filhas de Betty era de fato um gênio e estudava numa escola para superdotados.

*

Escreveu uma carta para Anne em que dizia: "Estamos virando umas gordas sem-vergonha".

Já era inverno quando Camille telefonou. Perguntou como Virginia estava e ouviu todas as notícias em silêncio. Perguntou de Magdalen e dos irmãos. Enfim disse:
— Mãe, eu vou fazer um aborto.
Virginia engoliu o susto.
— Você foi estuprada? — perguntou, a muito custo.
Camille começou a chorar.
— Não.
Virginia esperou Camille se acalmar.
— Não — prosseguiu ela. — O Kevin não quer ter filhos. Eu engravidei em segredo. Achei que ele ia mudar de ideia, mas não teve jeito. Está possesso. Disse que se eu não fizer o aborto vai se divorciar de mim.

Virginia desligou o telefone se sentindo desolada. Fez um chá e foi para a sala de TV. Sentou-se no sofá e pôs o pé na mesinha de centro. Não entendia por que Kevin não queria ter filhos.

Não comentou sobre o aborto com Jarold.

Camille foi visitar os pais. Andava pela casa usando o velho macacão de estampa de cobra, remexendo os quadris. Contou histórias de sua vida como advogada corporativa e fez piadas com o "Papaizinho". Virginia ficou encantada, mas reparou no sorriso tenso que ela escondia no canto da boca.

Camille também visitou Magdalen. Passou dois dias na casa dela antes de voltar para Nova York. Depois escreveu uma carta a Virginia dizendo que havia algo de estranho acontecendo entre ela e o marido. Magdalen estava abalada, escreveu. John era autoritário, dava muitas ordens e era grosseiro. Disse que numa das noites, acordou e ouviu o barulho de alguém sendo estapeado. E que tinha durado uns cinco minutos, de modo intermitente. No dia seguinte, Magdalen parecia estar bem, e Camille ficou com vergonha de comentar o ocorrido.

No mesmo dia em que recebeu a carta, Virginia ligou para Magdalen tarde da noite, Jarold já estava na cama. Pela voz da filha, não percebeu nada de estranho. Desligou o telefone, vestiu seu velho pulôver cinza e perambulou pela casa, de cômodo em cômodo. Tudo escuro, sombrio. Os cômodos pareciam estranhos e misteriosos, mas ela não quis ir se deitar, nem acender as luzes. Ficou parada no meio da sala sob a escuridão, de pés juntos, se enroscando mais e mais no pulôver. Nada lhe passava pela cabeça, ouvia o vento e o suave zumbir da casa.

Charles e Jarold brigaram. Charles estava se formando na escola e não queria fazer faculdade. Mas queria sair de casa. Jarold disse a ele que sua atitude não tinha cabimento.

— Magdalen também queria levar uma vida alternativa — disse Jarold na mesa do café da manhã —, e veja só que fim levou. Casada e com filho. E feliz, pela primeira vez na vida, naquele bololô que sempre foi a vida dela.

— Mas ela sempre vai ser uma doidona — disse Charles.

A discussão durou quase uma semana. Aí Charles perdeu a paciência e disse:

— Prefiro ser figurinha carimbada no Bowery do que ser um bunda-mole que nem você.

— Charles! — exclamou Virginia.

Jarold atravessou a cozinha e deu uma cintada na cara de Charles, que caiu da cadeira. Virginia largou o copo na pia e foi socorrer Charles.

— Ninguém bate no meu filho! — gritou ela.

— Cai fora, babaca — disse Charles. E esfregou o sangue que pingava de sua boca.

Virginia passou a ficar acordada na sala até tarde da noite, bebendo e olhando para as meias cinza nos pés. Fazia comentários sarcásticos em que ninguém prestava atenção. Jarold a chamava de "Mãe". Dizia: "E aí, mãe".

Charles se mudou para Nova York. Arrumou trabalho numa loja de discos e um apartamento no Lower East Side de Manhattan. Ninguém sabia mais nada da vida dele.

Virginia telefonou para Camille. Ela levava uma vida interessante e bem-sucedida, rodeada de novas amizades. Contou histórias hilárias. Até que foi direto ao ponto:

— Não sei se devo contar, mas é horrível guardar esse segredo. Mês passado a Magdalen me disse que o John bateu nela. Nada demais. Mas bateu.

Ela deu espaço para Virginia comentar. Virginia estava imóvel, observando a cozinha.

— A gente sabe que a Magdalen é dose pra leão — prosseguiu Camille —, mas nem por isso John tem o direito de bater nela.

Virginia desligou o telefone se sentindo enganada. Camille só tocara no nome de Magdalen no fim da conversa, depois de dar as notícias boas. Virginia achou esquisito. Ficou um tempão sentada no banquinho do telefone, pernas cruzadas, o cotovelo apoiado no joelho. Achou a cozinha horrorosa. Tufos de poeira pelo chão, farelos e migalhas nos cantos. Panelas gordurosas de molho na pia. Uma camada preta de sujeira em cima da geladeira. Nada ali parecia ter qualquer finalidade.

No outono, Daniel concluiu que não gostava de engenharia e trancou a faculdade. Jarold e ele passaram horas discutindo pelo telefone. Quando desligaram, Jarold foi pra garagem e ficou sentado no carro com um cachecol em volta do pescoço por mais de uma hora. Virginia ouvia o barulho da ignição ligada, os sacolejos, e depois a ignição sendo desligada. Fez isso várias vezes seguidas. Não sabia se Jarold queria ir a algum lugar e depois mudava de ideia ou se estava só se esquentando.

Camille se divorciou de Kevin dois meses depois. Juntou seus pertences em bolsas e caixas e se mudou para o apartamento de uma amiga. Tentava fingir que estava se divertindo. Virginia a imaginou sentada no sofá ao lado da amiga, as duas enroladas em cobertores, tomando chá e trocando confidências. Uma bela imagem, mas um pouco adolescente.

Todos voltaram para as festas de fim de ano. Magdalen e Camille não paravam de se abraçar. No Natal, resolveram passar os dias de pijama e chinelo. Estavam sempre juntas e afagando as mãos uma da outra. Tinham conversas confidenciais que Virginia só conseguia ouvir pela metade. Quando se dirigiam ao resto da família, suas expressões faciais eram rígidas e contraídas. Magdalen mal conseguia terminar uma frase.
    Ninguém notava nada de errado.
    — Magdalen sempre foi aérea — disse Jarold.

Charles estava muito pálido. E só beliscava a ceia de Natal. Na hora do jantar, deixou quase toda a comida no prato. Daniel se fartou. Comia o tempo inteiro, conversando e andando pela casa. Sempre tinha uma migalha de comida em seu blusão xadrez.

Virginia tirou só uma fotografia da família reunida. E ficou horrível. O verde dos olhos de Magdalen era um balbucio atordoado. Camille, de pescoço duro e alerta, os olhos túmidos. Os olhos de Daniel reviravam nas órbitas, as narinas dilatadas. Charles se afundou no sofá, cobria o rosto com as mãos e parecia um duende maligno. Jarold saiu de lado e cortado na foto, aprisionado num gesto descabido.

Virginia e Jarold estavam na sala assistindo a um filme de madrugada na TV quando Magdalen telefonou. Virginia tentou ignorar o telefone. Tocou oito vezes.

— Não vai atender, querida? — perguntou Jarold.

A voz de Magdalen estava serena.

— Mamãe, tô ligando da rodoviária de Charleston. John e eu brigamos. Ele quebrou meu nariz. Estou indo praí com o Griffin.

Chegou às quatro e meia da manhã. Virginia estava de pé na entrada de casa com uma camisola de flanela quando o táxi encostou. A luz interna se acendeu quando Magdalen abriu a porta do carro, uma moça magra de japona militar. Fechou a porta e caminhou a passos lentos, pesados, chutando o cascalho do quintal.

— Mamãe? — disse, num tom de voz inibido e doce.

Carregava uma mala e uma sacola. Griffin tinha acabado de aprender a andar. Parecia exausto e triste. O cabelinho loiro estava muito comprido.

John telefonou, mas desligaram na cara dele. Ameaçou ir buscar Magdalen, mas Jarold disse que acabaria com a vida dele.

Magdalen alugou um apartamentinho na cidade. Começou a trabalhar numa floricultura. Virginia tomava conta do menino enquanto Magdalen estava no trabalho. Griffin era uma criança tímida e pensativa, que falava por arroubos. Era sempre certeiro, metódico e circunspecto. Virginia, quando estava com ele, sentia-se protetora e melancólica. E tentava ao máximo disfarçar sua tristeza.

Meses depois, o florista permitiu que Magdalen montasse os arranjos de flores em casa, para cuidar de Griffin.

Nos fins de semana, Magdalen e Virginia saíam para comprar roupas e mantimentos. Tratavam-se com amabilidade e paciência. Magdalen emprestava livros para Virginia, e depois conversavam sobre eles.

Virginia se surpreendeu por adorar estar no apartamento de Magdalen. Gostava de ir lá de manhã e levar doces folhados ou frutas. A filha sempre estava em sua imensa sala vazia, de robe, sentada numa almofada. O sol entrava pelo janelão sem cortinas. Havia baldes brancos de plástico por toda parte, cheios de rosas, tulipas, íris, frésias, cravos tingidos, aves-do-paraíso e margaridas silvestres carmim. Maços e maços de flores espalhadas em jornais abertos e molhados. Os espinhos de rosa sobre o papel lembravam dentes de criança.

Os movimentos de Magdalen eram rápidos e sagazes. O rosto bonito e sereno. Parecia estar muito satisfeita.

Mas Virginia a via como se fosse uma estranha.

Virginia e Jarold não conversavam mais. Ainda assistiam aos filmes da madrugada, mas era raro ficarem aninhados um no outro. Jarold logo se cansava e ia dormir. E sempre estava dormindo quando Virginia chegava no quarto.

Às vezes ela chegava à conclusão de que Jarold era burro e ignorante. No café da manhã, quando se curvava para ler o jornal, armava uma carranca com tanta força que a boca repuxava todo o rosto pra baixo, parecia um tubarão. Tinha olhos de censura. O nariz parecia uma tromba.

Virginia sabia que ele achava os filhos uns fracassados.

Camille alugou um apartamento maravilhoso. Começou a namorar um homem por quem era apaixonada. Vinha sempre a Nova Jersey. Costumava ficar na casa de Magdalen. Virginia levava as duas para passear nas montanhas. Tomavam sorvete e contavam piadas de família. As meninas se sentavam no banco de trás e davam risadinhas, a mão de Camille sobre a coxa de Magdalen, repousando as cabeças uma no ombro da outra.

Era de manhã bem cedo quando receberam a notícia da morte de Charles. Jarold tinha acabado de entrar no banho. O rádio-relógio, oscilando entre duas estações, intercalava a previsão do tempo com uma música sobre dar um pé na bunda da namorada. Virginia notou que sua testa franzia enquanto tentava ignorar o telefone. Enfiou a cabeça no travesseiro e ficou ouvindo o jato quente e abafado do chuveiro. O telefone continuava a tocar. Ela abriu os olhos; os dígitos vermelhos marcavam 6h15. Não fosse a insistência, ela não teria atendido.

Ele voltava do norte de Nova York dirigindo o carro de um amigo. Tinha bebido. E ao ultrapassar um caminhão numa curva, batera em outro carro e saíra da pista. O carro capotou e pegou fogo. Perda total. O outro motorista sobreviveu.

A vida de Virginia se tornou uma sucessão de acontecimentos caóticos e sem sentido. Ela passou a ser um planeta gelado orbitando sem justificativa numa galáxia distante e silenciosa. A casa virou um conglomerado de objetos nos quais ela se esforçava para não tropeçar. Não conseguia mais comer. O rosto do marido e dos filhos eram formas abstratas que sofriam inúmeras variações e simbolizavam mensagens diferentes a cada vez. Era exaustivo tentar decifrá-las.

Passou a dormir todas as noites no sofá da sala. Nada tinha sido planejado. Sentava-se na frente da TV com um copo de uísque, Jarold dava um beijo em sua testa e subia para o quarto. Ela ia até a cozinha, pegava a garrafa de uísque e bebida no gargalo. Assistia aos vultos esverdeados de pessoas andando pela tela. Por vezes servia de alento.

    Adormecia com a cabeça em cima de uma almofada dura. E sempre acordava suada, com o pescoço travado.

    Uma noite Jarold pegou sua mão e disse:

    — Vamos, querida, vamos pra cama. Ou vai acabar dormindo aí.

    — Quero dormir no sofá — respondeu Virginia.

    — Mas não vai — disse Jarold, puxando-a pelo braço. — Não faz bem. Sua cama quentinha está te esperando.

    — Eu não quero dormir na cama — disse ela, puxando o braço.

Era verdade. Não suportava a ideia de dormir ao lado dele. Jarold percebeu pelo olhar de Virginia e ficou chateado. Ele saiu da sala. E nunca mais tocou no assunto.

Magdalen vinha visitá-la quase todo dia. Perambulava pela cozinha e dava uma geral, enquanto Virginia não conseguia se levantar da mesa. Ela observava as mãos compridas e calmas de Magdalen abrindo e fechando armários, separando os talheres, esfregando as superfícies com paninhos velhos e úmidos. Lembrou-se do estardalhaço que Magdalen fazia ao correr pela casa. Era uma lembrança tão viva, mas era como se não lhe pertencesse mais.

Virginia voltou a acordar cedo para preparar o café da manhã de Jarold. Colocava dois despertadores ao lado do sofá. Enrolava-se num robe por cima das roupas amarrotadas e ia para a cozinha. Servia um prato de ovos para ela em frente ao de Jarold e comiam. As mandíbulas dele se movimentavam com tensão; sua garganta parecia feita de madeira. Mas conversavam, e ela se sentia reconfortada.

Antes de ir para o trabalho, Jarold segurava sua mão e beijava. Depois que ele saía, ela começava a chorar.

Charles já tinha morrido havia oito meses quando Anne chegou.

Virginia foi buscá-la no aeroporto. Achou estranho se ver ao volante novamente, dividindo o trânsito com tantas pessoas. Fazia um dia muito ensolarado, e a luz do sol rebrilhava o colorido dos outros carros. Ligou o rádio e abriu a janela.

Anne estava na frente do terminal e vestia um terninho cinza. Quando avistou Virginia, jogou a cabeça para o lado e sorriu; levantou a mão e fez gestos duros e frenéticos.

Elas se abraçaram. Anne batia no peito de Virginia. Ainda abraçadas, inclinaram a cabeça para trocar olhares e riram. Os óculos de Anne estavam tortos.

— Minha nossa, você emagreceu! — disse ela. — Vou alimentar você quando chegar em casa. Já eu tô faminta!

Pegaram a estrada e começaram a conversar. Virginia não quis ir direto pra casa. Saiu da rodovia e subiu as montanhas. Anne baixou a janela e apoiou o cotovelo cinzento na porta.

— Essa paisagem é esplêndida — comentou.

Almoçaram pão com ovo e frutas. Virginia tinha limpado a cozinha e decorado a mesa com um jarro de cravos vermelhos e brancos. As frutas já estavam cortadas dentro de uma tigela grande e colorida. Serviram-se lentamente, tirando as frutas molhadas, um pouco machucadas, da tigela com a mão. O sol da tarde apareceu e rajou a poeira suspensa no ar.

Virginia falou de Camille, Daniel e Magdalen. Contou da carreira bem-sucedida de Camille e comentou a presteza de Magdalen.

— Ainda leva uma vida de hippie. Mas não acho que sinta falta da fazenda onde viviam. Do John com certeza não tem saudade. A única vez que tocou no nome dele foi pra dizer do choque que teve quando se deu conta de que ele era um perfeito idiota. Tudo muito esquisito. É como se nada tivesse acontecido.

— Ah, mas sabe que algumas pessoas preferem levar uma vida sem grandes compromissos — disse Anne. — A famosa boemia. Lily também é assim.

— E ela, está bem?

— Ótima. Não é mais um motivo de preocupação para mim. Desde que passou a levar a fotografia a sério, a vida dela entrou nos eixos. Pega no batente mesmo. Trabalha pra tudo o que é jornal e revista de Detroit.

Virginia olhou para as frutas em seu prato.

— Eu sempre achei que Lily tinha tudo pra se dar bem na vida se ela quisesse — disse. — Era uma criança muito sensível. Me arrependo de não ter conseguido ajudá-la como eu gostaria.

— Não se culpe. Você fez o que pôde. Ela era muito complicada.

— É verdade — disse Virginia. — Era mesmo.

— Mas ela tem boas lembranças de você — disse Anne. — Sempre contava dos passeios que faziam nas montanhas. Uma vez, disse que vocês comeram tanta, mas tanta azeitona juntas, que durante anos tudo o que tinha cor de azeitona a fazia lembrar de você.

Anne escancarou um sorriso e pareceu feia.

Virginia olhou para as frutas.

— Sabe o que mais ela me disse? Falou: "Mas no fundo não faz sentido, porque Virginia lembra mais a cor do ouro".

— Ah, para — disse Virginia.

— Mas eu sempre pensei isso também, até quando você estava atacada. Você sempre me lembrou ouro.

Anne sorriu de novo, seus olhos formaram tristes meias-luas. Notou que Virginia estava envergonhada, então baixou a cabeça e pegou um pedaço úmido de melão. Comeu e sorriu, meio sem graça. Os movimentos de sua mandíbula eram serenos e cuidadosos.

Virginia se sentiu receosa, tinha medo de dizer algo desagradável para Anne e não sabia por quê. Tomou um gole de café. Já estava frio e oleoso.

— Que foi? — perguntou Anne, dirigindo-lhe um olhar sombrio e direto.
— Nada — disse Virginia, desviando o olhar.

Armaram o bom e velho churrasco de família para celebrar a chegada de Anne. Era o primeiro do ano, e Jarold estava muito animado. Posava cerimonioso e viril ao lado da carne fumegante, segurando o espeto. Anne desembestou a misturar a salada enquanto contava a Jarold do trabalho de assistência a idosos que fazia em Detroit. Magdalen chegou ao quintal com uma travessa de macarrão gelado. Deixou a travessa em cima da mesa de baralho e pôs a mão no ombro de Virginia.
— E aí, mamãe? Passearam hoje?
— Ai, foi tão bom. Demos uma volta nas montanhas durante horas.
— Foi mesmo — disse Anne. — Largamos o carro e fizemos uma *longa* caminhada. Fiquei encantada. Que lugar lindo!
— Anne deve ter catado meio quilo de pedra — disse Virginia. — Toda vez que eu olhava, lá estava ela enfiando alguma coisa no bolso.
— Eu adoro aquele lugar — disse Magdalen. — É a minha salvação.
Ela deu uma volta na mesa, dobrando os guardanapos.
— Olha, depois que comecei a envelhecer, notei que a minha relação com a natureza mudou — disse Anne. — Quando era mais nova — adolescente, ainda — o pôr do sol ou a paisagem de uma montanha me deixavam muito comovida, eu ficava arrepiada — olhou para Magdalen e sacudiu os ombros. — Mas quando entrei na casa dos vinte, perdi essa sensibilidade.
— Ah, com certeza não tinha perdido. Só passou a se preocupar com outras coisas — disse Virginia.
— É, pode ser — disse Anne. — Mas chegou um ponto em que

a natureza não me causava mais nada. Eu gostava, mas era só. Agora que estou a um passo de virar uma velhinha, voltei a dialogar com a natureza, a me emocionar com as belas paisagens.

Enternecida, olhou para Jarold, os óculos na ponta do nariz.

— Não tem coisa melhor! — disse ele. — Quer dizer que você ainda tem muita vontade de viver. Temos que alimentar esse desejo ao longo dos anos, vale muito mais que o dinheiro ou o sucesso. E a gente vai se esquecendo disso.

— Eu concordo — disse Anne. — É por isso que adoro trabalhar com velhos. É bonito de ver quando eles desabrocham de novo, sobretudo aqueles que passaram por asilos medonhos. Eles se abrem para a vida, como as crianças... é tão bom poder proporcionar essa experiência, um novo começo.

— Você é uma pessoa muito generosa — disse Jarold, e olhou para Anne com um olhar terno, protetor, e um pouco encabulado, como se reconhecesse que generosidade não era o seu forte, mas ficava contente com a dela.

Virginia achou tudo muito estranho. Quando eram jovens, Jarold achava Anne uma bobona, sisuda e antiquada. E agora, trinta anos depois, era só admiração.

— O churrasco tá pronto — anunciou Jarold.

Magdalen serviu a carne. Anne e Virginia serviram o macarrão e a salada. Sentaram-se à mesa do jardim com os pratos no colo. A carne estava deliciosa, malpassada; o caldo corria pelo prato, esbarrava na salada e no macarrão, e Virginia balançava os joelhos. Uma brisa leve percorria seus rostos e cabelos, fazendo cócegas. As árvores farfalhavam serenas. Os insetos rechinavam com doçura.

Jarold parou, uma garfada de carne sobre o peito e disse:

— É o paraíso. Que paraíso.

Ficaram em silêncio.

A marca FSC® é a garantia de que a madeira utilizada na fabricação do papel deste livro provém de florestas gerenciadas de maneira ambientalmente correta, socialmente justa e economicamente viável e de outras fontes de origem controlada.

Copyright © 1988, Mary Gaitskill
Copyright da tradução © 2021 Editora Fósforo

Todos os direitos reservados. Nenhuma parte desta obra pode ser reproduzida, arquivada ou transmitida de nenhuma forma ou por nenhum meio sem a permissão expressa e por escrito da Editora Fósforo.

EDITORAS Juliana de A. Rodrigues e Rita Mattar
ASSISTENTES EDITORIAIS Mariana Correia Santos e Cristiane Alves Avelar
PREPARAÇÃO Gae Breyton Berrutti
APROVAÇÃO DE PREPARAÇÃO Adriane Piscitelli
REVISÃO Paula B. P. Mendes e Geuid Dib Jardim
PRODUÇÃO GRÁFICA Jairo da Rocha
CAPA Beatriz Dorea
IMAGEM DA CAPA Imagem da p. 149 do livro *The Skin: Its Care and Treatment* (1914)
PROJETO GRÁFICO DO MIOLO Alles Blau
EDITORAÇÃO ELETRÔNICA Página Viva

Dados Internacionais de Catalogação na Publicação (CIP)
(Câmara Brasileira do Livro, SP, Brasil)

Gaitskill, Mary
  Mau comportamento / Mary Gaitskill ; tradução Bruna Beber. — São Paulo : Fósforo, 2021.

  Título original: Bad Behavior.
  ISBN: 978-65-89733-42-3

  1. Contos norte-americanos I. Título.

21-85192   CDD — 813

Índice para catálogo sistemático:
1. Contos : Literatura norte-americana   813

Eliete Marques da Silva — Bibliotecária — CRB/8-9380

Editora Fósforo
Rua 24 de Maio, 270/276
10º andar, salas 1 e 2 — República
01041-001 — São Paulo, SP, Brasil
Tel: (11) 3224.2055
contato@fosforoeditora.com.br
www.fosforoeditora.com.br

Este livro foi composto em GT Alpina
e GT Flexa e impresso pela Ipsis
em papel Pólen da Suzano para a
Editora Fósforo em outubro de 2021.